马骏杰　著

——用文物还原甲午海战真相

北京出版集团
文津出版社

图书在版编目（CIP）数据

铁血甲午：用文物还原甲午海战真相 / 马骏杰著 . —
北京 ： 文津出版社，2024.10
ISBN 978-7-80554-905-7

Ⅰ．①铁… Ⅱ．①马… Ⅲ．①中日甲午战争—史料
Ⅳ．① K256.306

中国国家版本馆 CIP 数据核字（2024）第053403号

铁血甲午
—— 用文物还原甲午海战真相
TIEXUE JIAWU

马骏杰　著

出　版	北京出版集团	
	文 津 出 版 社	
地　址	北京北三环中路 6 号	
邮　编	100120	
网　址	www.bph.com.cn	
总 发 行	北京伦洋图书出版有限公司	
印　刷	河北鑫玉鸿程印刷有限公司	
经　销	新华书店	
开　本	787 毫米 ×1092 毫米　　1/16	
印　张	20	
彩　插	4 幅	
字　数	248 千字	
版　次	2024 年 10 月第 1 版	
印　次	2024 年 10 月第 1 次印刷	
书　号	ISBN 978-7-80554-905-7	
定　价	79.00 元	

如有印装质量问题，由本社负责调换
质量监督电话　010-58572393

"定远"舰铁甲板出水（图片来源：刘公岛官网）

"定远"舰铁甲板细节（赵姣琪摄）

"致远"舰大副陈金揆的单筒望远镜（图片来源：《致远舰水下考古调查报告》）

"致远"舰加特林机关枪（图片来源：《致远舰水下考古调查报告》）

加特林机关枪旋转托架（图片来源：《致远舰水下考古调查报告》）

"来远"舰主炮炮弹延时引信侧面

"来远"舰遗址出水的银勺

"济远"舰主炮炮架细节

"济远"舰远距离信号机细节

"经远"舰铭牌中的"經"字（图片来源：国家文物　　　"经远"舰铭牌中的"遠"字（图片来源：国家文物
局网）　　　　　　　　　　　　　　　　　　　　局网）

出水的整箱"靖远"舰37毫米哈乞开斯机关炮炮弹

前　言

　　中国为何会在甲午战争中失败？这是100多年来国人始终在追问的问题，也是我们今天研究甲午战争要努力回答的问题。在汗牛充栋的著述中，人们给出的答案是多种多样的，其中必然涉及武器装备与战败之间的关系问题。有一种观点认为，军事史要写得好，注意力应集中在何以胜、何以败的技术解释上。持这种观点的学者曾一度掀起研究甲午战争期间中日海军装备的热潮。毫无疑问，这些研究的意义是重大的，它开辟了甲午战争研究的新领域，为全面认识甲午战争提供了有力的科学技术支持。然而，在这些研究中有一种偏向，就是把甲午战争中清军的失败，尤其是北洋海军的失败，主要归结为武器装备的落后，这无疑是偏离了以唯物论和辩证法指导战争史研究的轨道，无助于探讨甲午战争失败的真正原因。

　　我们知道，一支军队战斗力的构成有3个不可缺少的要素：人、武器装备以及人与武器装备的结合方式，即编制体制。其中人是决定的因素。毛泽东在《论持久战》中指出："武器是战争的重要的因素，但不是决定的因素，决定的因素是人不是物。"毫无疑问，北洋海军失败的根本原因在于人，而不是武器。人的因素涉及各个层面，从国家层面看，中国指挥和决策甲午战争的人受封建国家体制和理念的制约，依然秉持

落后的古代战争思维方式，缺乏站在全局高度谋划战争的能力，至开战止，也没有形成清晰的军事战略，这在全球新的战略格局加速形成的背景下，应对战争显得格外力不从心。从军队（海军）层面看，李鸿章和北洋海军将领们对近代军事的认识浮于表面，对近代军事思想的精髓、要义不求甚解，仅学到了部分外在的东西。在现有史料中很难找到北洋海军将领们探讨军事学术的记载，而西方军队的将领探讨军事学术已经蔚然成风。从个体层面看，北洋海军的军官接受海军教育的经历和背景相似，但在战争中的表现却差异巨大，严复、林泰曾、邓世昌、杨用霖、方伯谦等各自走出了不同的人生道路，原因是中国近代海军教育只允许他们"以中国之心思通外国之技巧"，不允许"以外国之习气变中国之性情"。这样就使得他们的行为取决于个人性格、喜好、家庭背景、少小经历等因素，海军教育则高度崇尚"技巧"的掌握，而不注重包括信仰、血性、尚武精神等在内的"性情"的锻造，于是就有了李鸿章发出的"闽厂学生大都文秀有余，威武不足"的感叹。总之，来自几个层面的人的因素，导致对北洋海军战斗力的严重制约，成为北洋海军战败的主要原因。近代化的清朝海军尚且如此，处于从古代向近代演变的陆军更不必言。

武器装备是军队战斗力的重要构成要素。应当承认，武器装备既是形成强大威慑力的前提，也是形成强大战斗力的基础，在特殊情况下，它甚至可以决定战争的胜败。但是，我们需要始终清楚的是，武器装备充分发挥效能的前提是要拥有具备战斗素养的人，以及构建起人与武器装备的有序而和谐的关系，否则，再先进的武器装备也不可能充分发挥

铁血甲午
——用文物还原甲午海战真相

效能，甚至会导致对人的制约，从而削弱战斗力。这一论点绝非是在否定武器装备的作用，相反，它恰恰是从人与武器的关系角度给予武器装备最科学的定位。北洋海军从创建到全军覆没的过程印证了这个基本理论的正确性，而北洋海军沉舰遗址的出水文物为这个基本理论提供了有力的注脚。

从这一角度出发，我开始关注北洋海军沉舰遗址的出水文物。我曾工作于海军院校，致力中国近代海军史的研究，甲午战争和北洋海军是其中的重要内容。大学的环境，既有有利于学术研究的因素，也有不利于学术研究的因素，前者是大学为学术研究提供了良好条件，后者是缺乏更高端的学术研究平台。2020年，我离开海军院校，加盟中国甲午战争博物院，令我无比欣喜的是，我接触到了大量的北洋海军沉舰出水文物，为我的甲午战争和北洋海军研究提供了有力支持。从20世纪90年代开始，国家文物局和辽宁省、山东省文物部门联合对北洋海军沉舰遗址进行了真正意义上的水下考古调查，出水了大量文物，这些文物中有相当一部分藏于中国甲午战争博物院，成为我研究甲午战争和北洋海军的重要实物资料。在3年多时间里，我从出水文物中清晰地看到，北洋海军的武器装备虽然与日本海军相比有一定差距，但绝没有悬殊到不可抗衡的地步。然而，结果是经过3场海战，北洋海军毫无悬念地全军覆没，这不能不使我更加理性地思考人与武器装备之间的辩证关系。于是，我对以前的研究成果进行了卓有成效的补充，完成了《北洋海军兴亡史》的写作。在这部著作中，我大量记述了对出水文物的思考，以及由此形成的对北洋海军建设的认识。然而这还不够，这本书毕竟不是一部装备技术史，不可能全面展示北洋海军沉舰遗址的出水文物的状态，以及隐含的大量信息。要解决这个问题，必须另写专书，于是便有了《铁血甲午——用文物还原甲午海战真相》一书的筹划。在完成书稿写作时，正值中日甲午战争爆发130周年，在这个时间节点上出版本书，无疑具有特殊的意义。

《铁血甲午——用文物还原甲午海战真相》一书，用通俗的语言全面讲述了自20世纪80年代以来北洋海军沉舰遗址的出水文物的出水过程、保存状况、隐含信息，以及舰艇的建造和服役过程，特别论述了出水文物所代表的装备技术水平和对海战的影响程度，从而帮助读者认清甲午海战的历史真相，正确看待中国甲午战争失败的原因和教训，同时还对甲午战败影响中国国家安全的历史因素做了适当解读。我想，通过这样的安排和设计会从另一个角度为读者打开一扇透视甲午海战的窗户，以形成对甲午海战的正确认识。北京出版集团今年最新出版的《中日甲午战争论著图录（1894—2023）》全面辑录了自甲午战争以来各界研究甲午战争的著作和论文的篇目，以及部分重要论著的简介和书影，可为读者查阅甲午战争资料提供全面、翔实的线索。该书是甲午战争爆发130年来全球首部甲午战争重要论著珍品档案，具有极高的研究和收藏价值，为我深入研究甲午战争提供了难得的丰富参考资料。

最后，向在反侵略战争中英勇不屈的北洋海军将士表示崇高的敬意！

马骏杰
甲辰年于山东威海

目　录

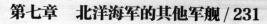

第一章
北洋海军的"定海神针"——"定远"舰

　　"定远"铁甲舰是北洋海军的旗舰，1881年建成于德国，抵达中国后多次率舰队参与国际事务和军事行动。1894年9月17日，"定远"舰率领北洋海军主力在鸭绿江口大东沟海面与日本联合舰队遭遇并展开厮杀，舰体受伤千余处，始终屹立不沉，成为北洋海军的"定海神针"。1895年1月底，威海卫保卫战打响，"定远"舰又率舰队与日军激战于威海湾。2月，日军鱼雷艇发动偷袭，"定远"舰身负重伤，北洋海军提督丁汝昌为避免资敌，下令将其炸沉。甲午战争后，日本对威海湾的北洋海军沉舰遗物进行疯狂盗捞，"定远"舰的大量残件被运往日本，成为中国人民心中永远的伤痛。从2017年开始，国家文物局对威海湾的北洋海军沉舰遗址进行水下考古调查。2020年9月17日，在黄海海战爆发126周年纪念日这天，一块重约18.7吨的"定远"舰铁甲板出水，唤起了国人对这艘不屈战舰的追忆。2024年是中日甲午战争爆发130周年，"定远"舰再次成为国人关注的焦点。

第一节 "定远"舰的建造

清政府从欧洲订购新式军舰，肇始于日本侵台事件。在这次事件中，清政府以付出 50 万两白银的代价，换取日本从台湾撤军。这极大刺激了清廷，于是，一场被称为"海防议"的大讨论迅即展开。大讨论的结果是清廷做出设南洋、北洋大臣，拟建设"三洋水师"（三洋即北洋、中洋、南洋）的决定。该决定还指出，鉴于目前饷力不充足，先创设北洋海军一军，等财力渐充，就一化三。随后，北洋海军建设开始起步。

要建设海军，舰船是必不可少的装备。自洋务运动兴起以来，虽然曾国藩、左宗棠、李鸿章等人在各地创办了一批近代军事工业，但当时中国的造船技术要达到创建一支近代化海军的水平却是难以做到的。为此，北洋大臣李鸿章决定一劳永逸，从欧洲购买舰船。可是，李鸿章并不了解世界海军舰船发展的状况，他采纳清朝海关总税务司、英国人赫德的建议，从英国购买了一批被称作"蚊子船"的小型炮舰。

日本侵台事件

1874 年 4 月，日本政府以 1871 年琉球船民在台湾遇难为借口，出兵侵略中国台湾，遭高山族人民顽强抗击，清政府亦调兵增援。在台日军因水土不服，病死者甚众，日本政府转而谋求用外交手段解决问题。清政府开始据理力争，后在英国驻华公使威妥玛的压力下妥协，与日本政府签订《中日北京专条》，亦称《中日北京专约》，其内容是：日本退兵；中国允给"抚恤"银 10 万两，赔偿日本在台"所有修道、建房等件" 40 万两；中国承认日本此次侵台为"保民义举"。日本侵台事件给日本后来吞并琉球提供了口实。

当这些炮舰开到中国后，李鸿章才发现这批炮舰仅可用于防守港口，不能出海浪战，根本不能满足建设北洋海军的要求。1880年，李鸿章又从英国订购了"超勇"和"扬威"两艘巡洋舰，北洋海军总算拥有了新式军舰。

19世纪是西方海军称霸大洋的时代，按照当时世界海军发展水平衡量，不装备铁甲舰，依然不能建成海军劲旅，李鸿章又开始琢磨购买铁甲舰。那么订购什么样的铁甲舰最合适呢？曾在英国皇家海军舰队实习过的"镇北"炮舰管带刘步蟾提出，有3种铁甲舰可以选择：一种叫"海口铁甲舰"，一种叫"洋面铁甲舰"，一种叫"铁甲冲船"。李鸿章对此毫无研究，只能写信给驻德公使李凤苞（图1-1），让他在

图1-1 李凤苞

欧洲详细考察一下。李凤苞经过考察，给李鸿章做了详细汇报。他在信中说，关于铁甲舰不能截然分类，中国使用"八角台式"铁甲舰最为合适，这种铁甲舰专门用于进攻和防守海口，不能在大洋上进行海战，从英国来华的铁甲舰也并非用于洋面作战的军舰，这种铁甲舰实际上就是刘步蟾所说的"海口铁甲舰"。对于李凤苞的解释，李鸿章不以为然，他认为，既然能够开来中国，岂有不能出洋交战之理！中国购买铁甲舰，原本为抵御日本和西洋各国入侵中国，这种铁甲舰与日本和西洋各国军舰势均力敌，最为相宜，于是决定订购两艘"海口铁甲舰"。实际上，李鸿章的判断是正确的，当时西方的铁甲舰并没有严格的分类，更没有关于铁甲舰优劣的定论，因为铁甲舰根本就没有经过大规模海战的检验。从建造质量来说，李鸿章订购的是当时世界上最先进的铁甲舰。

关于派谁前往欧洲订购铁甲舰是李鸿章思考的另一个重要问题。南洋大臣沈葆桢建议，如果由清政府派人前往订购，恐怕要费很多周折，必然会浪费精力和经费，不如和以前一样，仍然委托英国人赫德和金登干在英国觅购。这一建议遭到李鸿章反对，李鸿章认为，赫德素来反对中国购买铁甲舰，而最近朝廷又刚刚否定了他想总揽中国海防大权的提议，在这个节骨眼上委托他购买铁甲舰，不合时宜。更何况赫德这个人狡狠难制，不敢事事都让他来做。最终，总理各国事务衙门同意让李鸿章确定前往欧洲购舰的人员。

1880 年，李鸿章委派驻德国公使李凤苞和驻德国使馆二等参赞徐建寅（图 1-2）负责办理购舰事宜。他们奉命后，兢兢业业，不辞辛劳，考察了英、法、德等国的海军基地和造船厂，汇集各国新式铁甲舰图样，仔细研究，取长补短。对于舰体转动是否灵捷、冲击碰撞是否勇猛得力、浮力是否宽裕、炮位是否适宜、隔堵保护是否周密、引水导气是否流通等重要问题，无不精益求精。经过考察，他们博采众长，选定德国铁甲舰为母型，吸收英国铁甲舰的某些优点，在德国伏尔铿造船厂订造了两艘铁甲舰，徐建寅称它们是"当今遍地球第一等铁甲船"，李鸿章将它们命名为"定远"和"镇远"。中国海军由此开始迈入铁甲舰时代。

1881 年 3 月，"定远"舰开工建造（图 1-3），12 月下水。李鸿章时刻关注两艘铁甲舰的建造进度，他趁刘步蟾前往英国担任伦敦公使馆海军武官的机会，令刘经常前往德国查看铁甲舰工程。1883 年 5 月，"定远"舰在波罗的海进行了第

图 1-2 徐建寅

图 1-3 在德国伏尔铿造船厂建造中的"定远"舰

一次试航。随后，"镇远"舰也建成并完成试航。1884 年 11 月 7 日，中国驻德国公使许景澄（图 1-4）奉命查验了这两艘已经建成的铁甲舰，并将查验情况写成报告，递交清政府。许景澄在报告中全面肯定了两艘铁甲舰的建造质量，指出：在船体方面，铁甲舰有双层底，铁板用龙骨脊板上下抵连，又用直肋横胁纵横相架，截成隔堵 58 格，使临战时舰底偶有触损，水入不能通灌。双层底之上分上、中、下 3 层舱室，下舱面前后设置双层板结构，

图 1-4 许景澄

铁甲与中段铁甲堡相连，能够蔽护全船，敌人的炮弹不能深穿。中舱、上舱均用铁板为面，在铁甲堡内的上舱面用双层铁板。机器舱露口处另以铁栅盖护，可抵御敌人炮弹的下坠。上、中、下舱之间都以铁板作为舱壁，隔成大小 154 个房间，以防备中弹时海水灌入舱室。各舱面都设置有"工"字、"丁"字式横梁作为承架为固。整个军舰的铁板端缝的

连接方式，或采用自相搭合方式，或采用角铁搭条方式，均用3行、双行、单行等铆钉匀密钉连。在装备方面，两舰的中腰部位用钢面铁甲围成铁甲堡，前后长276尺6寸6分（约92.8米），两旁则下过水线，上舱面、机器舱、子弹房均在铁甲堡之内。铁甲堡的上方为圆形，斜连着炮台。再上面是号令台，都在铁甲的围护之中。两座炮台各安装有305毫米口径大炮（图1-5）2尊，炮台上加护铁盖，炮台内有转炮磨盘，用压水机促使其运转，能使4门炮朝一个方向射击。舰首、舰尾各有150毫米口径炮1尊，两炮均用铁板圆盖防护。另安装鱼雷发射管3具。通舰安装有哈乞开斯机关炮10门。舰上还载有水雷艇2艘，置备均为周密。

　　按计划"定远"和"镇远"两舰建成后，在当年要驶回中国，但此

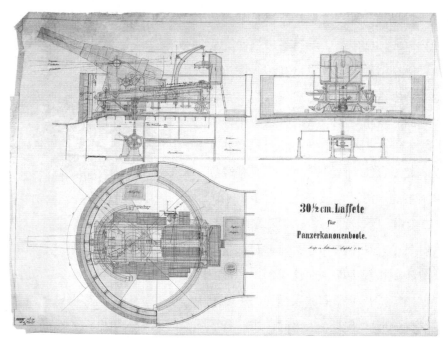

图1-5　"定远"舰305毫米口径主炮图纸

时爆发了中法战争，德国以不参战为由，拒绝将两舰交付中国。直到中法战争结束后的 1885 年 7 月，两舰才起程回国。1885 年 10 月，两舰抵达天津大沽。李鸿章饬令统领北洋海军的天津镇总兵丁汝昌、津海关道周馥等人前往验收。一个月后，李鸿章也亲自登上两艘铁甲舰勘察，表示满意。不久，毕业于福建船政学堂并有赴欧实习、任职经历的刘步蟾和林泰曾分别出任"定远"舰和"镇远"舰管带。

第二节　"定远"舰参与国际事务

作为北洋海军的旗舰，"定远"舰多次率领舰艇编队出航，肩负外交使命，访问日本和新加坡，参与处理国际事务。

1886 年 7 月，李鸿章接到俄国军舰窥伺朝鲜东海岸永兴湾的报告，为防不测，他向总理海军事务衙门建议，派丁汝昌、琅威理率铁舰快船赴朝鲜釜山、元山、永兴湾海域巡弋，以遏制俄国军舰的企图，同时将与俄国使臣会勘边界的钦差大臣吴大澂接回国。李鸿章还建议，在军舰回航时，顺便进日本长崎港（图 1-6）船坞油修舰船，因为按照德国伏尔铿造船厂对"定远""镇远"两艘铁甲舰的保养规程，两舰油修的期限为一年，而中国沿海还没有建成停泊大型铁甲舰的船坞。总理海军事务衙门同意李鸿章的建议。

1886 年 7 月 12 日，丁汝昌、琅威理率领"定远""镇远""济远""超勇""扬威""威远"6 舰组成的编队赴烟台装煤，然后开赴永兴湾。7 月 31 日，编队前往海参崴。8 月 6 日，丁汝昌将吴大澂送至摩阔崴。

图1-6 日本长崎港

次日，丁汝昌率"定远"（图1-7）、"镇远"、"济远"、"威远"4舰起程开赴长崎进坞修理，留下"超勇""扬威"两舰在海参崴等候吴

图1-7 1886年访问日本长崎的"定远"舰

铁血甲午
——用文物还原甲午海战真相

大澂回国。8月9日，4舰进入长崎港。不幸的是，在8月13日和15日发生了著名的"长崎事件"。

"长崎事件"是一个意外事件，并没有阻止北洋海军走出国门。

"长崎事件"

　　1886年8月，北洋海军舰艇编队借油修舰船之机访问日本长崎。13日，部分中国水兵上岸购物，与日本警察发生冲突，经调解得以平息。15日，舰队放假，中国水兵再次上岸观光游玩，海军提督丁汝昌怕发生意外，做出禁止携带刀具的规定。不料，上岸水兵遭日本警察袭击，手无寸铁的中国水兵被砍杀，双方发生搏斗，酿成中方死8人、伤42人，日方死2人、伤27人的悲剧。事件发生后，中日双方进行了长达数月的交涉，最终在英德两国公使调停下，于1887年2月达成协议，双方对对方伤亡人员进行抚恤和赔偿，事件得以解决。"长崎事件"不仅造成了不良的国际影响，而且暴露了李鸿章在海军建设和运用方面存在的问题，也刺激了日本加速发展海军的欲望（图1-8）。

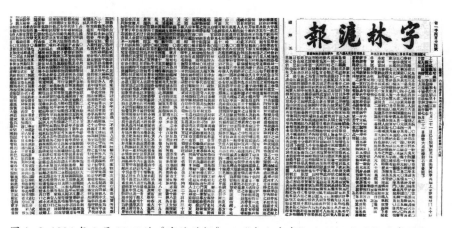

图1-8 1886年8月20日的《字林沪报》以"东方有事"为题报道"长崎事件"

1890年1月，丁汝昌、琅威理率北洋海军各舰南下厦门过冬。开春后，他们奉李鸿章之命，率"定远""镇远""致远""济远""经远""来远"6艘主力战舰出访南洋各国。这次出巡南洋有两个目的：一是宣慰华侨，二是显示北洋海军实力。3月1日，北洋舰队离开香港，4月3日抵达新加坡，开始了为期13天的访问行程。关于这次访问，新加坡《叻报》评论说："中国之民甲于天下，故无论何地，均有华人寄寓，且远过于他族。然则生齿之庶，可知他勿具言，即就南洋各埠观之，除本坡以外，所有各埠均有华人踪迹，如槟城、巴城、日里、暹罗等处，则为尤多，而诸华人虽异地栖迟，而其心志则尚不忘故国。今闻诸战船有奉命出巡南洋之举，均无不欣欣然，有喜色而相告，语以为诸船将到，可为我华人瞻仰，得以一伸其恋慕之忱也。……今诸战船等倘能至南洋各埠广为巡阅，则宜请本坡华领事会同前往，借以宣扬我朝德化，使海隅苍赤咸知感戴之心，是则似于时务大有所裨。"（图1-9）毫无疑问，长期以来，南洋华侨寄人篱下，受到诸多不公正待遇，他们期盼祖国的军舰能远涉重洋，来南洋提振国威，为华侨地位的提升提供强大后盾。李鸿章通过显示北洋海军实力为南洋华侨撑腰的决定，可谓不负众望。

图1-9　新加坡《叻报》对北洋海军访问新加坡的报道

这次访问新加坡是北洋海军成军后的首次专访

活动，具有特殊意义。此次访问的大概行程是：4月3日，北洋海军6舰抵达新加坡沿海；4日，中国驻新加坡领事左秉隆、副领事左树楠登上"定远"舰，与丁汝昌、琅威理会晤，商讨筹办煤粮等事宜；5日，新加坡总督史密斯率随员登上"定远"舰拜访；7日，左秉隆在领事署宴请北洋海军官佐，参加此次宴会的宾客共有70多人，其中北洋海军官佐30多人，在新加坡的闽、粤两省籍绅士各20多人。丁汝昌原计划率6舰于4月9日起程回国，但因装载燃煤不能及时足额供给，故延期起程。在丁汝昌等逗留期间，华侨、绅商等尽情表达崇敬之心，敦请丁汝昌及各舰管带出席各种欢迎活动。由于北洋海军逗留新加坡时日不多，华侨各界争先恐后地参加每日的活动，彼往此来，丁汝昌等应接不暇。4月15日，北洋海军起程前往小吕宋，结束了这次访问新加坡之行。

北洋海军访问新加坡，大大提高了东南亚一带华侨的地位，令华侨扬眉吐气，更加深了他们对祖国的感情。

北洋海军成军之后，东亚局势进入多事之秋，俄、英、日等国围绕远东铁路、朝鲜等问题争斗日趋激烈。清政府为维护自身利益，也不断谋求在整个外交格局中的主导地位，特别谋求建立对日本的绝对制衡，刚刚成军的北洋海军便成为晚清外交中不可或缺的工具，为李鸿章建立外交自信增加了筹码。

自从"定远"和"镇远"两艘铁甲舰第一次访日之后，日本真正感到了来自大清国的威胁。当时日本战斗力最强的"扶桑""金刚""比睿"等军舰都无法用主炮击穿中国这两艘铁甲舰的装甲，这就迫使日本积极谋求对付"定远""镇远"两舰的办法。1888年，日本海军大臣西乡从道（图1-10）提出《第二期扩充军备案》，要求临时增加经费，发展海军。但这个计划未获内阁会议通过。1890年3月28日至4月2日，

图 1-10 西乡从道

日本首相山县有朋组织了一次陆海军联合大演习，并奏请明治天皇检阅海军。当时参加大演习的军舰有 12 艘，是日本海军的全部主力舰，其中最大的军舰是排水量为 3700 多吨的"扶桑"铁甲舰（图 1-11）。通过演习，日本海军当局深切地感到，无论是舰艇吨位还是武器装备都无法与北洋海军相抗衡，必须推动日本政府拿出更多的经费发展海军。可是，如何才能说动日本政府呢？刚刚出任日本驻中国公使馆武官的海军大尉细谷资给西乡从道提了一个建议：邀请已经成军的北洋海军访问日本，再次给日本政府以刺激，使其下定扩充海军的决心。西乡

图 1-11 日本海军"扶桑"铁甲舰

从道完全赞成这一建议，迅速派细谷资前往天津与李鸿章会晤。李鸿章并没有识破日本的诡计，他也想通过展示成军后状态最佳的北洋海军的雄姿来震慑日本，于是愉快地接受了日方的访问邀请。

1890年12月，丁汝昌率"定远""镇远""济远""经远""来远"5舰巡弋南洋并油修船底。次年1月，李鸿章致电已抵达香港的丁汝昌，让他赶紧油修，准备第二次访问日本。可是，由于李鸿章大阅北洋海军和接待俄国皇太子尼古拉"游历"东南亚顺访中国的活动，将北洋海军访日行程推迟了几个月，直到6月才成行。

1891年6月26日，丁汝昌率领"定远"等6艘军舰组成的编队出访日本。6月28日，编队抵达马关，30日到神户。7月5日，编队抵达横滨，9日前往东京，20日回到神户，29日抵达长崎。8月5日，丁汝昌率领编队由长崎起程回国，8日回到威海卫，结束了这次访日之旅。此次行程历时44天。

与第一次访日相比，北洋海军舰艇编队第二次访日虽然没有发生恶性事件，但引发的后果却是极其复杂的。对中方来说，丁汝昌、刘步蟾等海军将领看到了日本加速发展海军的决心，感受到了中国继续扩充海军力量的紧迫性。他们向李鸿章力陈：中国海军初具规模，目前形势下亟须继续扩充。以前所购舰船，已经历多年，变成了旧式，机器设备落后，有些运用不灵，与西方各国的新式军舰相比，速率明显不够，而且缺少速射炮，难以担当起战守之责，一旦海上有事，恐怕难以成为利器。请及时增购船炮，以备防御。然而，丁汝昌等人的呼吁，并未引起清政府的重视，北洋海军建设依然处于停滞状态。对日方来说，北洋海军编队在日本各地的出现，极大刺激了日本国民。除长崎外，北洋海军编队所到之处，日本居民均是第一次目睹北洋海军的舰容，他们看得目瞪口呆。日本媒体用图文并茂的报道极尽渲染之能事，在社会上掀起恐华、仇华情绪。许多日本人认为，北洋海军的访日实际上是一次向日本的示威行动。日本《朝野新闻》指出："眺望清朝舰队，总计六舰舳舻停泊于横滨港之中心，亦足以壮清国之威。"日本外务次长林董在其回忆录中指出："（明治）二十四年七月，看到丁汝昌所率的舰队驶入横滨港，吾国人就因其壮大的外观而感到极其恐惧。"从这点上看，李鸿章对日本实施威慑战略的目的似乎达到了，可是也应该看到，西乡从道促使北洋海军访日的目的也正在实现。就在北洋海军访日期间，日本海军大臣桦山资纪向日本内阁会议提交了发展海军的议案，该议案提出，在9年内建造11000吨级的铁甲舰4艘、巡洋舰6艘、通报舰1艘，合计73900吨。虽然该议案因内阁倒台而未能实施，但新的内阁上台后，提出了建设10万吨军舰的"大海军"建设计划，这一计划在天皇的裁决下很快得以实施。可见在北洋海军第二次访日后，日本海军的发展又向前推进了一大步。

李鸿章对于北洋海军第二次访日的结果并不满意，此次行动不仅没有遏制日本的动武之心，反而促使其海军有加速发展的趋势，不仅没有建立起北洋海军官兵的优势感，反而打击了他们的自信心。另外，中日关系也日趋紧张。正因为如此，李鸿章对北洋海军访日渐渐失去了兴趣。然而，丁汝昌与李鸿章的想法却不相同，他希望通过中日两国海军的交流，化解战争的风险。于是，在第二次访日后不久，他就产生了第三次访日的念头。

1892年5月，丁汝昌提出访问日本的建议，李鸿章虽然没有了先前那样的热情，但还是同意了，不过他不建议丁汝昌到长崎以外的地方巡访。6月下旬，丁汝昌率领北洋海军"定远""致远""靖远""经远""来远""威远"6艘军舰前往日本，6月23日抵达日本长崎。来日本后，丁汝昌率"定远"舰始终没有离开长崎，只在27日派出"致远"和"威远"

访问了横滨，回航时路过神户。而在同一天，"靖远"和"来远"则奉命提前结束访问，开往元山等，于7月2日抵达海参崴。其余舰只于7月8日在长崎会合。12日，"定远""致远""威远"起程前往朝鲜釜山，"经远"则独自返回威海卫。这次访日行程仅为20天。

北洋海军第三次访日的规模远远小于第二次，各界的关注度也普遍降低，影响力也就不值一提了。

当朝鲜局势日趋动荡、中日之间战争阴云密布之时，李鸿章把北洋海军对外活动的方向转向了东南亚。1893年7月，法国与暹罗（今泰国）爆发了战争，暹罗的华侨处境堪忧，他们盼望祖国军舰前来提供保护。李鸿章鉴于东南亚一带国际局势复杂，决定不派军舰前往。不久，法暹战争结束，在暹华侨的动荡处境并未完全平定，李鸿章鉴于暹罗战事刚结束，属敏感之地，依然未派军舰赴暹，但他采取了变通措施，令丁汝昌趁每年冬季南巡过冬之机，率领舰艇编队出访新加坡。

1894年3月3日，丁汝昌率北洋海军"定远""靖远""经远""来远"等舰前往新加坡。（图1-12）这次访问的大致行程和活动是：3月3日，各舰入港。4日，中国驻新加坡总领事黄遵宪和副领事那华祝、何广文等登上"定远"舰

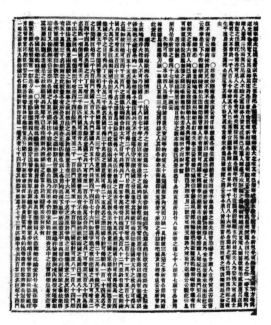

图1-12 新加坡《叻报》对北洋海军访问新加坡的报道

谒见丁汝昌。当晚，丁汝昌至东陵振裕园驻节，当地华侨在万春园宴请各舰管带。12 日，丁汝昌率领"靖远"和"经远"两舰赴马六甲和槟榔屿等处宣慰华侨。24 日，丁汝昌率编队离开新加坡，结束了 20 余日的访问新加坡之行。

北洋海军此次访问新加坡，大大提振了东南亚华侨的士气，据新加坡《叻报》报道："叻地诸华人无贵无贱，无老无少，莫不欣欣然。望宗国之旌旗，为之喜跃。"李鸿章对北洋海军此行也深感满意。

第三节　"定远"舰与黄海海战

1894 年 7 月 25 日，日本海军挑起丰岛海战。在这场突如其来的海战中，北洋海军"操江"炮舰被掳，"广乙"巡洋舰被毁，"济远"巡洋舰被击伤，雇用英国公司的"高升"运兵船被击沉。北洋海军首次遭遇重大损失。

丰岛海战的第二天，李鸿章（图 1-13）命令丁汝昌率主力舰队前往汉江洋面"游巡迎剿"。7 月 26 日，丁汝昌率"定远"等舰进行丰岛海战后的第一次海上巡弋，但未发现日本联合舰队的踪影。此后，丁汝昌在朝廷的催战命令下又先后 4 次出海，均无功而返。此时的日本海军正协助陆军做平壤战役的准备，并无意与北洋海

图 1-13　李鸿章

军进行决战。

为扭转清军在朝鲜战场的不利局面，李鸿章决定派兵增援，企图在平壤与日军决一死战。他抽调铭军劲旅4000人，由津海关道盛宣怀派5艘轮船装载，沿海岸进入鸭绿江口登陆。这次他接受了对"操江""高升"没有全力护航的教训，决定派出北洋海军主力舰全程护航。

丁汝昌接到命令后，计划于9月14日赴大连湾，等候铭军运输船一起起程。到达目的地后，北洋海军舰队主力停泊于大鹿岛与大东沟之间，防备日舰外窥，其他各炮舰、鱼雷艇掩护铭军登陆。在铭军登陆期间，舰队还要游巡大同江等处，这样既可寻觅日本联合舰队的行踪，也可遥顾运输船。舰队游巡一两天后，待铭军全部登岸后，舰队一起返回威海。

9月15日，日军对平壤发起总攻，残酷的平壤保卫战打响。在血战持续了一个白天后，清军弃城北逃。16日凌晨，日军占领平壤城（图1-14）。

因朝鲜电报中断，对于平壤的战况，清廷及李鸿章均不知晓。按照原计划，北洋海军主力舰在丁汝昌率领下于9月15日齐集大连湾。此时，铭军4000人正分别登上"新裕""图南""镇东""利运""海定"5艘运输船，北洋海军的14艘舰船和4艘鱼雷艇摆开庞大阵势，泊于港湾。当日午夜，陆军登船完毕。16日凌晨，

图1-14 日军占领平壤奉军营地

北洋海军各舰艇先后起锚，驶向鸭绿江口大东沟海域。一小时后，5艘运输船也沿着北洋舰队航迹起程。

16日下午，北洋舰队和运输船队先后抵达大东沟海面。鸭绿江入海口以薪岛为界分为东、西两条河道。东侧河道因长年泥沙淤积，形成浅滩，难以航行较大船只。西侧河道因海潮冲刷形成河沟，水稍深，满潮时可以通行较大船只。这条河沟便是大东沟。铭军登陆地点在朝鲜义州附近，此处是从鸭绿江口大东沟上溯15海里。各舰船到达大东沟洋面时，海面正处于低潮，满载铭军和辎重的运输船无法进入大东沟。当丁汝昌发出登岸的号令后，各运输船只得将人员和辎重搬上民船，由民船驳运至登陆地点。

图1-15 丁汝昌

为防止日本联合舰队偷袭，丁汝昌（图1-15）将北洋舰队各舰做了梯次配置，他将"定远""镇远""致远""靖远""来远""经远""济远""广甲""超勇""扬威"10艘主力战舰布置在大东沟口西南12海里处，警戒整个大东沟海面。17日凌晨4时30分，北洋舰队各舰敲响起床钟声，官兵们开始忙碌起来。他们点名、擦甲板、做早操、吃早饭、升旗，井井有条。自从丰岛海战发生后，这种紧张状态一直持续至今。7时之后，丁汝昌号令催促各运输船加快物资卸载、人员尽快登陆，通知各舰午刻起程返回旅顺，准备下一轮的护航行动。7时30分左右，陆军全部登陆。此时正是秋季，风和日丽，海面波澜不惊。

9时15分，北洋海军舰队官兵开始了每日例行的战斗操练，主要科目是操炮、操枪和剑术。一小时后训练结束，官兵们稍事休息，等待

11时55分开始的午餐。11时许，"镇远"舰的瞭望兵突然发现西南方向海天相接之处出现缕缕黑烟，立即发出警报。丁汝昌、刘步蟾和德籍总教习汉纳根登上甲板，顺着烟雾方向用望远镜观察，发现有8艘军舰向北洋舰队驶来，丁汝昌判断是日本联合舰队主力，遂令"定远"舰挂起"立即起锚"旗号，准备战斗。与此同时，日本联合舰队司令长官伊东祐亨（图1-16）也发现了北洋舰队，他命令日本舰队全速前进。

图1-16 伊东祐亨

日本联合舰队之所以此时出现于大东沟，是因为自平壤战役准备完毕后，日本海军的作战任务发生了变化，由护卫陆军在朝鲜登陆转变为寻找北洋海军决战，争夺制海权。7时30分左右，日本联合舰队主力向鸭绿江口西侧的大鹿岛方向搜索前进，正遇上北洋舰队。

在接敌过程中，北洋舰队采取了"夹缝鱼贯阵"，该阵形来源于《船阵图说》，即将10艘军舰分成5个小队，相互叠列，第一小队为"定远"

《船阵图说》

　　原名《轮船布阵图说》，系天津水师学堂于光绪十年（1884年）译自英国的一部关于舰队布阵规范的教本，是清末民初中国海军舰队操演和战斗所取阵法的主要依据，也是北洋海军采取战斗阵形的主要依据。该书将舰船作战阵形分为鱼贯、雁行、鹰扬、燕剪、麋角等，这些阵形之间可以相互转换、结合，衍生出若干战斗阵形，如单行鱼贯阵、三叠雁行阵、四行鱼贯小队阵、犄角鹰扬左翼阵、麋角右翼阵等等。

和"镇远",第二小队为"致远"和"靖远",第三小队为"来远"和"经远",第四小队为"济远"和"广甲",第五小队为"超勇"和"扬威"。每小队两艘军舰错开成梯队状,以 5 节时速前进。当"定远"舰瞭望兵准确地判明日本海军的军舰是 12 艘时,丁汝昌下令将航速提高至 7 节,加速迎敌,并于 12 时 20 分左右命令将舰队阵形由"夹缝鱼贯阵"展开为"夹缝雁行阵","定远"和"镇远"居中。在下达变换战斗阵形的同时,丁汝昌还给舰队下达了一个补充命令,规定了 3 条原则:舰型相同的两艘军舰,须协同动作,互相援助;始终以舰首向敌,将保持其位置作为基本战术;各舰务必于可能的范围之内,随同旗舰运动。

与北洋舰队采取的战斗阵形完全不同,日本联合舰队选择了无变化的单纵阵迎敌。这一阵形以第一游击队 4 艘航速最快的巡洋舰为先锋,顺序依次为"吉野""高千穗""秋津洲""浪速";本队紧随其后,顺序依次为"松岛""千代田""严岛""桥立""比睿""扶桑";"西京丸"和"赤城"位于本队队尾左侧非战斗位置。

12 时 18 分,伊东祐亨命令第一游击队攻击北洋舰队右翼弱舰,第一游击队司令坪井航三下令提高航速,驶向北洋舰队右翼。12 时 50 分,"定远"舰管带刘步蟾指挥炮手突然以主炮轰敌,305 毫米口径主炮射出一枚重达 290 多千克的炮弹,在日本联合舰队第一游击队左侧数百米处海中爆炸,激起冲天水柱。北洋舰队各舰随之开始射击,但在北洋舰队第一波次的射击中无一命中目标。日本联合舰队对射击距离有严格要求,一般按照各舰速射炮的射程在距敌 3000 米左右时才能开炮。所以,当北洋舰队各舰开炮后,日本联合舰队并没有立即做出回应,而是继续快速接近北洋舰队(图 1-17)。

12 时 55 分,当第一游击队旗舰"吉野"与"定远"相距 3000 米时,其右舷炮开始射击,目标是北洋舰队阵形右翼的"超勇"和"扬威",

图1-17 黄海海战开始时刻

其他日本各舰也相继开炮。

在第一波次的激烈交火中，"定远"舰首先中弹受伤。先是一枚炮弹击中桅樯，不仅造成在桅盘内紧张工作的天津水师学堂见习生史寿箴等7名官兵牺牲，而且造成信号指挥系统被毁。随后又有一枚炮弹在望台附近爆炸，造成望台毁坏，在望台上督战的丁汝昌、汉纳根和戴乐尔等人均不同程度受伤，这就意味着整个北洋舰队失去了统一指挥，这对北洋舰队来说无疑是灾难性的局面。由于丁汝昌在战前没有指定接替旗舰指挥的军舰和替代管带，当"定远"失去指挥能力时，各舰随即进入了各自为战的状态（图1-18）。

然而，此时北洋舰队的战斗阵形还没有出现混乱，舰首对敌的姿态依然保持良好。当日本第一游击队快速通过北洋舰队阵形正面扑向右翼之时，本队各舰恰好处于北洋舰队阵形的正面，北洋舰队各舰主炮开始显示出威力。12时55分，"松岛"的320毫米口径舰炮的炮塔被"定远"150

图1-18 黄海海战战场

毫米口径大炮炮弹击中，向山慎吉海军少佐及一名炮手负伤。随后，"严岛""桥立"等舰也均受到打击，造成伤亡。

与此同时，日本联合舰队第一游击队直扑北洋舰队右翼，将"超勇"舰击沉、"扬威"舰击伤。正当日舰攻击"超勇"和"扬威"之时，日本联合舰队本队后面的"比睿"（图1-19）和"桥立"之间已拉开1300米的距离，北洋舰队趁机将两舰隔开，"比睿"舰长樱井规矩之

图1-19 日本联合舰队"比睿"舰

左右少佐大为惊慌，急忙向右转舵，企图从"定远"和"靖远"之间穿过北洋舰队阵形逃脱，遂遭北洋舰队各舰围攻，特别是"定远"和"镇远"均咬住它不放，"比睿"顿时被打得体无完肤，舰体、帆樯、索具均中弹受损，军舰旗也被打飞。"定远"的一枚305毫米炮弹直接命中"比睿"右舷后部，在与龙骨成大约50°的方位贯穿舷侧，击中士官办公室内后墙爆炸，附近一切被炸得粉碎，甲板被炸出大洞，并引发火灾，周围隔墙均燃烧。大军医三宅贞造等17人丧生，分队长高岛万太郎海军大尉等32人受伤。"比睿"拖着浓烟和大火慌忙从北洋舰队右翼逃出战阵。

14时15分，日舰"西京丸"遭到"定远""镇远"等4艘军舰的集中攻击（图1-20），其中4枚305毫米炮弹、1枚210毫米炮弹、2枚150毫米炮弹、4枚120毫米炮弹先后在"西京丸"的两舷、上甲板和轮机舱等处爆炸，造成严重毁损。其中1枚305毫米炮弹穿过客厅右侧，在客厅和机械室之间爆炸，造成客厅及其附近数室的天窗、舱口以及气压计、航海表、测量器具、食器等全被击毁。穿过最上部甲板通往舵轮机的蒸汽管也被打碎，蒸汽舵完全失去作用，"西京丸"立即发出"我舵发生障碍"的信号。随后，又有1枚150毫米炮弹击中"西京丸"后甲板，摧毁了舵轮机和信号装置，而另一枚150毫米炮弹从船尾穿过轮机舱爆炸，摧毁了5个舱室，并引起大火。

从14时30分开始，日本联合舰队第一游击队和本队对北洋舰队形成了夹击之势，之后便根据战场情况，不断机动，寻找战机，攻击北洋舰队的弱

图1-20 遭受攻击的"西京丸"舰

点，致使"来远""平远""广丙""致远""经远"相继起火，"镇远"多处中弹。"定远"则在 15 时 04 分中敌一炮，舰腹被击穿起火，火焰从炮弹炸开的洞口喷出，洞口宛如一个喷火口，火势极为猛烈。日舰趁机猛扑，想置"定远"于死地。在危急关头，"镇远""致远"驶往"定远"前方，迎战日舰，使"定远"得以扑灭大火，转危为安，可"致远"受伤尤重，不幸于 15 时 30 分沉没。

就在日本第一游击队攻击"致远"的同时，"定远"和"镇远"的重炮也对准了本队旗舰"松岛"一齐发射。15 时 26 分，1 枚 305 毫米炮弹命中了"松岛"的 4 号炮盾，舰上顿时浓烟腾起。这枚炮弹不仅摧毁了 4 号炮位的 120 毫米口径速射炮，而且引发了堆积在主甲板下的弹药发生爆炸，如百雷骤落，毒烟充满了整个军舰，志摩清宜海军大尉等 28 人当场毙命，68 人负伤，幸存者皆抽泣而不能自持。

"致远"沉没后，"靖远""来远""经远"3 舰均已受伤，"来远"中弹 200 余枚，"靖远"和"经远"均中弹百余枚，战斗力严重下降。在这种情况下，各舰管带率舰向大鹿岛或海岸方向逃避。在短短数分钟之内，中日双方海上战力对比发生了根本性转变，"定远""镇远"两舰孤悬战场，完全陷于挨打境地（图 1-21）。

图 1-21 黄海激战

16 时 16 分，北洋舰队中只有"定远"和"镇远"还留在战场上，两舰官兵肩负着维护北洋海军尊严的责任，准备同敌人血战到底。伊东祐亨率领本队"桥立""千代田""严岛"以及受伤的"松岛""扶桑"5

艘军舰展开了对"定远"和"镇远"的围攻，试图将这两艘作为北洋海军象征的铁甲战舰一举击沉。此时的"定远"舰首已燃起大火，"镇远"甲板和舱壁也弹痕累累，特别是两艘军舰经过3个多小时的战斗，炮弹已面临告罄。"镇远"的150毫米炮弹发射了148枚，305毫米穿甲弹仅剩25枚，榴弹1枚也没有了。"定远"也陷入了同样的困境。可是，在硝烟弥漫、热浪翻滚的大海上，"定远"和"镇远"如同两枚定海神针，岿然不动，它们用主炮不停射击。虽然日舰射出的炮弹如雨点般飞来，"定远"和"镇远"的装甲及炮塔护甲上被击出的弹坑密如蜂巢，但弹坑深度没有超过4英寸（约102毫米）以上的，两舰不愧"遍地球第一等铁甲船"之名，以至于日本水兵三浦虎次郎发出"'定远号'怎么还不沉"的惊呼。观战的英国远东舰队司令斐利曼特评论说：在如此力量对比之下，日本舰队不能将北洋舰队全歼是因为有"巍巍铁甲船两大艘也"。

17时45分，太阳开始西落，暮色将要降临，伊东祐亨感到这样围攻下去不可能将"定远"和"镇远"击沉，反倒己方有再次被攻击的危险，因为海面上还有北洋舰队的鱼雷艇出没，遂发出"停止战斗"的信号，并召唤第一游击队归队。伊东祐亨还未等到第一游击队返回，便率本队向南驶去。黄海海战至此结束。

黄海海战后，丁汝昌向李鸿章请奏加奖恤，后又委托龚照玙向李鸿章电恳将"定远""镇远"苦战出力将士择优酌情保荐数人，以资激励。1894年9月28日，光绪皇帝按照李鸿章的奏报降下谕旨。10月21日，李鸿章对力战有功者提出恤赏方案，择其尤为出力者分别酌拟奖叙，其中头品顶戴右翼总兵"强勇巴图鲁"刘步蟾，号令指挥，胆识兼裕，拟请旨以提督记名简放，并赏换清字勇号（图1-22）。

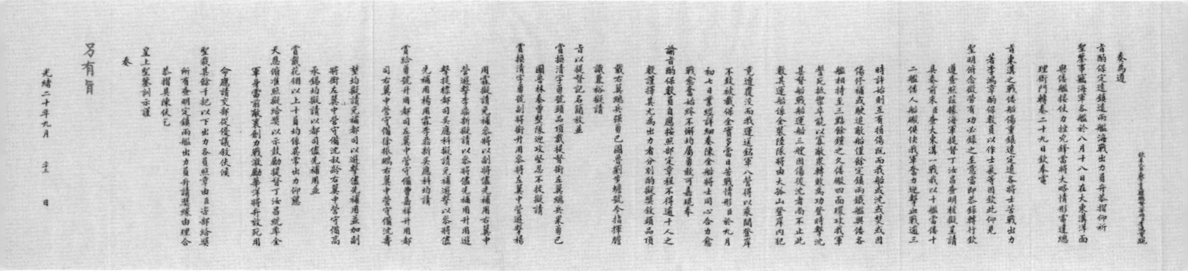

图 1-22 李鸿章为"定远""镇远"海战出力员弁请奖的奏折

第四节 　"定远"舰与威海卫保卫战

  黄海海战中北洋海军损失惨重，有 5 艘主力战舰或沉或毁，其余军舰也伤痕累累，进入旅顺（图 1-23）船坞等待修理。在战争继续进行的情况下，清廷面临的首要问题就是尽快恢复北洋海军的战斗力。就在黄海海战的第二天，总教习汉纳根向李鸿章报告说，北洋海军军舰需要修理，一个多月后方可再战。听到汉纳根这样说，李鸿章十分着急，他立刻发电督促负责修船工程的水陆营务处龚照玙抓紧时间尽快修船。龚

图 1-23 旅顺港全景

照玙在接电的当天即向李鸿章表示，拟先修"定远"，其他各舰受伤程度如何，等查明后即刻电禀，并尽快加工修理。可是，龚照玙遇到了极大的困难。他经过勘查后发现，"镇远"和"定远"（图1-24）两舰各伤千余处，其他各舰受伤之处也非常多。战情紧急，必须增加工匠，一同赶修，才能完成修理任务。针对这种情况，他及时向李鸿章做了汇报。可是，旅顺船坞的工匠在全盛时期也仅有600人左右，黄海海战后已不足600人，要同时维修6艘重伤军舰，无论如何也无法按时竣工。李鸿章只得电告津海关道盛宣怀，让他设法调拨工匠。盛宣怀得知唐山矿务局和铁路局有广东籍工匠200人，其中的大沽船坞旧匠曾在"定远"和"镇远"上做过工，他立刻电告总办张翼等人，从中挑选工匠10名，送往旅顺。他又从塘沽船坞等处调拨工匠10名、从天津机器局调拨虎钳匠若干名，星夜赶往旅顺。

然而，陆续添派的工匠虽然都及时到位了，但对于大量的维修工作

图1-24 在旅顺修理的"定远"舰（远处左二）

来说，只是杯水车薪。李鸿章在情急之下不断催促丁汝昌和龚照玙加快修舰速度。1894年10月18日，在经过了一个月的紧张抢修之后，还未完全伤愈的丁汝昌登上"定远"舰，率领"镇远""济远""靖远""平远""广丙"5艘军舰勉强出海，前往威海，为的是回应朝廷和李鸿章的关切。那么，经过维修的舰船实力究竟如何呢？这正是丁汝昌心中的痛处。他在给李鸿章的报告中说，清朝创设海军，原本在于防范外寇，可是在无事之秋，朝廷吝啬经费，不从实际出发建造军舰，也不对舰队实力进行及时补充，致使战事一起，与敌人的实力差距也就显现出来了。此次黄海海战是敌我舰队偶遇引起，非决死力战不可。经此一战，各舰备炮已毁损1/3，甚至连炮栓、炮具都没有配齐。"平远"舰舰炮运转不灵，榴弹缺乏；"广丙"舰只剩下榴弹60余枚。出海的军舰名义上是6艘，实际上有战斗力的不过3艘，而且"定远"和"镇远"两舰锚机已毁，修理需要时间，目前起锚费时，需要2个小时之久。如果遇到风浪，情况更糟。

从丁汝昌的话语中不难看到，黄海海战后的北洋海军已经不堪任战了。相比之下，日本海军舰船修复速度就快得多，除了"松岛"舰（图1-25）因受伤过重驶回日本吴港大修外，"赤城""比睿""西京丸"开往大同江附近的渔隐洞锚地修理，其余军舰在"桥立"舰率领下抵达位于朝鲜大东河口的小乳虆角临时锚地驻泊。9月19日中午，由商船改装而成的"元山丸"修理船从渔隐洞抵达这里，开始维修日本伤

图1-25 黄海海战后的"松岛"舰

船。"元山丸"是为适应日本联合舰队在黄海作战而专门改装的修理船，上面配备了简易的车床、机器和各种配件，特别是搭载了大量维修工人，是舰队恢复战力的重要保障。由于各舰伤势不重，维修起来并不复杂，"元山丸"上的工人日夜加班，于22日夜完成了全部维修工作。这样，海战后仅仅过去4天，停泊于小乳礁角临时锚地的所有日本军舰便恢复了战斗力。在这期间，"千代丸"和"土洋丸"运输船为各舰补充了弹药。此后，"西京丸"于10月19日、"赤城"于10月25日、"松岛"于11月5日、"比睿"于11月14日先后修复归队。至此，日本联合舰队在实力上已形成对北洋舰队的绝对优势。

黄海一战，使日本完全掌握了黄海的制海权，根据日本大本营的作战方针，下一步应进军渤海湾，在直隶平原与清军展开决战。为实现这一计划，日本大本营决定首先发动辽东半岛战役，占领渤海湾门户——大连和旅顺。1894年10月24日，日本第二军在联合舰队主力掩护下，在辽东半岛花园口登陆（图1-26），未遇到清军任何抵抗，随后日军

图1-26 日军在花园口驳运登陆

发动了辽东半岛战役。11月7日,日军兵不血刃地占领大连。11月22日,日军攻占旅顺,实施了惨绝人寰的旅顺大屠杀,同时占领了北洋海军旅顺基地,从此北洋门户洞开。

针对日本陆海军的协同进攻,北洋海军并未做出积极反应,丁汝昌秉承李鸿章的"保船制敌"方针,不顾朝廷日益紧急的催战命令,决定放弃旅顺,株守威海卫。12月6日,日本大本营认为冬季不宜登陆渤海湾,遂命令日军先在威海卫附近登陆,消灭北洋海军。

李鸿章虽然不清楚日本的战略意图,但他对日军进攻威海卫做出了基本判断,因此他根据日军进攻威海卫可能采取的陆海协同战术,为北洋海军制定了"水陆相依"的基本方针。按照这一方针,丁汝昌和刘步蟾等将领经过反复研究,制订了军舰依辅炮台防御港口的作战方案。这一方案指出,如果日军登陆来犯威海卫,必有大队军舰部署于威海湾口外实施牵制,此时我舰队远出接战,实力太单薄,日舰众多,一旦日舰急驶封锁海口,我舰队将进退无路,不免全失,威海卫基地也就危在旦夕。如果我舰队单纯株守港内,一旦两岸炮台有失,我舰队也将束手待毙。这两种方案都是不可取的。目前,我舰队战舰不多,唯一可行的办法就是依辅炮台,以收夹攻之效。威海湾口宽港广,我舰队随时可以回转,可攻可守。如果日本海军令少数舰船来犯,我舰艇可以出口迎击;如果日本海军大队全来,我舰队可起锚出港,分布于威海湾东西两口,在炮台炮线、水雷之界,与炮台合力抵御。因此,威海湾南北两岸炮台的支撑相当关键,有赖于纠正海岸炮台存在的问题,巩固威海卫防御。李鸿章赞同丁汝昌等人的防御方案。

1895年1月16日,日本"山东作战军"在大连湾集结完毕。从1月19日开始,日军分3批登船前往荣成湾。与此同时,日本联合舰队倾巢出动,掩护登陆船队向山东荣成进发。1月20日,日本先导舰首先到达荣成湾龙须岛附近，先头部队登陆后（图1-27），与清军发生短暂交火，300名清军向荣成方向败走，大队日军开始登陆。至24日18时，日军的登陆行动全部结束，在4天多的时间里，共有34600人和3800匹马上了岸。

图1-27 日军在山东半岛荣成湾龙须岛登陆

日军在开始登陆的当天下午，首先从落凤港上岸的日军即向荣成进犯（图1-28）。1月25日，日军司令官大山岩下达了进攻威海卫（图1-29）的命令。随后，日军兵分两路，对

图1-28 日军登陆后向荣成进犯

威海卫的屏障——南帮炮台形成夹击之势。在此后的作战中，清军虽沿途进行了抵抗，但日军依然先后占领摩天岭、杨枫岭等陆路炮台和南帮海岸炮台。与日军陆上行动同时展开的还有海上行动。日本联合舰队本队从荣成湾撤离，到达威海卫海面，以舰炮支援陆上战斗。

攻占南帮炮台后，日本"山东作战军"采取分兵合围战术，先占领威海卫城，后进攻北帮炮台。2月2日，北帮炮台陷落。至此，威海港后路的所有炮台全部沦陷，刘公岛成为四面受敌的孤岛。

2月2日，日本联合舰队继续对北洋舰队实施围困，并寻找机会发

图 1-29 威海卫城

动对港内军舰的进攻，试图从正面突破港口。3日，日舰与刘公岛、日岛炮台展开激战（图1-30），日军没有得逞。从4日开始，日本海军开始谋划破坏威海港入口处的障碍物，企图打通入港通道，实施夜间偷袭。

图 1-30 1895 年 2 月 3 日的激战

2月4日夜，日本联合舰队第三鱼雷艇队（图1-31）的第六、十号鱼雷艇在第六号鱼雷艇艇长铃木贯太郎海军大尉率领下，潜至东口，试图破坏防材。坚守港口的北洋海军官兵发现有异常，开炮轰击，第六号鱼雷艇慌忙之中只斩断了一根铁索便匆匆逃回。2月5日凌晨，日本联合舰队"爱宕""鸟海"等舰开始炮击日岛炮台，以牵制刘公岛、日岛炮台火力。2时，第二、三鱼雷艇队的9艘鱼雷艇在第六号鱼雷艇引导下，从阴山口向威海港东口进发，3时20分抵达防材缺口处。由于不熟悉情况，2艘未能通过缺口，其余8艘从缺口进入港内。3时50分，各艇抵达靠近南岸的杨家滩海面，做好攻击准备。首先发动攻击的是第三鱼

图 1-31 日本鱼雷艇队

雷艇队，第二十二号艇一马当先，它从杨家滩海面出发后，冒着北洋舰队的炮火疾驶，在火光中发现刘公岛南侧不远处有一艘大型军舰，从外形上判断是"定远"舰，艇长便下达发射鱼雷的命令。因两枚鱼雷是在慌乱中射出的，故未击中目标，第二十二号艇便转舵回逃，途中撞坏舵叶，最终搁浅于龙庙嘴附近，被北洋舰队炮火击毁。紧随第二十二号艇之后的是第六号艇，它沿着同样的路线驶向"定远"舰，但紧张之中未能发射鱼雷即被"定远"舰机关炮击中，第六号艇转向猛逃，于5时50分返回皂埠口锚地。第五号艇和第十号艇也分别发起攻击，但均未获战果就撤回。

　　第三鱼雷艇队的首波攻击结束后，第二鱼雷艇队继之，目标依然是已被确认位置的"定远"舰。与第三鱼雷艇队相比，第二鱼雷艇队的多数鱼雷艇运气不佳，如第二十一号艇和第八号艇还未找到机会发射鱼雷，即遭到炮击而被迫返回。第十四号艇未进港即触礁，第十八号艇则在进入防材缺口时撞上防材，两艇费尽周折脱险后天已大亮，不得不放弃行动。只有第九号艇（图 1-32）进港后绕过了北洋舰队鱼雷艇的阻挠，靠近了"定远"舰，在相距 200 米的地方发射了一枚鱼雷，击中了"定远"左舷后部，发生巨大爆炸。鱼雷艇射出鱼雷的火光被"定远"官兵看到，立即开炮轰击，第九号艇当即被击中锅炉，3 名艇员当场毙命，4 名艇员受伤。随后在第十九号艇的拖带下，第九号艇驶到龙庙嘴岸边搁浅，剩余艇员弃艇上岸。

图 1-32 击伤"定远"舰的日本第九号鱼雷艇

"定远"遭袭后，左舷后方被炸出了一个长 4 米、宽约半米的大口子，海水入灌，舰身开始倾斜。为了不使"定远"沉没，丁汝昌下令起航，可伤处进水越来越多，倾斜程度加剧，丁汝昌不得不将"定远"驶往刘公岛东部浅滩抢滩搁浅。

日军的这次偷袭使"定远"舰遭到重创，主甲板下的第一层甲板已被水淹没，官兵们被迫上到主甲板上。丁汝昌临时将"靖远"舰作为旗舰。

2 月 6 日凌晨，日本联合舰队第二、三鱼雷艇队继续对港内北洋海军军舰发动偷袭，又将"来远""威远""宝筏"3 舰击沉。此后连续几天，日本海军不断发动进攻，同时利用占领的岸上炮台对港内北洋海军军舰实施炮击，在 9 日的作战中，"靖远"舰被击沉。

　　"靖远"的沉没令丁汝昌进一步意识到，如果援军不到，剩下的"平远""济远""广丙"以及受伤的"定远""镇远"等舰即使不被击沉，也将成为日军的战利品。于是，他决定先将已经搁浅的"定远"舰炸毁。执行炸毁"定远"舰任务的是"广丙"舰，管带程璧光带领弁勇先用鱼雷将已沉没的"靖远"舰再次破坏，又将 350 磅（158.76 千克）炸药放入"定远"舰中。炸药被引爆，在巨大的爆炸声中，"定远"中部被炸开，两座高大的烟囱倾覆在舷侧（图 1-33）。管带刘步蟾遥望这一场景，悲痛欲绝。这位与"定远"相伴十几年的总兵管带清醒地意识到此刻是他生命的最后时刻。他冒雪回到自己的寓所，吞下鸦片自尽。由于药量不够，他辗转反侧，煎熬至 10 日下午才气绝身亡，实现了他在战前"苟丧舰，将自裁"的誓言。

　　2 月 11 日夜，日本鱼雷艇又趁风雪进入港内，用鱼雷攻击北洋海军军舰，但未击中，被舰炮击退。丁汝昌见援军不到，决定以身殉国。他回到北洋海军提督公馆，吞服鸦片，至 12 日凌晨气绝身亡，终年 59 岁。

　　1894 年 2 月 14 日，威海卫水陆营务处提调牛昶昞代表清朝守军与

图 1-33　自爆后的"定远"舰

刘步蟾

刘步蟾（图1-34），字子香，福建省侯官人，生于1852年，少年时性格沉毅，"力学深思"，成年后"豪爽有不可一世之概"。1867年，刘步蟾以优异成绩考入福建船政学堂，是该学堂第一届学生，学习驾驶、枪炮诸术，勤勉精进，试选冠曹偶。1871年，他在"建威"练船上练习航海，游历中国沿海各口岸，大受历练。1872年，他再次乘"建威"练船游历中国沿海。1873年，他随"建威"练船南下新加坡、槟榔屿等地，历时4个多月。1875年初，刘步蟾奉沈葆桢之命赴台湾琅峤执行任务，事后奉派"建威"练船管带。同年3月，他又奉沈葆桢之命随同福建船政局监督、法国人日意格前往英国和法国，采办军用器物，并分往各兵船，研究枪炮、水雷和驾驶之法，一年后回国，调赴台湾巡防，以劳绩保都司。1877年3月，清政府选拔优秀者派往欧洲留学，刘步蟾被选中，赴欧登上英国皇家海军"马那杜号"军舰，赴地中海实习。1879年3月，他登上"拉里"舰继续实习。7月，他实习完毕，经英国海军考试后给予优等文凭。回国后，他奉旨授游击衔，并赏戴花翎，出任"镇北"炮舰管带。1882年，刘步蟾奉李鸿章之派前往英国，担任伦敦公使馆的海军武官，其间，前往德国查看铁甲舰工程，并研究枪炮、水雷技术。1885年7月，"定远"和"镇远"两舰回中国时，刘步蟾帮德国员弁驾驶军舰，远航数万里，俱臻平稳，得到李鸿章的赞赏，以水师参将尽先补用，并加总兵衔。10月，"定远"和"镇远"两艘铁甲舰来华，不久刘步蟾就被任命为"定远"舰管带。1888年10月，北洋海军正式成军，刘步蟾被任命为右翼总兵兼"定远"舰管带，加头品顶戴，他曾与林泰曾合写《西洋兵船炮台操法大略》条陈上呈李鸿章，要求装备铁甲舰。此后，他率舰访问日本和新加坡，出色地完成了任务。1894年7月，中日甲午战争爆发，刘步蟾率"定远"舰参加了黄海海战，表现英勇，得到朝廷的奖叙。威海卫保卫战爆发后，他协助丁汝昌积极防守，最终兵败殉国，时年43岁。战后，清政府"照提督阵亡例从优赐恤，世袭骑都尉加一等云骑尉"。

丁汝昌

丁汝昌（图1-35），原名先达，字禹廷、雨亭，号次章，生于1836年11月18日，祖籍安徽庐江县北乡石嘴头村（今庐江县石头镇丁家坎村）。丁汝昌出生于一个贫苦农民家庭，幼时母亲亡故，由祖母抚养。他不满3岁时祖母病亡，便与父亲丁志瑾相依为命。他15岁时父亲亡故，便孑然一身，不得不自食其力。1854年1月，太平军攻占庐江县城，次年秋天，丁汝昌参加了太平军，随程学启部防守安庆。1860年，湘军曾国藩、曾国荃的5万余精锐清军围攻安庆，程学启率丁汝昌等82人出城投曾国荃部，编成开字营，丁汝昌任哨官，其间，他曾任职长江水师。1862年，李鸿章奉曾国藩之命招募淮军，李调程学启部2个营作为淮军基础，丁汝昌遂入淮军，继续任哨官。在淮军期间，丁汝昌多次参加与太平军、捻军的作战，并入刘铭传军，跟随刘铭传转战各省，凭战功不断晋升，军衔由千总经守备、都司、游击、参将、副将，于1868年8月擢升总兵加提督衔，并获"协勇巴图鲁"勇号。1874年，丁汝昌离开军队，回安徽老家闲居。1877年，丁汝昌接到来自朝廷兵部的公文，让他送部引见，军前听命。丁汝昌进京后受

图1-34 刘步蟾

图1-35 丁汝昌

日本联合舰队司令长官伊东祐亨签订了《威海降约》，北洋海军全军覆没，威海卫保卫战结束。

到慈禧太后召见，朝廷令他赴甘肃等候差遣。丁汝昌不愿，借口回老家筹措资金，赴天津拜谒李鸿章，恰逢李鸿章为筹建北洋海军而选择提督一职，李有意让丁汝昌担任，便上报朝廷，将丁汝昌留在天津。1879年11月，清政府从英国订购的第二批"蚊子船"来华，李鸿章正式奏请将丁汝昌留归北洋海防差遣，任务是"督操北洋水师炮船"。1881年，清政府从英国购买的"超勇"和"扬威"两艘巡洋舰建成，丁汝昌奉命带队赴英进行验收和接舰，当年12月完成任务，得赏换清字勇号并正一品封典，并获准正式统领北洋海军。1882年10月，丁汝昌因率舰赴朝鲜处理"壬午政变"，得李鸿章奏请赏穿黄马褂。1888年，北洋海军成军，丁汝昌出任北洋海军提督。此后，他多次奉命率领舰队完成出访日本和新加坡的任务。1894年7月，中日甲午战争爆发，丁汝昌奉朝廷和李鸿章之命奔波于海上。9月17日，他率北洋海军主力参加了黄海大战，并在海战中负伤。黄海海战后，他顶着朝廷和李鸿章的双重压力，放弃旅顺，退守威海卫。在威海卫保卫战中，他固守待援，率军英勇奋战，最终因援军断绝、寡不敌众，于1895年2月11日在北洋海军提督公馆自杀殉国。

第五节　日本盗捞"定远"舰遗物

　　1895年4月17日，清政府与日本签订了丧权辱国的《马关条约》，为了使条约中规定的2亿两白银的赔款连本带息按时到账，日本政府派出军队继续驻扎威海卫。对于日本这种无赖的行径，清政府无能为力，只能一面东挪西借，从英、法、俄等国银行大量举债，一面加大对百姓的盘剥，于1898年将赔款付清，日军于该年5月撤出威海卫。这样，甲午战争后日军又驻扎威海卫3年。在这3年中，日本政府组织人力对威海湾内北洋海军沉舰残骸进行了疯狂盗捞，"定远"舰遗物难以幸免。

黄海海战刚刚结束，日本民间有人就已意识到沉没的北洋海军舰船所蕴含的巨大军事价值和商业价值，对此他们垂涎三尺，一些人为打捞这些沉舰展开竞争。他们不顾中日战争还在进行的危险，纷纷向日本海军递交申请报告，要求打捞北洋海军沉舰。日本档案史料显示：1894年10月3日，神奈川县横滨市的增田万吉向海军军令部提出打捞申请；10月8日，大阪府大阪市的粟谷品三向海军大臣西乡从道提出打捞申请；10月13日，东京市的山科礼藏向大本营提出打捞申请（图1-36）；10月30日，鹿儿岛县鹿儿岛市的山本盛房、西之原铁之助、川村俊秀及熊本县熊本市的浅山知定、高田露、木村万作6人联合向海军大臣西乡从道提出打捞申请。12月13日，东京市的平野新八郎向大本营提出同样的要求，并详细说明了打捞理由。由于战争还未结束，海上形势还非常严峻，无论是大本营还是海军军令部，对诸人的打捞申请均没有做出回应。然而，威海卫保卫战刚刚结束，打捞北洋海军沉舰的声音再次响起。

　　1895年2月13日，伊东祐亨在给海军次官伊藤隽吉的电报中提出，即将进行威海卫港内沉没军舰之内部打捞，请给予办理打捞手续。同日，海军军令部副官山本权兵卫也对伊藤隽吉说，威海卫港内沉没之北洋海军军舰，决定由海军进行打捞，因探查困难，应事先做好准备。2月14日，伊藤隽吉给山本权兵卫回电，称威海卫港内北洋海军沉舰打捞之事，考虑到是鱼雷等将它们击沉的，因此打捞相当困难。无论如何都应亲临现场经过充分调研之后，

图1-36 山科礼藏打捞威海湾北洋海军沉舰的"申请书"

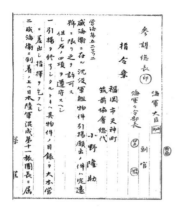

图1-37 日本海军打捞威海湾北洋海军"定远"等沉舰的文件

方能得出结论。为此，应考虑让旅顺口知港事三浦大佐进行此项调查。山本权兵卫同意伊藤隽吉的建议。从日军官方来往电报看，战争刚刚结束，日本海军便迫不及待地想得到北洋海军沉舰残骸，一方面是因为他们需要了解"定远"等舰的建造技术、舰体结构、破坏情况、沉没原因等，为掌握近代海军装备和近代海上战争提供直接数据。另一方面是因为日本国内资源枯竭，沉舰上的优质钢材等各种物品都是急需的物资。除此之外，将北洋海军沉舰上具有标志意义的装备等物资掠回日本，也是为了炫耀日本"战绩"（图1-37）。

　　3月13日，日本海军技师古川庄八奉命从横须贺出发，经佐世保抵达威海卫，调查沉舰情况。15日，他登上刘公岛，与海军派来的三浦大佐会合。28日，他们派出潜水员对沉没于威海湾的军舰进行探查。4月16日，水下探查工作结束。11月7日，他们写成《报告书》（图1-38），并绘制了"靖远""威远""宝筏""来远""定远"5艘舰船沉没状况简图，呈报横须贺镇守府监督部长岩村兼善。从古川庄八等人所绘简图看，"定远"舰坐沉于浅滩之上，舰底深陷淤泥之中，舰尾舵板有3/4在淤泥之中。舰尾左舷有一长约4米的裂口。海面高度约与甲板持

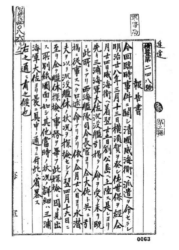

图1-38 古川庄八调查威海卫北洋海军沉舰的《报告书》

平。甲板以上的烟囱、舰桥等建筑已不复存在。"定远"中部有炸药从内部爆炸的痕迹,靠左舷的双联装主炮炮台已被炸开,其他部位设施,包括桅杆,完好无损。整个军舰景象与日军所拍照片基本相同(图1-39)。

1895年2月7—14日,日本国内又有多人向海军递交申请报告,要求打捞威海湾北洋海军沉舰,包括长崎县长崎市的桥本清、福冈县福冈市的小野隆助、东京市的鹿毛信盛、兵库县神户市的正木久吉、鹿儿岛县鹿儿岛市的中村新助等。除了日本国内的组织和个人提出打捞申请外,西方国家也有打捞北洋海军沉舰的意图。1895年3月,俄国黑海救援公司社长弗兰肯致信日本驻俄特命全权公使西德二郎,希望能参与威海卫沉舰的打捞工作,表示日本可以雇用该公司"流星号"船用于打捞作业。美国贸易商会的詹姆斯·摩尔斯也提交了关于威海卫沉没军舰的打捞申请,称他们拥有打捞舰船的新方法。

对于日本民间人士提出的打捞请求,日本海军开始并未给予积极响应,因为海军想打捞这些具有重要军事价值的沉舰,便派出古川庄八等人进行调查和评估。可是,日本海军经过甲午海战,自身并无能力全部打捞这些沉舰,只能对部分武器装备进行拆卸。有鉴于此,日本军

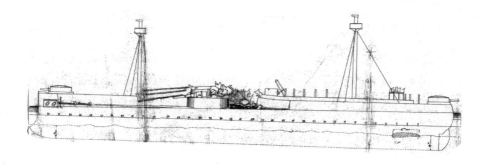

图1-39 古川庄八等人绘制的"定远"舰沉没状况图

方决定将重要武器装备以外的物品交给民间组织和个人进行打捞。1895 年 5 月 16 日，日本大本营对民间申请给予批复（图 1-40）：允许小野隆助打捞"定远"舰，桥本清打捞"靖远"舰，鹿毛信盛打捞"威远"舰，正木久吉和中村新助打捞"宝筏"舰和"来远"舰。同时，对打捞"定远"舰的小野隆助提出 4 项要求：一是打捞结束后，须将打捞物品目录提交至大本营，听候其指示；二是抵达威海卫后，须先向日本陆军混成第十一旅团旅团长申报后再开始打捞；

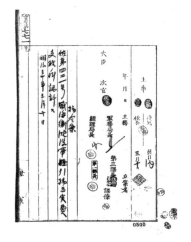

图 1-40 日本大本营对民间申请打捞北洋海军沉舰的批复

三是须由打捞人自费准备打捞所需的船只、粮食以及各类物品；四是自得到本许可书后，若在一个月之内未离开本国，则视本打捞许可无效，且须在出发之际申报出发日期。对于美俄等国提出的打捞要求，日本政府直接表示拒绝。

"定远"舰的打捞从 1895 年 7 月开始，到 1897 年 11 月止，历时两年多。上海《字林沪报》曾刊登日本人在威海湾捞取北洋海军沉舰物品的消息："现有倭人多名在威海卫沉船五艘内做工，捞取值钱之物。"烟台的西方报纸也报道："有轮船名'而令古而特'者，载潜水人四十八名至威海卫。又有'扳克'轮船载潜水人一百余名至威海卫，此一百余人均带抽水机器，又有小船及各种器具俱由该轮船附去，闻倭人欲将沉在威海港内之船悉数捞起，即大受夷伤之定远铁甲亦在其中。"

1897 年 2 月 13 日，负责打捞的小野隆助首次向佐世保镇守府造船部提交了部分打捞物品及费用清单。6 月 13 日，小野隆助向海军大臣西乡从道报告说，打捞出水"定远"舰鱼雷 3 枚。1898 年 5 月 4 日，小野隆助向海军省军务局报告说，打捞出水"定远"舰 305 毫米克虏伯榴弹 67 枚。上述物品仅仅是按照约定上交海军的武器装备，而其他物品却没有罗列。9 月 15 日，小野隆助向海军大臣西乡从道递交了打捞结束报告，并详细开列打捞出水的物品，有 103 项，其中包括鱼雷、鱼雷发射管、电气机械、白色护膜板、牛皮、船舰用潜水器械、37 毫米炮弹、火药、电气导线、电气试验电器、启落器、军乐器、57 毫米炮弹、内筒炮、圆形板硝子、护膜管、内筒炮附属品、螺旋磨擦管、水兵剑、舷灯、榴弹、测量用器械、时钟、大清国旗、大炮附属机械、发射管空气釜、电桥等等。所有物品均标出数量或重量，比如铅"百六拾四贯八百目"、石炭"四千百六拾贯目"、铜类"贰万贰千五百六拾五贯目"、铁类"贰拾七万九千四百拾六贯目"、铣铁类"三万零六百七拾贰贯目"、棉火药"三拾贰贯目"等。贯和目是古代日本的重量单位，一贯等于 1000 目或 3.75 千克。

经过两年多的疯狂盗捞，威海湾北洋海军沉舰遗物基本被抢掠一空。当然，由于日本采取的是先爆破拆解、后打捞的方法，经过爆破拆解，大量零散残件散落在沉舰周围较大的区域，如弹药、甲板碎片、生活用具等，不可能被全部捞走，这就给后人的水下考古留下了遗物。

包括"定远"舰在内的北洋海军沉舰残骸被运到日本后，有的交给日本海军，如武器弹药，或直接利用，或制成钢材重新制造武器。1898年 11 月 7 日，日本海军军令部的报告记载，"定远"舰的一门 305 毫米口径克虏伯炮交由吴海军兵工厂修理后报废。有的作为陈列品，陈列在日本公共场所，以炫耀日本侵华"战绩"，如"镇远"舰铁锚、"靖远"舰炮弹、"致远"舰武器等均被陈列于公共场所，供人们参观。有的流落日本民间，用于各种用途，如"定远"舰的装甲等遗物被建成"定远馆"

图1-41 日本福冈县太宰府"定远馆"大门（萨苏摄）

（图1-41），供人们参观。

"定远"舰的打捞者小野隆助的祖籍是福冈县太宰府，他曾经担任过香川县知事。打捞工作结束后，他把火炮、炮弹等武器装备上交日本海军，其他部分舰体被作为废铁出售，获取经济利益。另外，他挑选了一部分具有标志性的物件运回老家，建了一座"定远馆"，其目的是向日本国民展示和炫耀日本发动甲午战争的"战绩"，推崇军国主义。他还抱着同样的目的，把一部分物件送给日本的庙宇和神社作为陈列品。

"定远馆"的占地面积100余平方米，有庭院，有建筑。1903年，东伏见宫依仁亲王赐书"定远馆"牌匾。"定远馆"大门是用两块留有弹孔的"定远"舰舱壁铁板制成的，弹孔周围布满了密密麻麻的铆钉孔，或许就是为了追求"伤痕累累"的效果。进入庭院，前行六七米，便是"定远馆"的主建筑，该建筑离地而建，下面由半米高的木桩支撑，面积约60平方米。建筑分为几个房间，其中有个房间的房梁是用"定远"舰的桅杆做成的。窗框上的支撑梁是用"定远"舰的两根桅杆横桁制成的，头部还套着军舰上用的系缆桩作为保护。钢制的护壁原是"定远"舰的船底板，依然保留着藤壶寄生的痕迹。在放置垃圾袋的廊下，外面有用艇上划桨制作的护栏。据说"定远馆"的浴室和卫生间也是从"定远"舰上整体挪过来的。如今的"定远馆"因年久而多次重修，已面目全非，很少有人知道这里曾经留存着"亚洲第一舰队"旗舰——"定远"舰的遗物。

总之，无论北洋海军沉舰残骸归宿如何，它们都是中国人民心中永远的伤痛。

第六节　"定远"舰沉没遗址调查

虽然"定远"舰的遗物被日本盗抢殆尽，但今天的国人面对着风景秀丽的威海湾依然会畅想这艘"遍地球第一等铁甲船"航行在这片海域的雄姿。为了让它魂归故里，更为了让它成为国家安全的警世钟，有关部门决定参考在德国建造时的图纸，按1:1的比例复制一艘"定远"纪念舰（图1-42）。2004年，复制"定远"舰项目由中国科技开发院威海分院注册并取得政府立项，由秦皇岛瑞星船务工程有限公司承建。这年4月，设计完成，并开工建造。

2004年9月13日，"定远"纪念舰下水，山东省威海市港务管理局、威海威高集团等在山东荣成俚岛海达造船厂举行了隆重的典礼。威海市委、市政府及相关政府部门领导，

图1-42　"定远"纪念舰（图片来源：刘公岛官网）

"定远"纪念舰设计单位代表，研究近代海军的学者、爱好者，以及各界人士等数百人见证了这次盛事。2005年4月，"定远"纪念舰建造完成，被拖往它的成军之地、归宿之地——威海。4月16日，威海港海域举行了隆重的祭奠甲午英烈仪式，并迎接"定远"纪念舰驶回威海港，海军驻威海部队的数百名官兵和当地各界人士向大海抛撒鲜花，"定远"纪念舰也长鸣汽笛，向当年为国捐躯的北洋海军英烈致意。

"定远"纪念舰寄托了国人对"定远"舰的无比怀念之情，但它毕竟不是真正的战舰。随着我国水下考古事业的不断发展，特别是"致远"舰和"经远"舰水下调查和考古工作取得显著成绩，人们期望通过水下考古能发现"定远"舰的遗存。于是，一个具有重要历史和现实意义的水下考古调查项目开始孕育。

2017年，国家文物局水下文化遗产保护中心（现更名为国家文物局考古研究中心）为了探明威海湾内北洋海军沉舰的分布情况和保存状态，特立项课题"甲午沉舰遗迹调查与研究"，委托山东省水下考古研究中心承担完成课题的工作。10月，经国家文物局批准，受山东省文物局委托，国家文物局水下文化遗产保护中心、山东省水下考古研究中心、中国甲午战争博物院、威海市博物馆共同开展了威海湾北洋海军沉舰水下考古调查项目，在59天的时间里，考古队使用中船重工715所研制的GB-6A型海洋氦光泵磁力仪对环刘公岛海域进行了全覆盖式搜索探测，扫测了总面积达20.943平方千米的海域，获得了磁力分布图、二维声像图、水下三维地形图、浅剖数据（见余恺、周春水等：《海洋磁力仪在沉舰探测定位中的运用》），共发现了17处水下文物疑点。2018年6—7月，考古队对17处疑点逐一进行潜水探摸及排查，发现编号为3号的疑点更符合北洋海军沉舰特征。考古人员遂对照"定远"舰照片显示的海底位置进行潜水调查，发现海床被泥沙掩盖，侧扫声呐和多波束测深系统都不能在海床上发现沉舰遗迹。针对这种情况，考古队一边进行抽沙，一边采用浅地层剖面仪探测埋藏在淤泥下的遗迹、遗物。物探结果表明，该疑点位于刘公岛东村东南部近滩海域，海底表面平整，临近遗址点北部有几道人工堆砌的鱼礁，海底表层浮泥堆积厚30~50厘米，浮泥之下为板结状灰褐色淤泥。根据浅地层剖面仪测得的有关数据，发现淤泥下 2~3 米深处有一个呈东西向分布的"硬物"，长约84米，南北宽18~22米。经过水下考古队员潜水探扎和局部抽泥解剖，将 3 号疑点分布范围进行了圈定，初步了解了埋藏点位置、深度和分布密集区域（见王泽冰、孟杰等：《山东威海"定远"舰的发现与论证》）。

　　这次调查，通过对核心区域的水下抽沙、水下探扎、水下布方、水下测绘等，使局部得以揭露，发现了钢板、木甲板、煤块、毛瑟步枪子弹、150 毫米炮弹引信和船上构件等遗物，经过与"致远"舰、"经远"舰水下考古发现的遗物比对，结果一致，初步断定 3 号疑点是北洋海军沉舰遗址，有关部门遂将 3 号疑点命名为"威海湾一号"。此次调查虽然确定了 3 号疑点为北洋海军沉舰遗址，但并没有最终确定是"定远"舰遗址，必须开展更深入的调查。

　　2019 年，山东省水下考古研究中心联合国家文物局水下文化遗产保护中心，开展了"2019·山东威海湾甲午沉舰遗址第一期调查项目"（图1-43）。2020 年，又开展了第二期。经过两期水下考古发掘工作，确认了沉舰的主炮位

图 1-43　2019 年 9 月，"威海湾一号"水下考古调查再次启动，图为考古人员进行水下作业（图片来源：刘公岛官网）

置，调查了舰首和舰尾，准确评估了沉舰在水下的保存情况。具体方法是：先后在沉舰中前部布设了一条南北向探沟（TG1），在舰首北部和舰尾分别布设了东西向探沟各一条（TG2和TG3），揭露面积约400平方米，在探沟底部发现了沉舰构件和凝结物。其中TG1内发现了保存较完整的单块铁甲板（图1-44）、通风圆管和钢板等大型舰上构件，周边也散落着大量块状凝结物，淤泥中包含大量煤块、碎木、铜构件等遗物。TG3底部发现了较多的木板、条状木构件等堆积，未见有成形分布迹象，均夹杂于淤泥之中。遗物堆积厚度为20~30厘米，

图1-44 水下的"定远"舰铁甲板（图片来源：刘公岛官网）

之下为板结状淤泥。经过上述系统的水下考古发掘，共出水文物1700余件，主要包括舰上构件、武器弹药、生活器具3类，材质有铜、铁、木、橡胶等（见王泽冰、孟杰等：《山东威海"定远"舰的发现与论证》）。

鉴于以上发现，对照1895年2月21日"定远"舰搁浅后的照片，并结合战后日军探摸"定远"舰测绘图的标定，可推测3号疑点为"定远"沉舰遗址。考古队领队周春水先生认为，从物探成果来看，磁力仪显示出典型的铁质物体磁力信号源，浅地层显示其埋深在泥中3米以下，与后续的人工钻探位置及钻探的深度吻合，所处位置也与日军战时记录位置一致。因而，可确认该处即"定远"沉舰遗址。在考古工作期间，发现两块带圆孔的船板，对比北洋海军"致远"舰的同类遗物，可确认为是船甲板与堵头，

与1860年英国"皇家勇士号"的舱室木甲板与堵头一样。这是西方船只当时封堵金属钉子的做法，完全不同于中国船只用舱料封堵的做法。

周春水先生还介绍说，工作人员还在水下发现一块庞大的钢板，确认其为防护铁甲。"定远"舰购舰合同上详细记载："所用钢面铁甲由伏尔铿厂购买，以精致之工装配于船。堡四旁之铁甲低于水线一千五百四十毫米（即五英尺）而止，凡自水线以上二千三百三十六毫米（即七英尺六六四），下至水线之下五百三十七毫米（即一英寸七六），则统厚十四寸。"由此可知，水线处的铁甲长度为2873毫米。此次发现的这块铁甲略有弧度，水下测量最长为2860毫米（用于特殊的拐弯处）。抽沙确认发现铁甲的区域位于沉舰42—48肋骨处，锁定沉舰的位置为主炮、弹药仓附近，应为拆解时不慎脱落掉下的铁甲。

2020年9月17日是黄海海战爆发126周年纪念日，这天傍晚，晚霞映照着威海湾海面，高大的起吊机将一块重物缓缓吊出水面，这正是被考古人员认定的"定远"舰铁甲堡的一块铁甲板，它重约18.7吨（图1-45）。该铁甲板对于确认"定远"舰

图1-45 "定远"舰铁甲板出水（图片来源：刘公岛官网）

身份和研究铁甲舰的防护能力均具有极其重要的意义。

2022 年 1 月 20 日，山东省文化和旅游厅（山东省文物局）在济南召开新闻发布会，公布"威海湾一号"沉舰遗址基本确认为北洋海军"定远"沉舰残骸遗址，已纳入山东省首批水下文物保护区。山东省也成为继广东省之后中国第二个公布水下文物保护区的省份。

第七节 "定远"舰出水文物

"定远"舰遗址水下调查的出水文物包括军舰构件、武器弹药、生活用品等，其中有"重器"，也有一般器物，这里择其要而述之。

铁甲板（图 1-46、图 1-47）。呈弧状长方形，内凹面有 8 个深 12~14 毫米的螺丝孔，上下各 3 个，中间 2 个错位排列。按照铁甲板在舰上铁甲堡的安装状态，实测高约 2.832 米，内凹面宽 2.45 米，外面宽 2.6 米，上部厚度 0.303 米，下部厚度 0.305 米，重约 18.7 吨。考古人员根据铁甲板在水下的位置以及"定远"舰的设计图纸，判断出了该铁甲板在铁甲堡上的位置。王泽冰先生称，考古人员把物探数据与"定远"舰设计图纸相对照，决定把 TG1 的发掘位置布设在掩埋物分布密集的中间区域。经过系统的水下

图 1-46 "定远"舰铁甲板

图 1-47 "定远"舰铁甲板细节（赵姣琪摄）

考古发掘清理，发现铁甲板位于遗物分布密集区南侧边缘，该处往北距离通风管（图1-48）约2米，通风管周边散落大量船构件和钢板等。从发现的较多船构件分布堆积情况推测，通风管周边属于主舰体分布范围内，铁甲板南部未见任何遗物，均为板结状淤泥。因此，铁甲板所在位置应该在舰体最南部外侧，即舰右舷外侧。另外发现一个方形舱盖和一个铜铭牌，铜铭牌上的3行字为"第四十四至四十八横

图 1-48　出水后的"定远"舰通风管（张笑妍摄）

肋间""双底内量水管""第肆拾捌"。通过查阅"定远"舰设计图纸，发现舰体44—53号底部是煤仓和弹药库，铁甲堡右前端拐角处位于52—53号区域之间，清理的TG1东西宽为6~8米，基本覆盖了44—53号区域，因此确定TG1的位置位于舰体中前底部煤仓和弹药库区。另外，在该区域发掘的出水遗物中有大量碎煤块，还发现许多炮弹引信、木质弹匣以及毛瑟步枪子弹、手枪子弹等，均证实了探沟布设区域与煤仓和弹药库区的一致性（见王泽冰、孟杰等：《山东威海"定远"舰的发现与论证》）。

通风管。舰船设置有许多舱室，大部分舱室位于甲板以下，这是因为船舶需要轴系布置，以控制舰船的重心。而这些舱室又都是水密隔舱，四周有舱壁，顶部有甲板和上层建筑覆盖，这样就使得舱室成为一个个近似封闭的空间。机舱、锅炉舱、弹药舱等舱室又布置有蒸汽机的主机、辅机以及其他各种机械设备，它们在运转过程中需要大量新鲜空气，同时会产生热量和废气，必须对舱室进行通风。因此，通风系统就成为舰船的必备装置。

通风系统的主要作用在于：第一，为机舱中安装的主机（早期铁甲舰为蒸汽机）、辅机、辅助锅炉等各种机械设备提供运行时必要的新鲜空气，以及保证燃料的充分燃烧，提高热效率。第二，将机舱中的各种机械设备在工作过程中散发和泄漏出来的油气、水蒸气以及易爆炸的粉尘（早期铁甲舰中是煤粉）等不利于机舱安全的有害物质排出机舱，提高舰船的安全性。第三，通过换气使机舱中的空气保持相对新鲜，改善机舱工作人员的工作和生活环境，保障机舱工作人员的身体健康，从而提高工作效率。第四，将机舱中安装的主机、辅机、辅助锅炉等热力机械设备运行时散发出来的大量热量排出机舱，降低机舱温度。

现代舰船的通风系统分为自然通风和机械通风两种运行模式。自然通风系统主要由船舶本身的开孔（门、窗、舱口、通风斗）和通风管道组成。自然通风系统结构简单、成本低廉、维修方便，但受外界风速、风向和温度等天气状况的影响很大，所以工作状态很不稳定，尤其是作战中容易受到敌方攻击，成为舰艇的薄弱环节。机械通风分为机械排风和机械送风两种方式，无论哪种方式都不受外界自然条件的影响，可以人工调节通风量，并且能够对空气进行合理分配并输送到指定的场所。但在铁甲舰时代，人们还没有发明高效率的机械通风系统。

"定远"级铁甲舰采用了自然通风系统，安装了直通上层甲板的通风管。为了克服自然通风风压小、流速慢的弊端，引入更多的新鲜空气，"定远"级铁甲舰的通风管直径很大，并设计成弯曲的鹅颈管形状，也叫风斗，可以朝最容易进气的方向自由旋转，同时因为管口横向，避免了进水。"定远"级铁甲舰的主甲板上安装了4个大型通风斗和4个小型通风斗，其大型通风管还能兼做煤渣的传送通道，可以将锅炉舱内的煤渣提升到甲板上，然后通过两个杂物筒倾倒出去。此次出水的"定远"舰通风管为残件，有2节，每节由铁皮卷成筒状，用铆钉连接，底部残留连接甲板的铁箍和铁钉，顶部略残。通风管残长2.54米、口径0.47米，铁皮厚约0.02米。通风管的出水位置在TG1内中南部，即铁甲板北侧约2米处。

"定远"舰遗址出水的军舰构件还有完整的圆形铜盖（中间略凸起，正中间有一桥状把手，把手两端用圆铆钉与盖体连接）（图1-49）、弯曲状中空铜管（近中间处已压扁，两端有连接口，一为椭圆形，有3孔，一为长方形，有2孔）（图1-50）、圆形中空木滑轮（面有3孔，不贯穿轮身，背有1孔，轮身上有1圈凹槽）（图1-51）、铜质长条状螺丝钉（下端扭曲变形，钉帽有"一"字形凹槽，上部为圆柱体，无纹，下部较长为螺丝）等。另外，还有钢板连接（图1-52）、舱盖（图1-53）、铜撬棍（图1-54）、铜质铭牌（图1-55、图1-56）等。

"定远"舰的武器装备残件是出水物品中的重要一类。关于武器装备情况，李鸿章在《订购定镇两舰收支款目折》所附的清单中有较为详细的记载。

从记载可知，"定远"舰建成来华时，装备的武器有大小舰炮10门，包括305毫米口径克房伯炮4门、150毫米口径克房伯炮2门、75毫米口径舢板炮4门。炮弹600枚，引火750枚。大小套筒炮6门，弹壳500枚、炮弹1000枚、引火1250枚。大小速射炮12门，炮弹16096枚。鱼雷发射管7具（"定远"舰3具，所载的2艘鱼雷艇各2具）。连珠枪250支、兵枪250支、铅子12500颗、引火12500枚、子弹1500枚、佩刀300把、官枪25把、火箭250枚等等。

"定远"舰遗址水下考古出水的武器装备主要以弹药为主，包括毛瑟步枪子弹和韦伯利左轮手枪子弹（含弹壳）1200多枚、发火管（含未击发的）106个、各型号炮弹引信34个。出水地点在TG2的1.5米厚淤泥层。

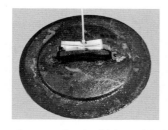

图 1-49 圆形铜盖（赵姣琪摄）

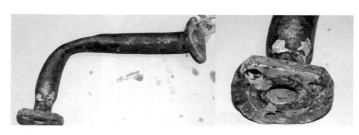

图 1-50 弯曲状中空铜管（赵姣琪摄）

图 1-51 圆形中空木滑轮（刘文杰摄）

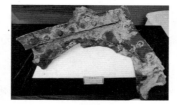

图 1-52 钢板连接（刘文杰摄）

图 1-53 舱盖（刘文杰摄）

图 1-54 铜撬棍（刘文杰摄）

图 1-55 铜质铭牌正面（赵姣琪摄）

图 1-56 铜质铭牌背面（赵姣琪摄）

305 毫米炮弹引信（图 1-57）。"定远"舰 305 毫米口径双联装克虏伯主炮由德国克虏伯公司于 1880 年制造，炮身长 7625 毫米，25 倍径。每门炮重 32 吨，膛内有 72 条来复线，炮弹重 329 千克，分为实心弹和开花弹两种，有效射程 7800 米，最大射程 10000 米以上。该炮安装于军舰中部炮塔内，两座炮塔采用对角线布局，上有炮罩，炮台用装甲环绕，双联装主炮的炮座底部安装了一套传动装置，通过人力和蒸汽动力实现旋转。出水的该炮引信，通体呈螺帽状，顶面平整，中间有一圆孔，内有引信头，缘边有两个对称装卸缺口，呈半圆形。下部呈管状，外有螺纹，底部内凹密封、中间有一小孔。该引信为铜质，高100毫米，顶面直径73毫米，帽檐外径105毫米，顶孔径35毫米，底径87毫米。

图1-57 "定远"舰305毫米炮弹引信（赵姣琪摄）

图1-58 "定远"舰150毫米炮弹引信（赵姣琪摄）

150毫米炮弹引信（图1-58）。"定远"舰安装有150毫米口径克虏伯炮2门，位于舰首和舰尾。该炮炮管长为35倍径，每门炮重10吨，发射开花弹和实心弹，炮弹重51千克，有效射程11000米。出水的150毫米炮弹引信为铜质，圆柱体，中空，管内有螺纹，顶部为帽，上小下大，左右对称，上下各有一圆形凹窝。引信下部有螺丝纹，上部较小、无纹。

57毫米哈乞开斯机关炮炮弹（图1-59）。机关炮也就是速射炮，是发射炮弹速度较快的火炮。火炮的发射速度快慢是相比较而言的。在速射炮出现以前，150~320毫米口径的近代舰炮的发射速度从发射1枚炮弹需要1分钟到发射1枚炮弹需要10分钟不等。例如，北洋海军"超勇"

级撞击巡洋舰的254毫米口径主炮发射1枚炮弹需要2.5分钟左右,而"定远"级铁甲舰的305毫米口径主炮发射1枚炮弹需要6~8分钟。1886年,英国阿姆斯特朗公司率先开发出了120毫米口径速射炮,这种炮之所以能够提高发射速度是因为设计者增加了摇架和复进机,使炮身可以沿着摇架提供的滑轨滑动。这样,火炮在射击后产生的后坐力将推动炮身沿着滑轨向后移动,抵消炮身震动,保持整个炮身的稳定性。上炮架则固定不动,减少了复进运动的负担。复进机则会自动将炮管恢复原位,大大节省了时间。这种炮每分钟可以发射数枚炮弹,故为速射炮。在这之后改进的速射炮的发射速度更快。由此可见,速射炮是一种新型火炮,主要特点是口径小、重量轻、射速高、射程远。速射炮发射的主要弹种为开花弹、穿甲弹、榴霰弹等。榴霰弹是19世纪初期发明的一种炮弹,在19世纪末成为速射炮发射的具有较大杀伤力的弹种。榴霰弹外部是一层薄薄的金属壳,里面装满重量8~10克的金属弹丸与一根引信,在

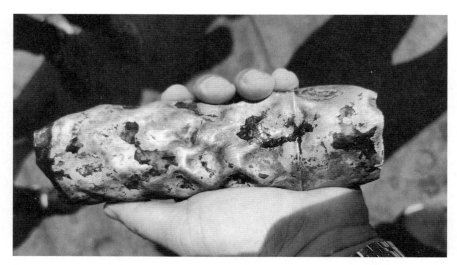

图1-59　出水的"定远"舰57毫米哈乞开斯机关炮炮弹

哈乞开斯机关炮

　　哈乞开斯机关炮最早是由美国人本杰明·伯克雷·哈乞开斯发明的。哈乞开斯于1826年生于美国康涅狄格州水城，曾在柯尔特专利火器公司当过学徒和机械师，参与了早期的柯尔特左轮手枪的设计与改进。1856—1860年，哈乞开斯曾研发制造了一些线膛武器和引信。1867年，他离开美国前往法国，开始研制连发武器。他认为，连发武器一定要把弹丸的破坏力和射击速度结合起来。1871年，他研制出一种旋转式火炮，4年后，他创立了哈乞开斯公司，制造厂设于圣丹尼斯。几年后，他正式研制出37毫米口径哈乞开斯机关炮。该炮有5根炮管，射击时旋转右侧曲柄，使炮管旋转进行装弹、击发和抽筒。虽然此时加特林机关枪已在实战中应用，特别装备了海军部队，但哈乞开斯机关炮有自己的优势，除了它的口径大于加特林机关枪外，还具备以下特点：一是不用转动炮尾机构，炮管即可不间断旋转；二是火炮发射时炮管固定不动，避免了旋转炮管中的弹丸射出炮口时产生的离心运动，在炮管瞬间停止旋转时同时进行抽筒和装弹；三是所有炮管共用一根击针和击针簧、一个装填活塞，从而简化了炮的结构。1884年，位于圣丹尼斯的哈乞开斯公司业务应接不暇，英国的阿姆斯特朗公司与哈乞开斯公司签约，获得哈乞开斯火炮的生产权，成立了哈乞开斯军械公司。正当哈乞开斯的事业如日中天之时，哈乞开斯却于1885年2月病逝，享年58岁。哈乞开斯病逝后，他发明的哈乞开斯机关炮并没有因此而销声匿迹，而是在英法两国公司的努力下继续开发新的型号，随后便有了47毫米和57毫米口径哈乞开斯单管速射炮。

　　理想状态下榴霰弹会在敌军步兵前方上空数米处引爆，像一把超大型霰弹枪把金属弹丸射在敌人身上。榴霰弹使用的引信是一根简单的燃烧式定时引信，炮手可以依据测量的结果剪裁适当长度的引信来控制榴霰弹爆炸的时间。北洋海军各舰装备的速射炮主要是哈乞开斯机关炮。

"定远"舰装备12门不同口径的哈乞开斯机关炮，均为英国阿姆斯特朗公司制造，可发射实心弹和开花弹。其中57毫米口径单管炮2门，分装于舰尾左、右舷。该炮重440千克，发射实心弹、开花弹和子母弹（霰弹），测试时在274米距离上可以击穿120毫米厚的钢板。水下考古出水了57毫米实心炮弹弹头2枚，呈圆锥体，铜质实心，头部完整，有一小平面，底部密封，中间有一孔疑为引信口。在接近尾端处有两道铜箍和两道凹槽。还出水了57毫米开花弹弹头2枚，铜质，长圆筒状，顶端尖，尾部平整，内装填黑色火药。弹体内装圆钢珠，因压力而使表面凹凸不平。弹头两侧有两棱状凸起。

　　毛瑟步枪子弹（图1-60、图1-61）。北洋海军装备的毛瑟步枪应为M1871式毛瑟步枪。"定远"舰遗址出水的毛瑟步枪子弹共有1060枚，其中包括部分弹壳。它们全为铜质，长圆筒状，口部内收。完整子弹装有实心铅弹头，底部印有清晰的"N"字，"S""T"字样较为模糊。完整子弹通长72毫米，弹头长14毫米，底径14毫米，口径11毫米。

　　韦伯利左轮手枪子弹（图1-62、图1-63）。左轮手枪亦称转轮手枪，是一种手枪类枪械，因安装有转轮而得名。该枪在转轮中安装有多个弹巢，子弹装在弹巢中，可以逐发射击。从出水文物看，北洋海军大致装备有3种左轮手枪：韦伯利左轮手枪、亚当斯左轮手枪和恩菲尔德左轮手枪。"定远"舰遗址出水的韦伯利左轮手枪子弹共154枚，其中包括部分弹壳。该子弹为铜质，短圆筒状，完整的子弹有实心铅弹头，弹头呈黑色，有凹槽，底部密封，刻有"WEBLEY.476"。完整的子弹通长36毫米，弹头长16毫米，底径13毫米，口径12毫米。

　　发火管（图1-64、图1-65）。发火管是点燃炮膛内发射药包的装置。"定远"舰遗址共出水舰炮发火管106枚，该发火管为铜质中空，外呈螺栓状，内有铜丝导线连接底部，头部两侧平面分别阴刻"東""局"

毛瑟步枪

　　毛瑟步枪是来自普鲁士的毛瑟兄弟——保罗·毛瑟（弟弟）和威廉·毛瑟（哥哥）共同设计的。保罗·毛瑟于1838年出生于一个枪械工匠家庭，从小当过学徒，当过炮兵，使用过枪械。在普鲁士军队中，保罗·毛瑟对装备的德莱塞发明的德莱塞针刺步枪非常感兴趣，对该枪进行了系统研究。退役后，保罗·毛瑟对枪械的兴趣未减，专注于对直动式步枪的研究。1865年，在威廉·毛瑟的协助下，保罗·毛瑟设计出一支使用金属弹壳的直动式单发步枪，在经过了多次改进后，这款步枪趋于完善。可是，由于普鲁士军队已经装备了德莱塞针刺步枪，故对毛瑟兄弟的设计并不重视，但引起了奥地利驻普鲁士大使的兴趣，这位大使把毛瑟兄弟介绍给了美国雷明顿武器公司驻欧洲代表诺里斯。诺里斯与毛瑟兄弟签订了一份合同，由诺里斯提供经费，毛瑟兄弟到比利时制造他们的步枪。这样，毛瑟兄弟来到比利时，制造了毛瑟步枪，并于1866年6月在美国获得了专利。1871年12月，普鲁士军队也采用了毛瑟步枪，将其装备部队，并将这种步枪定型为M1871式单发步枪，口径11毫米。1872年，毛瑟兄弟在德国

图1-60　毛瑟步枪子弹（赵姣琪摄）

图1-61　毛瑟步枪子弹底部（赵姣琪摄）

图1-62　韦伯利左轮手枪子弹

图1-63　韦伯利左轮手枪子弹底部

建立了毛瑟兵工厂，开始批量生产毛瑟步枪。M1871式毛瑟步枪全长1341毫米，枪管长848毫米，全重4.67千克。北洋海军装备的毛瑟步枪应为M1871式，该枪配有刺刀，刀刃长470毫米。毛瑟步枪发射直径11毫米的毛瑟步枪子弹，发射方式为单发，弹头初速度为435米/秒，枪膛内有4条膛线。

图1-64 "定远"舰主炮发火管之一（赵姣琪摄）

图1-65 "定远"舰主炮发火管之二（赵姣琪摄）

二字，表明为江南制造局东局制造。该发火管通长50毫米，顶长20毫米，宽16毫米，底径9毫米。同规格的发火管在"经远"舰遗址也有出水。

在"定远"舰遗址还出水了部分生活器具，均位于TG3底部，包括以下几类：

青花瓷碗。敞口，圆唇，弧腹略鼓，高圈足，略外撇，口沿处有一圈黄釉，口沿下内壁有4道青花圈弦纹。碗外壁绘一云龙纹，龙爪为3爪，龙首绘制较粗疏，但整体较生动，青花色靛青，有晕散，细节不清晰，圈足内有2道弦纹，修足规整，内施青釉，釉色清亮泛青，胎质洁白细腻。

木盆构架件。长条扁状，一端大、一端小，表面略有弧形，大端斜口，小端底部略圆。大端两侧有孔，可贯通，残留有钉痕，下部内侧有一凹槽。木板表面残留有3道白色物质，木质坚硬，有磨损痕迹，保存较好。

铜饰件。形如矛头状，顶部为尖状，中间有一圆孔，下部为管状，喇叭口形，中空，背面有一凹槽，表面黑色，保存较好，用途不明，下部似有字母。

铜钱。圆形方孔，有"光绪通宝"字样，窄沿，背有文字。孔上部有楷书"平库"，孔右侧有楷书"广"，孔下端有楷书"一"和"钱"，孔左、右两侧有满文。字体清晰，铜质偏黄，制作精细。

铜底座（图1-66）。圆形中间内凹，有圈足，四周向上内收，一边有曲状铜片把手，有铆钉连接固定，铜质偏红，较薄，保存完整（见王泽冰、孟杰等：《山东威海"定远"舰的发现与论证》）。

总之，"定远"舰遗址的调查、发掘及收获，不仅大大丰富了中国甲午战争博物院的藏品，更重要的是北洋海军军舰实物的不断增加对推动中日甲午战争史、海军史、舰船史等领域的研究都具有重大的历史与科学价值。

图 1-66 铜底座（刘文杰摄）

第二章
视死如归的北洋海军军魂——"致远"舰

　　"致远"巡洋舰是北洋海军的主力战舰之一,参加了著名的黄海海战,并在海战中悲壮沉没。"致远"舰管带邓世昌在黄海海战中率舰誓死抗敌的英雄壮举被载入史册,"致远"舰也因此名扬天下。自"致远"舰沉没以后,国人始终惦念着这艘英雄战舰,期盼着它能重见天日。然而,在 100 多年中,人们面对黄海的滚滚波涛,始终难觅它的踪影。直到 20 世纪末,国家文物局、地方政府以及民间人士提出了寻找和打捞"致远"舰文物的建议,使人们看到了一缕曙光。进入 21 世纪,国家有关部门更加重视对"致远"舰的探寻,于 2013 年启动了黄海海战区域内的水下文化遗存调查工作,并于次年确认了"致远"舰沉没的位置,将其命名为"丹东一号"。这一系列的艰苦工作将"致远"舰拉回到公众的视野,而出水文物则唤起了国人的百年记忆,也为史学界提出了新的研究课题。

第一节 "致远"舰的建造

1884年爆发了中法战争,自1874年日本侵台事件发生以来缓慢推进了10年的北洋海军建设,再度迎来了加快发展时期。此时清政府建设海军的紧迫感主要源于福建船政水师在中法马江海战中的惨败。这场双方实力严重不对等的海战,给了清政府极大的刺激,苦心经营了多年的福建船政水师在短短不到20分钟的时间里,其主力舰只便被打入海底,给步履维艰的清朝海军建设打了"强心针"。于是,清政府掀起了新一轮的购舰热潮。虽然从德国订购的"济远"舰暴露出一些设计上的问题,在朝廷中引发了争议,但李鸿章(图2-1)并没有因噎废食,决定继续购买西方最新式的巡洋舰。清朝海关总税务司赫德(图2-2)一如既往地"关心"中国的购舰活动,他利用清政府中有人对德国造舰的不满,趁机向清政府推销英国舰船。事实上,早在清政府订购"济远"舰之前,赫德就曾非常自信地说,我完全相信中国将会花钱购买10艘伦道尔的精良巡洋舰,而不再订购什切青装甲舰。赫德所说的伦道尔是指英国著名的舰船设计师乔治·伦道尔,他设计了一款排水量2900吨的巡洋舰,造价是155000英镑。

图 2-1 李鸿章

图 2-2 赫德

什切青装甲舰是德国伏尔铿造船厂建造的新式装甲舰，因伏尔铿造船厂位于什切青而得名。赫德希望清政府能采购他所推荐的英国军舰，而放弃德国军舰。此后，赫德想了不少办法来引起李鸿章对英国军舰的兴趣。他甚至建议英国海军部赠送给清政府一艘旧护卫舰做礼物，充当北洋海军的教练舰。赫德在给中国海关驻伦敦办事处主任、英国人金登干的信中说："英政府或海军部赠送这样一件礼物，那将是一个高招儿，不这么做是'小事聪明，大事糊涂'。"在"定远"和"镇远"来华前，李鸿章并未真正了解德国军舰，也许他对德国的造船技术抱有很高的期待，任由赫德高调推荐英造军舰，他还是从德国订购了"济远"舰，这令赫德有些气恼。赫德对金登干愤愤地说，李鸿章等人在各方面都热爱德国货，并掌握着订购舰船的权力，必然会从德造军舰中得到实惠。然而，"济远"舰在设计上出现的问题却给了赫德推销英造军舰的有利时机。不过李鸿章也没有那么好糊弄，他并没有完全舍弃德国的造舰技术，就在国内舆论指责"济远"舰存在问题的时候，他依然指示驻英国公使曾纪泽（图2-3）和驻德国公使许景澄同时考察英德两国军舰情况，有兼顾两国的意思。从后来李鸿章给曾、许二人的电报中可以看出，李鸿章的计划是按照"济远"舰的设计思路，在英德两国各购买两艘巡洋舰，当然要避免类似"济远"舰问题的发生。曾纪泽接到李鸿章的指示后，没有草率行事，他报告李鸿章说，前期刘步蟾（图2-4）告诉他，德制军舰上重下轻，待"定远"等3舰到华后，察其利弊，再订新舰。对此李鸿章并不同意，他急于使北洋海军尽快成军，便回复说，

图2-3 曾纪泽

请将"济远"舰的图纸交给英国海军部及有名的大造船厂详细考订，"济远"舰是否上重下轻。刘步蟾说的话不可靠，前期从英国订购的"超勇"和"扬威"两舰上面安装有巨炮，当时也怀疑上重下轻，但行驶后并无问题。他催促曾纪泽尽快商量订购军舰，军舰建造完来华需要9个月，不必再等待了。尽管李鸿章已经说得如此清楚了，但曾纪泽还是没有打消顾虑，他积极地与英国海军界和造船界展开广泛接

图 2-4 刘步蟾

触，力争掌握最新巡洋舰的发展动态。在这期间，曾纪泽结识了英国阿姆斯特朗公司舰船设计师威廉·怀特，怀特了解了清政府的意图后便把自己最新设计的穹甲巡洋舰方案介绍给曾纪泽。他告诉曾纪泽，这一方案不仅克服了德造"济远"舰存在的问题，而且与"济远"舰比较有十大优点：（1）外在形状虽然与"济远"舰相似，但新舰首尾两端及炮位都高出水面很多。（2）新舰上火力与"济远"舰没有太大差别，可以添加6英寸（152毫米）口径炮3尊，炮架的安装方法比"济远"舰合理。（3）军舰建造方法上比"济远"舰优越的地方在于新舰是用"蜂窠法"将舱室隔开。（4）穹甲设计与"济远"舰一样坚固，而新舰更加平稳。（5）新舰不用直甲板，没有"济远"舰上重下轻之弊。（6）新舰有保护把舵机的设置。（7）新舰设置了保护舰长的望台。（8）新舰的轮机系海上航行能力最强的轮机，不仅可以省煤，而且锅炉房间设置了隔间。（9）新舰速率比"济远"舰增加了3海里，马力也是"济远"舰的2倍。（10）新舰装煤量是"济远"舰的3倍。怀特的介绍引起了曾纪泽的极大兴趣，他相信怀特"'济远'舰名快船而不快，有铁甲而

不能受子"的说法，拟采纳怀特的设计方案。

与此同时，许景澄在德国也展开了工作。正当4艘巡洋舰订购进展顺利之际，朝廷内再次出现不同声音，刚刚出任总理海军事务衙门大臣的醇亲王奕𫍽从海外获得信息说"济远"舰存在严重弊端，奕𫍽对此很重视，便向慈禧太后做了汇报。1885年10月16日，曾纪泽和许景澄同时收到了军机处的电报，说慈禧太后降下懿旨：听说"济远"舰是不合适的样式，应暂缓按照"济远"舰样式订造军舰。令曾纪泽和许景澄前往欧洲各大著名船厂详加考察，哪种样式最好，电奏朝廷，候旨遵行。隔了几天，慈禧太后再次降旨，要求许景澄务必亲自去大船厂详细考核，仿照欧洲通行有效舰式订造，并与曾纪泽互相商榷，以期各船一律合用。将来造成后，如果不得用，拿该大臣等是问。可是，此时曾纪泽和许澄与英德两国的购舰合同均已签订，慈禧太后的懿旨让他们有些措手不及，他们急忙向朝廷做解释。曾纪泽指出：新造军舰已经陆续进行了改进，这种样式在英国已经通用了，并非我们首倡。英国海军部认为，铁甲舰贵在坚固，巡洋舰贵在航速快，两者不能兼顾。我所订购的军舰，完全是仿照英国巡洋舰建造，在设计上除了穿甲以外，没有设置甲盖。巡洋舰如果加厚装甲，航速就会变缓。如果设置薄甲，还不如没有装甲，原因在于炮弹如果遇到没有装甲之处，就会穿圆孔而出，这样的弹孔容易堵住；如果遇到薄甲，则会连同装甲一起击入船舱，不仅弹洞大，而且会造成更大的伤亡。关于这一点，需要事先说明，免得将来有不明此理之人，讥讽新订购的两艘军舰没有装甲。从英国阿姆斯特朗公司订购的军舰，虽然现在已不能撤单，但可以按照太后的旨意，与厂方商量加钱添甲。不过，我还是赞成英国海军部提出的不添装甲的意见。此后，曾纪泽和许景澄一面继续致电朝廷，对此次订购的舰船进行详细说明，一面与英德两国船厂进行协商，叮嘱厂方在若干细节上要进行改进。与此同时，李鸿章也在中间做解释工作。他一方面与曾纪泽和许景澄讨论军舰的改进，一方面向总理海军事务衙门及醇亲王奕譞、庆亲王奕劻报告军舰的建造进度（图2-5）和改进情况。通过一系列的努力，清廷上下终于放

图2-5 在英国建造中的"致远"舰

心了。慈禧太后最后指示李鸿章，要与曾纪泽和许景澄详细商定，按照改进的样式建造，务必认真办理，达到预期效果，不能浪费银两。

　　1886年9月5日，李鸿章将在英国订购的两艘巡洋舰命名为"致远"（图2-6）和"靖远"，随后又将在德国伏尔铿造船厂订购的两艘巡洋舰命名为"经

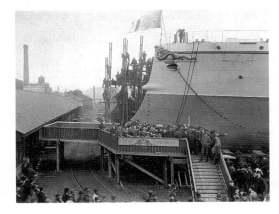

图2-6 "致远"舰下水

远"和"来远"。4个月后，4舰完工。"致远"级巡洋舰为穹甲巡洋舰，全长250英尺（约76.2米），宽38英尺（约11.6米），吃水15英尺（约4.6米），排水量2300吨，主机功率5500马力（约4042500瓦），航速18.5节。双桅、单烟囱，穹面装甲2~4英寸（50.8~101.6毫米）厚。主要武器：3门210毫米口径克虏伯主炮（舰首双联装2门，舰尾1门），2门152毫米口径阿姆斯特朗副炮，8门57毫米口径单管哈乞开斯机关炮，6门37毫米口径哈乞开斯机关炮，4门11.43毫米口径10管加特林机关枪，4具18英寸（457毫米）鱼雷发射管（图2-7）。

图2-7 试航中的"致远"舰

对于如何接收这4艘新舰，李鸿章做了精心安排，他按照接收"超勇"和"扬威"的成案，拟派拨员弁出洋接收并驾驶来华，认为这样既没有花钱招募外国人的烦恼，又可以沿途进行训练。他向朝廷报告说，提督衔英员琅威理正在北洋会同丁汝昌操练海军，此人精通船学，又与弁兵情谊相孚，堪以派充总理接船事宜。副将衔参将邓世昌，前随丁汝昌出洋充当管驾，情形熟悉，应令随同前往，凡关涉中国文报银钱等事，责令一手经理，兼管带第一号巡洋舰，偕同派定二、三、四号巡洋舰管带都司叶祖珪、林永升，守备邱宝仁及员弁水手等400余人，拟于1887年3月由天津起程。琅威理则先于2月乘船前往英德两国船厂验视，并等候邓世昌等4船弁兵乘坐招商局轮船于5月间抵英接收新船。琅威理又带2船弁兵乘招商局轮船赴德国船厂一律验收，升换中国龙旗，在英国会齐4舰后回华。在李鸿章的安排下，一行人按时出发了。

1887年8月22日，"致远"（图2-8）、"靖远"两舰齐集英国朴次茅斯军港。次日，"经远"和"来远"两舰也从德国赶来会合。24日，中英双方互立换约文凭。25日，琅威理等人登上各舰进行勘验，

图2-8 "致远"舰

详细了解了"致远"和"靖远"两舰的构造和功能。9月12日，"致远"等4舰在琅威理的率领下，起锚离开英国朴次茅斯港，踏上归国的旅程。此次航程漫长而曲折，要经过英吉利海峡进入大西洋，续经直布罗陀海峡进入地中海，再穿过苏伊士运河进入红海，然后经曼得海峡进入印度洋，横渡印度洋后穿越马六甲海峡进入太平洋，最终经南海抵达香港。由于路途遥远，军舰需要补给，中途停留成为必然，清政府决定4舰在新加坡停留并访问，以"购办煤斤、装载粮食等件"。自1887年11月10日到新加坡至17日离开，北洋海军4舰共在新加坡停留7天时间，担任中国驻英使馆随员、委派护船赍约事宜工部主事的余思诒在《航海琐记》中对这7天中的经历有所披露，结合当时新加坡《叻报》的报道，大致可以知晓每天的行程。

11月7日，4舰进入马六甲海峡，10日过马六甲灯塔，各舰鱼贯航行靠近新加坡，距岸约3海里停船下碇，新加坡升旗并施放礼炮15响以示致敬。余思诒偕邓世昌（图2-9）等4位管带登岸拜会中国驻新加坡领事左秉隆。中国军舰的到来令左秉隆十分兴奋，后来他写下了《中国新购铁舰抵坡喜而赋此》的诗篇："喜见王家神武恢，新从海外接船回。龙旗如面握

图 2-9 邓世昌

云日，鱼艇中心伏水雷。自古成功多用众，由未豪举总轻财。圣朝自备防边策，分付鲸鲵莫妄精。"当天，琅威理和邓世昌还允许各舰军官轮流请假登岸，而当地有关人员亦可登舰参观。

11月11日，余思诒偕4舰管带拜会了新加坡总督。12日早上，新加坡总督登舰答拜。当晚，新加坡总督邀请琅威理及4舰管带在总督署用餐。当日的新加坡《叻报》对4舰情况做了详细报道，报道的最后写道："统计诸船各擅其长，实为当今海疆利器。中国有此战具，行将宏猷大振，雄视中原矣。海隅百姓得瞻宗国旄旗，无不欣欣然额首相呼，欢声雷动。战具若此，民心若此，则富强之业不可企而待哉？"

11月13—15日，4舰管带参加了一些外事活动。16日，因航程中升火、水手病故者甚多，人手短缺，邓世昌等从当地人中雇用升火8名，分派各舰。17日是北洋海军4舰起程归国的日子。上午7时余，督船传令起锚。11时余，4舰起航，以"双雁行阵"向东行驶，结束了在新加坡的短暂停留。

19世纪上半叶，新加坡已十分繁华，华侨数量剧增，税务、农业、

采矿、划地开港等事业均掌握在以英国人为主的西方人手中，但多由华侨代为承办，华侨在新加坡的经济实力由此可见一斑。然而，从政治上来说，华侨从未如英国人一样成为当地的主人，而是以客人自待。特别是当晚清时期中国政治和军事逐渐衰弱时，新加坡华侨和其他地区的华侨一样失去了清政府势力的保护，备受异族的压迫和欺侮，他们渴望祖国的实力展示能够带来地位的提高。北洋海军"致远"等4艘先进战舰出现于新加坡，第一次在海外华侨聚集之地展示军容、军威，必然引起华侨的极大振奋，从款待各舰军官的宴会盛况便可足见海外华侨期盼祖国海军强大之愿望。在逗留新加坡期间，本来按照军舰规则不许外人登舰窥探，但由于华侨有登舰观看的强烈愿望，经琅威理和各舰管带商量，准许由清朝驻新加坡领事发牌，然后持牌登舰游览。从宣慰华侨的角度说，"致远"等4艘新式军舰顺访新加坡的意义无疑是重大的。

离开新加坡后，4舰经小吕宋于11月28日抵达香港，原计划在香港停留5天，但琅威理以厦门采买不便，过冬应用之物必须在香港备齐的理由拖延了几天时间，于12月9日起程前往厦门，次日抵达。丁汝昌率北洋海军"定远"等7舰迎接。1888年春天，北洋解冻，李鸿章命丁汝昌率领4舰北上，正式编入北洋舰队。4月25日，4舰抵达天津大沽。李鸿章亲自登舰查验舰身、炮位及机器等项，并率部下出海验驶，顺赴奉天之旅顺口、大连湾，山东之威海卫各防所，查勘船坞、炮台工程形势，与诸将领筹布一切。

1888年6月6日，李鸿章请旨对验收接带4艘巡洋舰回国的相关人员进行嘉奖，他在奏折中说："该员邓世昌等远涉英德两国，往返重洋数万里，驾驶四快船，并拖带新购英厂鱼雷艇一号回华，虽迭经风涛巨险，未用洋行保险之费。上年南洋小吕宋一带，曾有英国兵船及日本在法国新制兵船各一艘，先后遇飓风失事，该四船独能保护慎密，一路均臻稳妥。且沿途勤苦操练，严明纪律，所经各国皆称为节制之师，洵足壮军威而张国体。"

1888年10月，北洋海军正式成军，"致远"舰被编为中军中营，邓世昌出任管带。按照《北洋海军章程》的规定，"致远"舰编制官兵202人（图2-10）。

北洋海军成军后，邓世昌率领"致远"舰多次参与舰队的外交和军事任务。1890年1月，"致远"舰参加编队访问新加坡，1891年访问日本，1892年5月再次访问日本。

图2-10 "致远"舰军官合影

第二节 “致远”舰与黄海海战

1894 年 9 月 17 日，中日海军爆发黄海大战，北洋舰队以“夹缝鱼贯阵”接敌，“致远”舰和“靖远”舰编为第二小队。当北洋舰队距日舰 6000 米左右时，丁汝昌下令将舰队展开为“夹缝雁行阵”，第一小队“定远”和“镇远”在阵形里居中，航行方向不变，第二小队“致远”和“靖远”、第四小队“济远”和“广甲”向左展开，第三小队“来远”和“经远”、第五小队“超勇”和“扬威”向右展开。展开后的各舰从己方角度由左至右排列，依次为“济远”“广甲”“致远”“靖远”“定远”“镇远”“来远”“经远”“超勇”“扬威”。按照《船阵图说》，“夹缝雁行阵”中各船应错落有致，假设有子、丑、寅、卯、辰、巳、午、未、申、酉 10 艘战船，子、寅、辰、午、申 5 船应在前平列，丑、卯、巳、未、酉 5 船应依次在前船左（或右）后平列，形成各船交错的阵形。依据这一设计，北洋舰队的展开队形中“济远”“致远”“定远”“来远”“超勇”5 舰应该平列前出，其他各舰应该依次平列置于右后，这才是完备的“夹缝雁行阵”。可是，北洋舰队各舰航速不一，最快的“致远”和“靖远”航速达到 18 节，向右翼展开的“超勇”和“扬威”航速不足 15 节，而且阵形正面宽大，航行距离更远，并且阵形变换是在整个舰队的加速运动中进行，第四小队的“济远”和“广甲”、第五小队的“超勇”和“扬威”均赶不及，致使形成的阵形不是标准的“夹缝雁行阵”，而是介于“一字雁行阵”和“燕剪阵”之间的一种阵形，由此就造成了史料记载的众说纷纭。

12 时 50 分，“定远”舰管带刘步蟾命令开炮，拉开了黄海海战的序幕（图 2-11）。其他北洋海军各舰也随之开始射击。开战后不久，“定远”

舰因信号索具被日舰击毁，丁汝昌失去了统一指挥的能力，各舰遂各自为战。"致远"舰在邓世昌率领下，按照战前规定的战术规则投入战斗。战至14时30分，日本联合舰队第一游击队和本队对北洋舰队形成了

图 2-11 中日海军展开黄海海战

夹击之势，致使"致远"等舰相继起火。"定远"则中敌一炮，炮弹击穿了舰腹，引起大火。日舰趁机猛攻"定远"，想置"定远"于死地。在危急关头，"镇远""致远"驶往"定远"的前方，迎战日舰，使"定远"得以扑灭大火，转危为安，可"致远"却受了重伤。

在开战伊始，邓世昌就凭借着"致远"在北洋舰队各舰中最快的航速，屡屡挑战日本第一游击队，所以连受数弹打击，其水线以下有炮弹击出的直径10英寸（254毫米）和13英寸（330毫米）的大洞，海水灌入舱内。此时，"致远"为保护"定远"而又受重创，在15时10分舰首燃起大火，舰体向右舷倾斜，随时有沉没的危险。管带邓世昌知道已到最后关头，决定孤注一掷，用舰体撞击日本联合舰队第一游击队旗舰"吉野"。但遗憾的是，由于"致远"航速远不如"吉野"，再加上舰体已严重受伤，又是单枪匹马，在撞击"吉野"之前，"致远"受到日本第一游击队炮火的轮番攻击（图2-12）。15时30分，不断燃烧的"致远"舰首突然扎入海中，舰尾高高翘起，螺旋桨依然在空中旋转，不一会儿就消失在大海之中。邓世昌落水后，拒绝一切施救，壮烈殉国（图2-13）。

"致远"舰上官兵除7人获救外，其余全部壮烈牺牲。如今知道姓名的有管带邓世昌，帮带大副陈金揆，鱼雷大副薛振声，二副周展阶、

图 2-12 沉没前的"致远"舰（右）

黄乃模，三副谭英杰、杨澄海，总管轮刘应霖，大管轮郑文恒、曾洪基，二管轮孙文昱、黄家献，三管轮谭庆文、钱轶，管轮洋员余锡尔，枪炮教习沈维庸，正炮弁李兰，副炮弁阮山玫、陈书，雷弁张清，正头目宁金兰、王在基、舱面正头目周细，水勇副头目张学训，管旗头目王德魁，雷匠张成、边仲启，一等水勇梁细美，二等水勇蒲青爱、杨振鸿、龙凯月、杨龙济，水勇李信甫、匡米生、匡米方、任新齐、邹道铨、陈可基，升火劭鸿清、王春松。

图 2-13 邓世昌便装照

1894 年 9 月 28 日，光绪皇帝按照李鸿章的奏报降旨："东沟之战，日船伤重，

邓世昌

　　邓世昌，原名永昌，字正卿，广东省番禺县人，生于1849年，商人家庭出身，家境殷实。他少年时随父来往于广州、上海等城市，颇受西方思想影响。特别是在上海求学期间，西方列强的压迫使邓世昌产生强烈报国愿望，学成后毅然投身海军。1867年，18岁的邓世昌考入福建船政学堂，是驾驶学堂首届学生。4年后他完成堂课，开始登上"建威"练船实习，远航至中国香港、新加坡、槟榔屿等，经受了海上的锻炼。1874年，钦差大臣沈葆桢委派邓世昌担任"琛航"运输船大副，并奖以五品军功。1875年，他任"海东云"炮舰管带，奉派台湾执行扼守澎湖、基隆等要塞的任务。北洋海军建立之初，李鸿章鉴于邓世昌虚心好学、精通驾驶技术，是不可多得的人才，便将其调入北洋，委以"飞霆"炮舰管带。1879年7月，邓世昌前往天津上任。11月，李鸿章从英国订购的"镇东""镇西""镇南""镇北"4艘炮舰建成来华，邓世昌奉命接收并暂行兼管，不久出任"镇南"舰管带。1880年8月，邓世昌任管带的"镇南"舰在海洋岛附近触礁，旋即脱险，清政府以"驾驶不慎"将邓世昌革职，摘去顶戴。12月，清政府在英国订购的"超勇"和"扬威"两艘巡洋舰建成，李鸿章指定统带北洋海军的丁汝昌全权负责接舰事务，邓世昌随同。1881年8月17日，"超勇"和"扬威"两舰起程回国，邓世昌负责协助洋员章斯敦管驾"扬威"舰，一路上克服重重困难，圆满完成任务。回国后，李鸿章奏请嘉奖接舰有功人员，邓世昌以都司补用，并赏戴花翎，不久又任命他为"扬威"舰管带。1882年，朝鲜发生内乱，日本企图趁机进行干涉，清政府出兵增援，邓世昌率舰随丁汝昌护航，事后以游击尽先补用，并获赏"勃勇巴图鲁"勇号。1884年，朝鲜在日本挑拨下再次发生内乱，北洋海军奉命开赴朝鲜，邓世昌率舰以迅速、果断的行动抵达马山浦，使日舰无机可乘，朝鲜局势遂得以恢复稳定。1886年5月，李鸿章等朝廷大员前往大沽、烟台、威海、旅顺、大连等地考察防务，校阅南洋、北洋海军。邓世昌指挥"扬威"舰参加了这次规模空前的海军大校阅，表演了列阵、射击等科目，得到李鸿章等人的赞赏。时人称赞他"使船如使马，鸣炮如鸣镝，无不洞合机宜"。1887年12月，清政府订购的"致远""靖远""经远""来远"4艘巡洋舰来华，邓世昌是接舰团队中的重要一员，受到朝廷嘉奖，以副将尽先补用，并赏加总兵衔。1888年，北洋海军正式成军，按照《北洋海军章程》规定，邓世昌任北洋海军中军中营副将、"致远"巡洋舰管带。甲午战争爆发后，邓世昌的表现更加突出，他被誉为"忠勇为全军之冠"。特别是在黄海海战中，他率"致远"舰英勇作战，在军舰受伤严重的情况下，毅然开足马力以图撞击日本联合舰队的"吉野"舰。当他发现官兵情绪有所波动时，他高呼："吾辈从军卫国，早置生死于度外，今日之事，有死而已！"官兵顿时为之肃然。"致远"受日舰炮火轮番攻击，不幸沉没。邓世昌落水后遇救出水，自以阖船俱没，义不独生，大呼："吾志靖敌氛，今死于海，义也，何求生为？"而后奋勇自沉，殊功奇烈，一时称叹（图2-14）。

'镇远''定远'将士苦战出力，著李鸿章酌保数员，以作士气。"几天后，李鸿章为殉国将领提出奖恤建议（图2-15）："致远"管带提督衔记名总兵借补中军中营副将噶尔萨巴图鲁邓世昌，"致远"大副升用游击中军中营都司陈金揆，争先猛进，死事最烈，

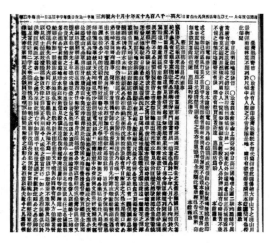

图2-14 新加坡《叻报》报道邓世昌事迹

拟请旨将邓世昌照提督例，陈金揆照总兵例，交部从优议恤。邓世昌首先冲阵，攻毁敌船，被溺后遇救出水，自以阖船俱没，义不独生，仍复奋掷自沉，忠勇性成，一时称叹，殊功奇烈，尤与寻常死事不同，且官阶较崇，可否特旨予谥，以示优异而劝将来，出自逾格恩施，非臣所敢

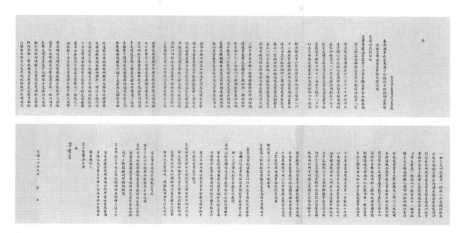

图2-15 李鸿章关于黄海海战经过及各船管带死事请恤的奏折

擅拟。其余阵亡、伤亡、受伤员弁，应俟查明，奏请分别照章恤赏。同时，李鸿章还因丁汝昌提出邓世昌"以轻生为烈"，"徒死无益"，应订立章程，为海军保留"忠勇可恃之将"的建议，上奏朝廷，希望"准如所拟办理"。对李鸿章的奏请，清廷很快批复同意。

第三节 "致远"舰沉没遗址调查

"致远"舰的沉没地点在鸭绿江口大东沟海域，这里不仅海面广阔，而且水深达几十米，气象和海况条件都很复杂。甲午战争后，清政府无力对北洋海军沉舰进行探寻和打捞，日本方面趁机先后两次对大东沟海域的北洋海军沉舰进行调查、打捞和破坏，"致远"舰残骸也难逃被破坏的命运。黄海海战结束不久，沉没的"致远"舰桅盘还露在水面之上（图

2-16 ），经日本海军盗拆后，
上面的武器装备荡然无存，
目前陈列于日本三笠公园
的一门加特林机关枪大概
就是此时被掠往日本的。
民国伊始，由于战争原因，
无论是北京政府还是南京

图 2-16　"致远"舰沉没后的景象

政府，都无暇顾及"致远"舰遗存的状况，更不可能对其进行调查和处
理。不过在民间却一直流传着这样的说法：每当落潮时，人们就可以看
到露出海面的沉船桅杆，渔民在下网捕鱼的时候都要避开，避免挂到渔
网，当地渔民叫此地的沉船为"邓世昌船"。然而，日本并没有放弃对
北洋海军沉舰的盗捞。20 世纪 30 年代，随着日本加紧发动侵华战争，
国内急需大量钢材制造武器，日军又打起了北洋海军沉舰的主意。1938
年，日本的"安德丸"和"神甫丸"两艘打捞船驶入大鹿岛海域，对北
洋海军沉舰进行了长达两年半的拆解和盗捞。日本人用炸药对"致远"
舰进行爆破拆除，掠走大量钢铁。日本人在盗捞"致远"舰后或疏于记录，
或故意隐瞒，致使"致远"舰的沉没位置始终在日本资料中找不到记载，
"致远"舰从海面上彻底销声匿迹。新中国成立后，辽东人民要求打捞
沉舰的呼声一直不断。1984 年，辽宁省东沟县（ 今东港市 ）政府为调查"致
远"舰情况而进行了前期资料准备。1985 年 10 月，丹东市领导在接待
国家旅游局领导时讲述了黄海海战的历史，希望国家投入资金，使甲午
沉舰重见天日。国家旅游局对此非常重视，在经济并不宽裕的情况下调
拨 50 万元作为调查工作启动资金。自此，丹东市拉开了调查、打捞"致
远"舰遗存的序幕。为了协助调查工作，海军出动舰艇对"致远"舰沉
没海域进行全方位拖扫，但没有发现疑似"致远"舰遗存的迹象，调查

工作陷入僵局。1988年，辽宁省文化厅再次派人到大东沟海域对甲午沉舰进行探摸。此时新中国的潜水工作刚开始，打捞一般都集中在内河，海区打捞的经验不足，尽管潜水员在"致远"舰沉没海域进行了认真勘查，但海区的水文情况比内河更复杂，风险更大，工作期间发生了意外，打捞工作被迫中止。

20世纪90年代，社会上出现了一股新的推动力量，这就是一些受到甲午战争历史感染的热血青年发起了筹划打捞"致远"舰的行动，虽然这些行动最终因各种原因未能成功，但引起了各级政府的高度重视。2004年，在纪念中日甲午战争爆发110周年之际，有人重提打捞"致远"舰遗存的建议，当时有关部门考虑到各种条件尚不成熟，"致远"舰深陷在淤泥之中，探摸其准确位置对于任何一家打捞公司和考古队来说都是极其困难的。此外，"致远"舰残骸体积较大，长期浸泡在海水中已受到腐蚀，给打捞工作带来很多难题。特别是打捞出水后既没有保护方法，又缺乏保护资金，对沉舰遗址来说将是巨大损失。因此，有关部门决定，在没有万全之策前，不打捞或许是对文物最好的保护。尽管如此，国家文物局还是为今后的调查发掘工作做了前期准备，提出要加强对"致远"舰沉没遗址的保护，确保其安全，避免水下文物遭到人为破坏。丹东人民始终没有忘记百年前北洋海军将士在这片海域为国家和民族而英勇牺牲，始终把黄海海战的海域视为神圣之地加以守护。丹东市、东港市政府将"致远"舰沉没海域公布为水下文物埋藏保护区，对沉舰疑似点进行不间断坚守，期待时机成熟后能使"致远"舰重见天日。

与此同时，学术界开始了比以往更加认真细致的考证工作。一些专家、学者利用各种条件，从多个领域和角度发掘、考察、寻找"致远"舰沉没后残骸的去向，甚至从日本史料中寻找蛛丝马迹。他们从发现"经远"舰的过程中悟出一个道理：有关记载"经远"舰沉没地点的档案史料大都来源于日本，而发现的"经远"舰的实际沉没位置与史料的记载有很大出入。"致远"舰的沉没位置会不会也与日本史料记载存在较大出入呢？日方曾对"致远"舰残骸进行过多次盗捞，会不会导致"致远"舰残骸已经荡然无存了呢？专家们进一步研究发现，日方记录中日甲午战争的重要史料《日清战争海战史》记载，黄海海战后，日本海军将"致远"舰和"经远"舰的打捞权标价出售给东京实业会议所副会长山科礼藏进行拆解打捞，并提出附加条件：必须提供打捞出水的物品清单目录，为后期研究舰船设计提供借鉴。但并没有发现任何关于"致远"舰和"经远"舰的后续记录。"致远"舰残骸如果运回了日本，为什么查遍日方所有的资料都没有相关文献记录？会不会当年日本只是运走了部分"致远"舰的物品，军舰主体还存在于大东沟海域呢？经多次勘测，都没能找到"致远"舰残骸，是不是打捞方法存在问题？通过对这些问题的梳理和思考，专家们隐约感到，"致远"舰残骸应该还在这片海域之中。

在此后的几年中，国内有关机构根据历史文献提供的相关信息，又先后对"致远"舰遗存进行了几次水下调查，虽然取得了一些数据，探查出"致远"舰沉没的大致海域和粗略位置，但都没有取得科学、系统、可靠的考古学成果。

就在对"致远"舰遗址位置的判断陷入僵局的时候，中国的水下考古事业迎来了春天。2001年11月2日，联合国教科文组织第31届大会表决通过了《水下文化遗产保护公约》（Convention on the Protection of Underwater Cultural Heritage），成为全球范围内保护水下文化遗产的第一个国际性公约。2003年，该公约正式生效。随后，该公约组织就在全球范围内推动对近现代沉舰的调查、保护和研究工作，尤其关注濒临破坏的第一次世界大战前后沉没在各个海域的舰船。在这样的国际背景下，国家文物局把北洋海军沉舰的调查与保护工作提上了日程，决定从经多年搜寻而未获踪迹的"致远"舰入手，开启水下遗产调查与保护的新阶段。这样，"致远"舰的打捞又迎来了新的契机，而2013年实施的一次港口建设工程项目使调查和打捞"致远"舰遗物的工作又得以开展。

2012年，丹东港为满足港口吞吐量增长的需求，欲扩大港口规模，开辟新港区，这涉及水下文物保护问题，丹东港集团有限公司于8月向当地有关部门提出了《开展丹东港海洋红港区水下文物调查的申请》，经文物部门逐级上报，最终国家文物局正式批准了辽宁省丹东市丹东港海洋红港区海域水下文物遗产调查项目。

2013年，为配合丹东港集团有限公司开展海洋红港区（位于丹东、大连两市交界处，北黄海沿岸的最东端）建设工程，经国家文物局批准，由国家文物局水下文化遗产保护中心、辽宁省文物考古研究所（现为辽宁省文物考古研究院）联合组成考古队，对该海域水下考古项目进行了为期3年的调查和发掘。

2013年10月，丹东港的工程船开始对大东沟2000平方千米的海域进行搜寻。在搜寻过程中，工程船通过多普勒遥测手段拍摄了大量水下遥感照片，发现了一艘深埋在淤泥下的沉船及若干部件，随后进行了打捞。被打捞上来的沉船遗物包括一组船体残片，最大的长达2米，有着不规则的破裂缺口，还有一件船上的通风设备。打捞人员立即将出水物品的照片发给国家文物部门进行鉴定。通过研究，专家们初步做出判断，从这些出水钢板的厚度与锻打方式来看，不像是晚清时期舰船的造船工艺。其中一张类似海星形状的通风扇叶的照片引起了专家们的注意，它的连接方式与北洋海军的舰船有所不同，像是第二次世界大战时期的轮船遗物。经过对更多照片细节的观察，专家们注意到金属构件之间的连接方式是焊接，而北洋海军的舰船采用的是铆接。种种迹象表明，这批出水遗物与北洋海军的舰船存在较大差异。最终经专家多方鉴定，这艘沉船残骸是 1942 年下水的"美龄 9"运输船，是当年国民政府最先进的运输船之一，1947 年运输补给物资时触礁搁浅并沉没。

虽然初次发现的沉船不是北洋海军沉舰，但也并非没有收获。调查人员在大东沟的海床上共找到了 17 个可能存在沉舰的疑似反射信号，这就为后续更大规模的调查奠定了基础。

2014 年 4 月 3 日，水下考古人员及物探设备齐集丹东，技术人员开始组装和调试这些设备。考古人员在下水前了解到，丹东港海域情况比较复杂，日本占领东三省期间，为了改善丹东港的锚泊条件，曾投放大量石块进行阻塞，建成一个封闭式海湾，这就严重破坏了丹东港海域，多年来从大东沟流向鸭绿江的水被截断，使大东沟海域的淤泥沉积严重，北洋海军沉舰很有可能深埋于厚厚的淤泥中。为此，考古人员调整了调查打捞方案，决定使用国内先进的打捞勘测设备——GB-6A 型磁力仪，对 17 个沉船疑似点进行监测，观察磁力反应。4 月 7 日，考古人员正式出海调查，对 11 处区域进行勘测。4 月 10 日，考古人员在 3 号区域东侧外海利用侧扫声呐、多波束探测仪、浅地层剖面仪、磁力仪等设备发现了 5000nT 的磁力信号源，最大磁力异常值为 5905nT，宽度 156.44 米，水深 20.9 米，定深 3 米。根据磁异常的大小及磁力仪探头到目标点的距离，通过磁法反演，估算沉船的吨位约为 1600 吨。4 月 13—16 日，考古人员进行 4 天的潜水探摸（图 2-17），在海底挖掘的大坑及其周边进行搜寻，陆续在海床面发现了一些翻起的船板、铁板，从坑壁断坎处发现了煤块。铁板扭曲，有铆钉孔，表明板材以铆钉连接。海床表面没有发现舰体以及隆起地貌，推测舰体完全埋于泥下。铁板的铆钉结构与同时代北洋海军军舰的钢材搭接方式一致，据此推测为一艘以煤块为燃料的钢铁材质沉船，结合黄海海战史实，应该为一艘北洋海军沉舰。按照发现地域，有关部门将遗址命名为"丹东一号"，编号为

图 2-17 考古人员在水下作业（图片来源：《致远舰水下考古调查报告》）

2014DD01 号沉船遗址。此后继续进行其他区域的物探勘测，但没有新的发现（见国家文物局考古研究中心、辽宁省文物考古研究院编著：《致远舰水下考古调查报告》）。由于该海域曾经是 1894 年 9 月 17 日黄海海战主战场，考古人员初步判断，沉船有可能是参加过黄海海战的北洋海军沉舰。然而，北洋海军在这场海战中共沉没"超勇""扬威""经远""致远"等多艘战舰，沉船是哪一艘军舰呢？考古人员通过进一步分析判断出，"扬威"舰沉没于大鹿岛附近的浅水区，距离调查区域非常远。"经远"舰沉没于距离"丹东一号"十几千米的地方，此次调查中已经被发现。因此，沉船只能是"超勇"舰或"致远"舰。那么，是这两艘中的哪一艘呢？考古人员无法确定。

2014 年 8 月，国家文物局开始了对"致远"舰遗存的重点调查工作，从 8 月 19 日至 10 月 5 日历时一个多月，取得了重要进展。这次调查可以分为 3 个阶段：第一阶段主要是寻找沉舰的主体位置，历时 15 天。此阶段的收获是通过大范围搜寻海床面局部暴露的个别遗迹现象，包括尾部的圆柱、两块较大的倒覆钢板，并参考磁力仪最大值的点位，确定了倒覆钢板为沉舰的外侧舷板，对沉舰走向进行了准确推断，为后续调查工作打下了基础。第二阶段主要是通过快速抽沙，沿舰舷揭露舰体边界，确认舰尾位置，历时 15 天。此阶段取得的成果是经抽沙揭露出长达 50 米的沉舰舷边，因此确定了舰首位置，陆续发现了一些沉舰遗物，尤其是武器弹药，为明确其为北洋海军战舰提供了更多实证。此阶段中考古人员在沉舰右舷靠桅杆处发现了一个直径达 1 米的圆形铜制锅炉构件，但由于构件上没有铭牌，依然无法断定沉舰身份。第三阶段主要是全力揭露舰首，并做好最后收尾工作，历时 15 天。此阶段对发现的舰首进行了抽沙揭露，了解了沉舰淤埋情况。9 月底，在舰体中部靠近舰尾处发现并打捞出一门 10 管 11.43 毫米口径的加特林机关枪，被认为是破解沉舰身份谜团的重要证据，基本可以确定是"超勇"舰和"致远"舰中的一艘，因为这两艘军舰均装备了这种加特林机关枪，但由于没有具体的身份标识，依然不能判断是两艘军舰中的哪一艘。总之，此次调查工作探明沉舰长度 53 米，确定舰体方位为北偏东 35°，发现舷边、舰首、锅炉舱等舰体部位，发现并提取了保存完好的加特林机关枪、子弹、煤炭、瓷质洗漱盆等遗物。按照"致远"舰的沉没位置以及舰体大小，虽然沉船的若干迹象说明更像"致远"舰，但由于没有确切证据，文物部门不敢轻易做出认定。因此，这年度的调查和水下重点打捞工作结束后，该沉船的身份依然没有确定（见国家文物局考古研究中心、辽宁省文物考古研究院编著：《致远舰水下考古调查报告》）。

2015 年 7 月 22 日，国家文物局水下文化遗产保护中心和辽宁省文物考古研究所联合组成水下考古队，启动了第二轮水下重点调查和打捞工作。这次调查从8月1日正式出海到10月6日结束，历时近70天，主要工作目标是确认沉舰身份和海底保护情况。现场工作分两个阶段：第一阶段的任务是集中于沉舰舰首部位抽沙，寻找沉舰的身份线索，时间从8月1日至9月10日。开工之后，水下考古队首先沿2014年已确认的沉舰舰首进行抽沙揭露，发现沉舰舰首残损较大，无法继续深入搜寻，随即往左舷寻找，向前抽沙至中部暂停，再移到右舷抽沙，将右后舷边清理出来。8月底，考古人员在水下发现了一个铜质的管状物体，一端带有膨大的构件，通体被煤炭染得漆黑，在水下不能分辨其为何物。该物体出水后，考古人员对其进行了辨认，确认其为鱼雷引信。这一发现令考古人员十分兴奋，因为在这一海域沉没的4艘军舰中只有"致远"舰装备有鱼雷，这个物件无疑为确认沉舰为"致远"舰提供了有力证据。9月初，又出水一枚炮弹弹头，这正是英造直径6英寸（152毫米）的阿姆斯特朗副炮的炮弹，而这种副炮是"致远"舰特有的。随后又发现了直径57毫米的单管哈乞开斯机关炮的炮弹，而这种炮也是"致远"舰独有的。除此之外，水下还发现了方形舷窗、多种小口径炮弹等遗物，并在靠左前的舰体处发现多层的穹甲结构。方形舷窗的形制与安装位置都与"超勇"舰不同，是区别两舰的重要物证。尤其是残存的穹甲钢板与史料记载的"致远"舰穹甲结构相吻合，而"超勇"舰为撞击巡洋舰，没有穹甲结构的设计。这样，沉舰的性质已经明确指向"致远"舰，但仍缺乏带有文字的确切遗物。令考古人员兴奋的是随后便发现了带有文字的遗物。9月上旬，考古人员从水下打捞出一枚木质印章，如果这枚印章能够确认为是"致远"舰的某位舰员所有，那么"致远"舰的身份就确定无疑了，这令考古人员十分兴奋。可是，经专家们辨认，该印章上书"云中白鹤"字样，是一枚闲章，并不能确定归某位舰员所有，考古人员很快由兴奋转为失望。第二阶段的任务是在尾部抽沙，小探方试掘，时间从 9 月 13 日至 10 月 6 日。此阶段抽沙区域主要集中在尾部，用大抽沙管沿舷外侧快速清沙。为了解舱室结构及地层堆积，考古人员使用小抽沙管清理中部的锅炉舱，同时在沉舰右舷偏后位置布设小探方进行试掘。小探方位于右舷后端、舰体外侧，该处为舰体上残存不多的未遭焚烧的区域，故保存有碎木板，凝结物上还发现了粘连的碎小瓷片。如果说第一阶段发现的沉舰遗物在考古学上还不足以将沉舰认定为"致远"舰的话，那么接下来发现的遗物则使"致远"舰的身份确定无疑。2015 年 9 月 17 日是黄海海战爆发 121 周年纪念日。当天，考古人员怀着崇敬的心情下水作业，他们试掘时用手扇法一点点清理，在泥中发现了白瓷盘碎片。最后一组考古人员潜水工作结束后，水下摄影师吴立新出水时将瓷片带出水面，这个平常的举动并没有引起考古人员的注意，但经过吴立新提醒，大家突然眼前一亮：瓷片上有文字。虽然釉上彩已经脱落，但借助光亮依然能够清晰地看到上部是一串英文，下部是篆书汉字的一部分。考古人员联想到目前收藏于中国人民革命军事博物馆内"靖远"舰的一组餐具，在餐盘中央部位标有舰名"靖远"，四周的英文翻译成汉语是"大清帝国海军"。"致远"舰与"靖远"舰是同级姊妹舰，均由英国建造，配备的餐具应是相同的，均为特别定制，以此推测"致远"舰的餐具也应是同样的规制。次日，考古队队长周春水和吴立新作为第一组潜入海底，在前一日发现瓷片的位置继续发掘，果然发现了若干片同样的瓷片。他们迅速出水，兴致勃勃地将瓷片进行拼对。果然，数片瓷片上的痕迹连缀成了比较完整的图案。这个图案虽然因百年的海水侵蚀而釉色全部脱落，但依然可以清晰地看出文字的印痕（图2-18）。图案呈圆形，中心用篆书写有"致远"二字，外圈为英文字母，上半圈为"CHIHYUAN"（"致远"的威妥玛拼音），下半圈为英文"THE IMPERIAL CHINESE NAVY"（大清帝国海军），这就印证了考古人员的推测，这个图案形制与"靖远"舰的完全一样，这艘沉舰无疑就是"致远"舰。这是"丹东一号"水下考古以来首次发现"致远"二字，沉舰的身份基本可以确认了。10月3日，考古人员又从海底打捞出水一个款式相同的瓷盘。10月6日是本年度"丹东

图 2-18 出水的"致远"舰瓷盘碎片（图片来源：《致远舰水下考古调查报告》）

一号"水下考古工作的最后一天，考古人员又清理发现了一片印有"致远"舰徽章图案的盘底碎片，使证据进一步得到确认。

2015年实施的"致远"舰重点调查工作，抽沙揭露出更大面积的舰体范围，发现的穹甲结构、方形舷窗、152毫米副炮炮弹、"致远"舰制式餐具等一系列实物确证了"致远"舰的身份。同时，也对"致远"舰破损情况有了较准确的了解：整体保存一般，钢板、锅炉零件因爆炸而抛离原来位置，火烧情况严重。

"致远"舰残骸身份的确认意义重大，其出水的文物是我国第一次真正意义上打捞的北洋海军战舰遗物，因为在这之前打捞的"济远"舰遗物虽然出水时间早于"致远"舰，但"济远"舰在甲午战争中被日军俘获后进行了改装，并参加了日俄海战，已经不是严格意义上的北洋海军军舰了。"致远"舰则不仅保留了黄海海战时的大量信息，而且彰显着民族精神，它对于中国近代史、甲午战争史、北洋海军史的研究都具有独特的价值。

2016年，国家文物局开启了针对"致远"舰的第三轮水下重点调

查工作，时间从 8 月 28 日水下考古人员到达丹东开始算起，至 10 月 16 日调查工作结束，历时近 50 天。这次调查的任务不再是确认"致远"舰的身份，而是确认"致远"舰的具体埋藏深度及遗物散落范围。通过水下作业，在长 4 米、宽 3 米、深 3 米的右舷抽沙 2 号区域内发现了舭龙骨，该舭龙骨上距海床面 1.7 米、下距舰底 0.8 米。调查的过程大致分为 3 个阶段：第一阶段是集中抽沙，确认"致远"舰的埋藏深度，时间为 9 月 9—14 日。此阶段采用探沟发掘，以确认"致远"舰埋深。先在舰体右舷布设探沟，范围 10 米 ×5 米，泥下半米就是煤炭层，板结紧密，该区域清理出单筒望远镜、铜水烟袋等文物。其中单筒望远镜上刻有"陈金揆"字样，确认为"致远"舰大副陈金揆所用，为确认"致远"舰身份增加了一件新物证。第二阶段是在左舷布设探沟抽沙，时间为 9 月 15 日—10 月 10 日。此阶段新设探沟于中部锅炉舱室外，范围 4 米 ×5 米，由广州打捞局潜工集中抽沙。下抽达 2 米深后再往外扩方，最后用攻泥器探出舭龙骨位置，最终下抽深度达 3 米，并将一段舭龙骨完全揭露出来。至此完成了摸清"致远"舰埋深的主要任务。清理该区域时发现了一件完好的 57 毫米口径哈乞开斯机关炮的肩托。第三阶段是钻探及焊接保护锌块，时间为 10 月 11—16 日。本阶段利用攻泥器进行钻探，先钻探尾部，探出尾部边界，再钻探右舷，确认"致远"舰遗物的散落范围（图 2-19）。最后集中几天时间进行水下电焊，沿"致远"舰周边加装牺牲阳极锌块，保护海底钢铁舰体。在结束所有水下考古工作之前，用泥沙对揭露的遗址区域进行回填（见国家文物局考古研究中心、辽宁省文物考古研究院编著：《致远舰水下考古调查报告》）。

经过 3 年多艰苦细致的调查工作，"丹东一号"的水下保存情况已全部摸清，由于日本人的破拆，"致远"舰残高仅 2.5 米，残损多半。泥中的舰体外壳钢板保存完好，硬度高。同时，摸清了"丹东一号"的

图 2-19 水下散落的"致远"舰遗物（图片来源：《致远舰水下考古调查报告》）

舰体结构，提取水下文物 60 个种类 180 余件。其中主炮、副炮残件，加特林机关枪及子弹，鱼雷引信，方形舷窗等文物引人关注，尤其是带有"致远"文字标识的生活用具、刻有"致远"舰大副陈金揆名字的单筒望远镜等一批珍贵文物的出水为"丹东一号"身份的认定提供了关键证据。在水下调查的基础上，考古人员经过对第一手考古资料进行细致梳理，把沉舰位置、舰体长度、舰体结构、武器装备等关键证据与历史文献进行比较研究，证明"丹东一号"确凿无疑就是北洋海军"致远"舰。

总之，确定"丹东一号"为"致远"舰的考古根据可以概括为以下 5 点：

第一，甲午战争后日方所绘制的《黄海北部及渤海》海图大致标注了"致远"舰的沉没位置，"丹东一号"位置与日方海图所示的"致远"舰沉没位置最接近，误差不大于 1000 米。

第二，虽然"丹东一号"沉舰残骸屡遭打捞与破坏，上层舱室、甲板及上层建筑均已不复存在，水下调查时仅见舰底部分，但了解到的舰艇结构、武器装备与"致远"舰造舰档案记载基本一致。

第三，在"丹东一号"沉舰遗址发现了3件制式餐具和一些瓷器碎片，其中均有明确的文字标识：两件瓷盘盘心处印有篆体"致远"二字，汉字周边环绕英文。另一件是银质汤勺，勺柄上刻有"致远"舰的徽标。

第四，水下调查时发现了穹甲。穹甲是北洋海军"致远""靖远""济远"3艘巡洋舰的甲板特征，由此判断出沉没于"丹东一号"位置的只能是"致远"舰。另外，还发现了方形舷窗，这也是"致远"舰舰体的特有结构。

第五，出水了鱼雷引信、152毫米副炮炮弹等武器构件，这些构件都是"致远"舰武器区别于其他沉舰的重要标志。

2015年11月4日，国家文物局在北京召开了由文物、历史、军事等研究领域专家参加的专题论证会，根据水下物探成果、考古实物资料，并结合文献档案，与会专家从不同角度、不同渠道展开论证，确认"丹东一号"就是1894年9月17日沉没的北洋海军"致远"舰，"丹东一号"的身份认定由此画上了圆满的句号。在长达10多年的不懈努力中，人们为"致远"舰的考古工作付出了大量心血，这项极具价值的工作为研究中国近代史、北洋海军史和世界海军舰船技术史都提供了弥足珍贵的实物资料，也为我国的水下考古工作积累了宝贵经验。这一水下考古成果被评为"2015年度全国十大考古新发现"之一，《人民日报》公布结果时指出："'丹东一号'沉船位于丹东市西南50多公里海域处。2013—2015年，历经三个年度共四次的水下考古调查，在深达24米的海底找到一艘钢铁沉舰，并确认为清北洋水师的'致远'舰。其中，能确证'致远'舰身份的遗物有：方形舷窗、152毫米炮弹、鱼雷引信、'致远'文字款识的定制餐具等。'致远'舰的考古调查发现，为中国近代史、甲午海战和世界舰船技术史的研究提供了十分珍贵的考古实物资料。"2016 年 1 月 12 日，"丹东一号"被中国社会科学院评为"2015
年度中国考古六大新发现"之一。

第四节 "致远"舰出水文物

在 3 年多的水下考古工作中，考古人员共发掘出水"致远"舰文物
428 件（套），材质有银、铜、铁、铅、石、木、骨、瓷、皮革、玻璃、
橡胶等。以铜质文物为主，共计 339 件；瓷器次之，共计 28 件；其他
材质的文物数量从几件到 10 余件不等。参考器物的外形及用途，可归
纳为 70 多个种类，用途涉及船体构件、武器弹药、机器配件、电气设备、
工具材料、生活用品等等。在这些文物中，既有单材质的文物，如铜、
铁、木等，又有复合材质的文物，如铜木、铜铁、铜铅、铁木等。后者
又有不同材质的组装，如铁木结构的滑轮、带下漏的淘洗盆。还有不同
材质一起铸造的复合工艺产品，如电器开关、铅制弹头与铜质弹壳等，
呈现出非常复杂的状况（见国家文物局考古研究中心、辽宁省文物考古
研究院编著：《致远舰水下考古调查报告》）。科学分析这些出水文物，
对于甲午战争史、北洋海军史乃至相关人物的研究与评价都具有十分重
要的意义。

以下对"致远"舰的主要出水文物状况及历史价值做简要分析。

舷窗（图 2-20、图 2-21）。考古人员在舰体两舷外侧共发掘出水
两扇外方里圆的比较完整的舷窗、一件方形舷窗残件，皆为铜质。两扇
比较完整的舷窗外缘为正方形，中间开圆形口，安装有厚玻璃（皆已破

图 2-20 "致远"舰方形舷窗之一（图片来源：《致远舰水下考古调查报告》）　图 2-21 "致远"舰方形舷窗之二（图片来源：《致远舰水下考古调查报告》）

碎）。顶端有微弧形凸出的窗檐，近底端有两枚元宝形固定螺栓。该舷窗为固定舷窗，不能打开，而两枚元宝形固定螺栓似为了开闭风暴盖，而风暴盖已无存。舷窗四周及窗檐上有等距离固定用的小圆孔。舷窗长

50.3厘米、宽48厘米、厚2.8厘米。玻璃窗口直径24.5厘米、厚4厘米。方形舷窗残件为舷窗的窗檐，呈拱形，有5个等距离固定用的铆钉孔。该窗檐外径55厘米、框宽4.5厘米（图2-22）。

图 2-22 方形舷窗在水下的状态（图片来源：《致远舰水下考古调查报告》）

　　除方形舷窗外，考古人员还在"致远"舰首发现一扇圆形舷窗（图2-23）和一件圆形舷窗残件，皆为铜质。比较完整的圆形舷窗的玻璃已经破碎，窗体由外框和舷窗两部分组成。外框为圆形，上有8个铆钉孔，钉头为六角形。舷窗为圆形，外径52厘米，内径24.5厘米，窗框

宽8厘米。圆形舷窗残件为舷窗外框，外径53厘米，窗框宽8.5厘米、厚2厘米。

另外，还出水了鱼雷观察窗。"致远"舰装备有鱼雷发射管4具，舰首和舰尾各2具，口径为18英寸（457毫米）。在19世纪末，鱼雷造价昂贵、射击精度不高，军舰携带数量少，没有成为巡洋舰的主战装备。但它命中目标后破坏力大，依然会对舰船构成威胁，故在大多数巡洋舰中装备了这种兵器。鱼雷观察窗是发射鱼雷时用于观察海面状况、鱼雷运动轨迹以及命中情况的窗口，一般位于舰舯两侧。为便于观察，鱼雷观察窗要突出于军舰舷侧，"致远"舰鱼雷观察窗也不例外。该观察窗为长方形，出水的残件为窗口外框，残长14.4厘米、宽13厘米、厚0.8厘米。

出水的"致远"舰舷窗有3种，基本反映了"致远"舰舷窗的状况，为研究该舰的舰型结构提供了重要的实物佐证。

"致远"舰的武器装备残件是该舰水下考古出水最多的文物之一，这是因为"致远"舰在建造过

图2-23 "致远"舰圆形舷窗（图片来源：《致远舰水下考古调查报告》）

舷窗

舷窗是设置在船舶舷侧、上层建筑和甲板室外围壁等处，能保证船体水密性，并具有抗风暴能力的小窗。舷窗一般由窗框、玻璃等部件组成，有方形和圆形两种，以圆形居多。舷窗的特点是窗体坚固，既有良好的透光性，又有良好的水密性。近现代舰船的舷窗配备有风暴盖，以防止因窗玻璃破碎而进水。舷窗有固定舷窗和活动舷窗之分，前者只能透光，不能开启，后者可以向上或向旁边开启。

程中李鸿章高度重视武器装备的设置，安装了比"经远"和"来远"两艘大型巡洋舰更多的武器装备。"致远"拥有德国克虏伯公司造210毫米35倍径主炮3门，舰首2门双联装，舰尾1门；阿姆斯特朗公司造6英寸（152毫米）口径副炮2门，安装于左、右舷侧；57毫米口径哈乞开斯速射炮8门；37毫米口径哈乞开斯机关炮10门，它拥有5根炮管，可发射钢弹和霰弹；11.43毫米45倍径加特林机关枪6挺；鱼雷发射管4具，鱼雷12枚，该鱼雷发射管安装于舰首和舰尾的舷侧；马蒂尼-亨

鱼雷

　　鱼雷出现于19世纪中叶，它是一种能在水下自航、制导，攻击水面或水下目标的水中武器。现代鱼雷由水面舰艇、潜艇和飞机携载，发射后能自动搜索攻击目标，具有隐蔽性好、抗干扰能力强、命中率高、爆炸威力大等特点，主要用于攻击水面舰艇、潜艇及其他水中目标，是海军主要的攻击武器之一。鱼雷的产生与发展经过了一个较长的过程。1866年，英国工程师罗伯特·怀特黑德在阜姆城（今克罗地亚里耶卡）研制成功第一枚鱼雷，因其如鱼一样可在水中游走，故被称为"鱼雷"。北洋鱼雷营总管都司黎晋贤在他绘纂的《鱼雷图说问答》中说："鱼雷取义，其身圆长，前后体尖，头有圆嘴，似鱼衔物，后有双轮能以行驶。似鱼有翅有尾，能自上下，驶行水中，如鱼之游泳。有鱼之形，有雷之力，行速力猛，能击沉敌船，故谓之鱼雷。"怀特黑德之所以能发明鱼雷，据黎晋贤说是接受了一个叫卢卓士的奥国海军军官的建议。黎晋贤介绍说："此法同治年间，有奥国水师官名卢卓士，告他英国友人怀特说：目今各国兴办水雷，诚为海防之利器……必须设法制成一器，形式如鱼，内有机关，自能行驶，头有药力，能轰敌船，异设机关，使其能上下，恍若鱼游泳水中，驰击敌船，这又高于水雷之上了。怀特深有所悟，精心研究，思得其法。但苦无巨款，难以兴办。而奥国执政，恐被别国先买其法，助以重赏，使在飞雄门兴工

制造。凡数阅寒暑，至同治九年而始成功。是为创造鱼雷之始。"当时，人们根据怀特黑德（意译为"白头"）的名字，把鱼雷称作"白头鱼雷"。早期的鱼雷是用压缩空气发动机带动单螺旋桨实现推进的，它可通过液压阀操纵鱼雷尾部的水平舵控制鱼雷在水中的深度，但不能控制鱼雷行进方向。当时鱼雷的航速仅有每小时 11 千米，射程也只有 180~640 米。1881 年，制成双螺旋桨推进装置，消除了鱼雷因单螺旋桨推进而产生的横滚。1897 年，奥地利人 L. 奥布里使用陀螺仪控制鱼雷的行进方向，提高了鱼雷的航向精度和命中率，后经改进，使鱼雷可转角射击，提高了鱼雷战术的灵活性。

中国引进鱼雷和鱼雷艇是在 1881 年。为了培训海军的鱼雷人才，清政府于 1890 年由"李鸿章署检"，在天津印刷出版了黎晋贤绘纂的《鱼雷图说问答》一书。黎晋贤曾留学德国，接受过西式教育，是一位难得的军事技术人才。他把在德国所记述的鱼雷制造和使用技术的经验和心得用图说和问答的形式整理成书，以介绍当时西方先进的鱼雷技术的发展状况及技术水平，详细解析鱼雷的构造、用途以及操作方法，作为北洋海军鱼雷营官兵的学习教材，使北洋海军较早掌握了鱼雷使用技术，因而在清政府购买的新式巡洋舰上普遍装备了鱼雷。

鱼雷呈圆柱形，头部呈半圆形，以减小航行阻力。它一般由装药引爆系统、导引控制系统和动力推进系统 3 部分组成。它的前部为雷头，装有炸药和引信；中部为雷身，装有导航及控制装置；后部为雷尾，装有发动机和推进器等动力装置。其中头部的引信是引爆或引燃弹药战斗部装药的控制装置。

利步枪 40 支；左轮手枪 15 支，因左轮手枪的弹巢呈梅花形状，故当时的中国人称左轮手枪为"梅花手枪"。北洋海军配备的左轮手枪有 0.32 英寸（8.13 毫米）口径韦伯利左轮手枪、0.45 英寸（11.43 毫米）口径亚当斯左轮手枪和 0.476 英寸（12.1 毫米）口径恩菲尔德左轮手枪。这 3 种左轮手枪在"致远"舰上均有装备，至于各装备多少支则需要进一步研究。

"致远"舰水下考古出水的武器装备残部及部件如下：

鱼雷引信（图 2-24）。"致远"舰装备有 18 英寸（457 毫米）鱼雷发射管 4 具、鱼雷 12 枚，在其遗址的水下考古中出水了一枚铜质鱼雷引信，该引信前部呈圆锥形，设有嵌入的卡槽，保险销尚存。后部为药筒，呈细长管状。引信全长 58 厘米，药筒直径 3.8 厘米（图 2-25）。

图 2-24 "致远"舰鱼雷引信（图片来源：《致远舰水下考古调查报告》）

210 毫米口径主炮炮管残片（图 2-26）。"致远"舰装备有德国克虏伯 210 毫米 35 倍径主炮 3 门，其中舰首 2 门，舰尾 1 门。在"致远"舰遗址出水了 210 毫米口径主炮炮管残片一件，长 63 厘米，宽 33.5 厘米，厚 5.3 厘米。

图 2-25 鱼雷引信在水下的状态（图片来源：《致远舰水下考古调查报告》）

外面光滑，内有膛线，膛线间宽 1.3 厘米。这块残片说明"致远"舰主炮或在黄海海战中遭遇日舰炮火的攻击，造成重大损伤，或在甲午战争战后日本人的盗捞过程中被毁坏。

副炮炮弹（图 2-27）。"致远"舰 2 门 6 英寸（152 毫米）口径副炮安置于两舷侧，由阿姆斯特朗公司制造。出水的是一枚该型炮的炮弹，它的头部呈圆锥形，表面光滑，弹体呈圆柱状，空心，中间有一圆孔，用于将火药装填于弹体空心处。平时该圆孔用铜质螺丝封堵，不填充炸药，以防受潮。发射时旋开螺丝，填充火药，依靠炮弹撞击目标引发爆炸。该炮弹高47厘米、直径15.2厘米。

图2-26 "致远"舰210毫米口径主炮炮管残片（图片来源：《致远舰水下考古调查报告》）

37毫米哈乞开斯机关炮炮弹（图2-28）。37毫米口径哈乞开斯机关炮炮身长70英寸（177.8厘米），重1181磅（535.7千克），有6种型号，可发射钢弹和霰弹。"致远"舰装备37毫米口径哈乞开斯机关炮10门，在黄海海战中发挥过重要作用。出水

图2-27 "致远"舰副炮炮弹（图片来源：《致远舰水下考古调查报告》）

图2-28 "致远"舰37毫米哈乞开斯机关炮炮弹（图片来源：《致远舰水下考古调查报告》）

的文物中有37毫米哈乞开斯机关炮炮弹数枚，包括钢弹和霰弹两种。钢弹弹头呈锥形，弹壳为双层铜质，底部直径4厘米，有3个铆钉固定底火，铆钉直径0.5厘米，底火直径1厘米。霰弹弹头为圆形，弹壳与钢弹相同。一枚较完整的钢弹通长17厘米，一枚较完整的霰弹通长15.8厘米。另外，还出水了一件齿轮，为37毫米口径哈乞开斯机关炮侧边的调节旋钮，外径4.5厘米，高2厘米，套管内径0.84厘米（见国家文物局考古研究中心、辽宁省文物考古研究院编著：《致

远舰水下考古调查报告》）。

47 毫米哈乞开斯速射炮炮弹（图 2-29）。1889 年，李鸿章给皇帝奏报了《定造快船报销折》及其附件清单，全面开列了"致远"舰的武器装备，可 47 毫米口径哈乞开斯速射炮并未在其中，这说明在 1889 年之前"致远"舰并未装备这种炮。然而，在"致远"舰遗址水下考古中出水了 47 毫米哈乞开斯速射炮炮弹，其中一件是完整件，一件是残件。这说明在 1889 年以后"致远"舰加装了 47 毫米口径哈乞开斯速射炮，加装的数量不详。比较完整的炮弹是一枚霰弹，由弹头和弹壳两部分组成，弹头直径 4.7 厘米，形状与 37 毫米哈乞开斯机关炮霰弹相似。弹壳底部直径 6 厘米，有 4 个平头铆钉固定底火，底火直径 1 厘米。炮弹通长 46 厘米。残件仅为一弹壳，全长 37 厘米。

图 2-29 "致远"舰 47 毫米哈乞开斯速射炮炮弹（图片来源：《致远舰水下考古调查报告》）

57 毫米哈乞开斯速射炮炮弹及肩托（图 2-30、图 2-31）。"致远"舰装备有 57 毫米口径哈乞开斯速射炮 8 门，该炮为单管。出水的是该炮的炮弹数枚，包括两种类型：一是钢弹，一是霰弹。钢弹由弹头和弹壳两部分组成，弹头为钢制，呈圆锥形，其中一枚长约 13.2 厘米、底径 4.2 厘米，另一枚残长 18.5 厘米、底径 4.5 厘米。弹壳为铜质，底部有 5 个固定底火的平头铆钉，其中一个印有英文"EOC"字样。"EOC"是"The Elswick Ordnance Company"的简写，即埃尔斯维克军械公司（见国家文物局考古研究中心、辽宁省文物考古研究院编著：《致远舰水下考古调查报告》）。铆钉直径0.7厘米，底火直径1厘米。霰弹也由弹头和弹壳两部分组成。弹头为铜质，其中装填有铅制弹丸，前端被帽，呈锥形。中部呈圆柱状，后端可插入弹壳中。弹头通长21厘米，直径5.7厘米。出水文物中还有3枚霰弹的铅制弹丸，实心，直径为1.5厘米，上有范线，说明为合范铸造。这种铅

图2-30 "致远"舰57毫米哈乞开斯速射炮炮弹（图片来源：《致远舰水下考古调查报告》）

图2-31 "致远"舰57毫米口径哈乞开斯速射炮肩托（图片来源：《致远舰水下考古调查报告》）

制弹丸在37毫米、47毫米、57毫米口径哈乞开斯炮的霰弹中均有发现。除炮弹外，还出水了炮的肩托。该肩托呈"T"形，前部直杆采用"工"字梁，近前端有两个孔眼，用于安装在炮身上。弧形挡板位于右后侧，退弹壳时可以保护开炮的士兵。挡板设有一个小孔，该孔用于穿过击发拉绳。握柄上端为铜铸，微弯而上翘，下端安装木质的手持握柄。肩托全长98厘米，铜质握柄高54厘米、宽5.5厘米（见国家文物局考古研究中心、辽宁省文物考古研究院编著：《致远舰水下考古调查报告》）。

加特林机关枪及子弹。加特林机关枪的英文为Gatling Gun，由此人们又将其翻译成"格林炮"或"盖特炮"。事实上，按照现代人们对于枪炮的界定，20毫米口径以下的管状火器为枪，20毫米口径以上的为炮，

Gatling Gun 只能算作枪，而非炮。当然，当时国际上并没有这样的划分，将其称为炮也未尝不可。这里将其称为"加特林机关枪"。加特林机关枪是一款手动型多管旋转机关枪，最初由美国人理查德·乔丹·加特林在1861年设计而成，它是在世界范围内大规模实战使用的第一种机关枪。该机关枪在发射时是用手摇动摇柄，使若干个枪管围绕中间的轴心转动，实现枪弹的轮番发射，因此晚清中国人称其为"连珠炮"，它在普遍使用慢速发射火器的近代无疑是杀敌利器。1884年8月，中法战争爆发，当时的法国海军装备了哈乞开斯机关炮，该炮由美国著名设计师哈乞开斯设计，经法国政府特许，由英国阿姆斯特朗公司制造。这种炮有5根37毫米口径的炮管，可以旋转发射，每分钟可发射60枚炮弹，炮弹威力很大，在270米距离可击穿24毫米厚的钢板。哈乞开斯机关炮现身中法马江海战，给福建船政水师以重大杀伤，震动了清廷，于是在创建北洋海军时，李鸿章也想购买这种能够连续发射的海战兵器。不过这时的哈乞开斯机关炮以单管的大口径炮居多，在北洋海军"济远"等主力战舰上均有安装。加特林机关枪在北洋海军各舰上的装备是对哈乞开斯单管速射炮火力的补充。

"致远"舰水下考古所出水的加特林机关枪（图2-32、图2-33），共有10根枪管，在枪套中呈圆形排列。枪身两侧带有柱状枪耳，枪口带铜箍，准星置于枪口左侧。进弹口开于枪身后部上面，喇叭形，可插入弹匣。摇柄置于尾端右侧，使用时通过转动摇柄带动枪管旋转，完成每根枪管的快速击发与更换。机关枪上还设有冷却水的进、出水口，进水口设在枪管口的正上方，出水口设在枪管下方，

图2-32 出水的"致远"舰加特林机关枪（图片来源：《致远舰水下考古调查报告》）

位于枪耳之后、弹匣之前。枪管下还设有两个卡槽，用于安装弧形表尺，以便观测枪身仰角。枪耳上有錾刻铭文，计3排："No."" 4781"" 1887"。"4781"为编号，"1887"为生产年份。机关枪通长

图2-33 加特林机关枪在水下的状态（图片来源：《致远舰水下考古调查报告》）

117厘米，枪管外径18厘米。冷却水水口孔径3.8厘米（见国家文物局考古研究中心、辽宁省文物考古研究院编著：《致远舰水下考古调查报告》）。

枪身后部进弹口之后镶有椭圆形铜质铭牌（图2-34），长10.1厘米，宽7.2厘米。铭牌上刻有文字和数字："GATLING GUN"是枪的名称，当时称"格林炮"；"SIR W.G. ARMSTRONG MITCHELL & Co.LIMITED"是武器生产企业名称，即"W.G. 阿姆斯特朗·米切尔有限责任公司"；"No.4781"是产品编号；"CAL.0.45"是机关枪口径，即0.45英寸，亦即11.43毫米；"PATENTED MODEL 1886"是该武器的专利型号；"NEWCASTLE ON TYNE"是该武器产地，即英国泰恩河畔的纽卡斯尔。

加特林机关枪铭牌所显示的信息为我们提供了

图2-34 加特林机关枪铜质铭牌（图片来源：《致远舰水下考古调查报告》）

有关生产该武器的若干重要数据，对于我们研究该武器在19世纪中后期的生产和应用具有重要价值。

一起出水的还有加特林机关枪旋转托架（图2-35）。该托架分为3部分：上部为半圆形托架，顶端设有可上下调整的卡槽，用于架起机关枪两侧的枪耳。中部为旋转轴，用于枪管的左右调整。下部为

图2-35 加特林机关枪旋转托架（图片来源：《致远舰水下考古调查报告》）

"T"形安装架，可卡在滑轨上移动。上设3个钢制滑轮，为的是安装在圆形桅盘上，可沿滑轨左右移动位置。"T"形横梁的左右两端还设有两个孔眼，用于安装机关枪护盾。托架通高70.5厘米，"T"形横梁宽60.5厘米（见国家文物局考古研究中心、辽宁省文物考古研究院编著：《致远舰水下考古调查报告》）。

加特林机关枪还配有肩托，此次一同出水。该肩托呈"T"形，前部直杆采用"工"字梁，近前端有两个孔眼，用于安装枪身。右后侧设置有弧形挡板，退弹壳时可保护操枪射击者。挡板设有一个小孔，用于穿过击发拉绳。握柄上端为铜铸，微弯而上翘，下端安装木质的手持握柄。该肩托全长98厘米，铜质握柄高54厘米、宽5.5厘米。

在"致远"舰遗址水下考古中，还出水了加特林机关枪子弹35枚（图2-36），其中18枚比较完整。该子弹分弹头和弹壳两部分：弹头为铅制圆头，直径1.1厘米，露出部分长1.6厘米；弹壳为铜质，底部边缘凸起，外圈上部有"R"和"L"两个英文字母，字母之间有箭头形图案，左右有"8"和"7"两个数字，底部中央为底火。子弹全长8.7厘米。

图 2-36　加特林机关枪子弹（图片来源：《致远舰水下考古调查报告》）

毛瑟步枪子弹。北洋海军装备的毛瑟步枪应为 M1871 式。1889 年，李鸿章在上报皇帝的清单中并未列出毛瑟步枪及其数量，说明这种步枪是在 1889 年以后装备"致远"舰的。"致远"舰遗址出水的毛瑟步枪子弹共 21 枚，其中比较完整的有 4 枚，这些子弹分弹头和弹壳两部分，弹头较短，仅露出 1.2 厘米，为圆头铅弹。弹壳较长，底部直径 1.4 厘米。子弹全长 7.2 厘米（图 2-37）。

图 2-37　"致远"舰毛瑟步枪子弹（图片来源：《致远舰水下考古调查报告》）

马蒂尼-亨利步枪子弹、刺刀柄和套箍。"致远"舰装备的马蒂尼-亨利步枪型号为 MKI，李鸿章在 1889 年给皇帝的清单中有所列举，共 40 支。

马蒂尼-亨利步枪

要了解马蒂尼-亨利步枪，首先要从美国枪炮商人亨利·皮博迪谈起。皮博迪在从事枪炮贸易的过程中，于1862年获得了后膛装填步枪的专利权，该枪采用类似于击发枪的大型外露式击锤设计，通过这个击锤撞击枪机中的击针以击发枪弹。1866年，居住于瑞士的奥地利籍设计师弗雷德里克·冯·马蒂尼改进了这一设计，把外露式击锤去掉，改为利用设在枪机内部的螺旋击针弹簧和击针来击发枪弹，这样就大大简化了枪机结构。改进后的步枪不但比皮博迪的原型枪更加坚固、射速更快，而且外形更加美观。随后，一位名叫亚历山大·亨利的英国设计师为该枪设计了膛线系统，使其更加完美。1871年，经马蒂尼和亨利改进的步枪被英国军队正式采用，英方将其定名为"马蒂尼-亨利步枪"，型号为MKI。

在"致远"舰遗址出水的马蒂尼-亨利步枪子弹共有5件，均为弹壳残件。弹壳为铜质，底部环绕底火印有铭文，上为"NEWNHAM"（纽纳姆），左右分刻"No."和"12"，应为该子弹型号，下为"LONDON"（伦敦）。底部直径2.1厘米（图2-38）。出水一件刺刀柄残件，铜质，为鹰嘴柄，截面呈扁圆形，中空。侧面开有凹槽或卡口，用于安装刺刀与装饰物。残件长5厘米、宽3厘米。出水的枪管套箍有4件，铜质，环状，用铜皮卷管而成，中空。该套箍外径3.2厘米、内径2.7厘米（见国家文物局考古研究中心、

图2-38 "致远"舰马蒂尼-亨利步枪子弹底部（图片来源：《致远舰水下考古调查报告》）

辽宁省文物考古研究院编著：《致远舰水下考古调查报告》）。

左轮手枪子弹。李鸿章上报皇帝的清单中共列出左轮手枪15支，他称之为"梅花手枪"。从出水的弹药看，"致远"舰共装备有3种型号的左轮手枪，这就是0.32英寸（8.13毫米）口径韦伯利左轮手枪、0.45英寸（11.43毫米）口径亚当斯左轮手枪和0.476英寸（12.1毫米）口径恩菲尔德左轮手枪。这些手枪很有可能是清政府在从英国购买"致远"舰时一起引进的，或后续从英国补充装备的，因为它们都是英制手枪。可见，北洋海军的军官基本上都配有左轮手枪。

0.32英寸（8.13毫米）口径韦伯利左轮手枪是英国人韦伯利设计的一款左轮手枪，有6个弹巢，19世纪后期被欧洲和美国军火商大量制造。该手枪为双动式设计，握把粗大，枪管短粗，早期产品在枪身左侧、转轮前方有"WEBLEY PATENT"字样。"致远"舰遗址出水的韦伯利左轮手枪子弹有5枚，其中3枚比较完整，而其他2枚仅有弹头。该型子弹弹头为实心圆头铅弹，露出部分长0.82厘米，铜质弹壳，底部直径0.95厘米，子弹全长2.4厘米（图2-39）。

图2-39 "致远"舰韦伯利左轮手枪子弹（图片来源：《致远舰水下考古调查报告》）

0.45英寸（11.43毫米）口径亚当斯左轮手枪是英国枪械发明家罗伯特·亚当斯设计的一款左轮手枪，大约1869年由伦敦军械公司制造。该型手枪有5个弹巢。"致远"舰遗址出水的亚当斯左轮手枪子弹有3枚，均比较完整。弹头为圆头铅弹，露出部分长1.17厘米，铜质弹壳，底部直径1.27厘米，围绕底火印有"ADAMS'S P.SAM CO."和

"STRAND LONDON" 字样，前者是制造公司 "The Adams's Patent Small Arms Company" 的缩写，后者为制造公司地址。子弹全长2.87厘米（图2-40）。

0.476英寸（12.1毫米）口径恩菲尔德左轮手枪是英国政府在伦敦北郊创办的恩菲尔德兵工厂设计和制造的一款双动式左轮手枪，是由0.38英寸（9.65毫米）口径恩菲尔德MkI型转轮手枪改进而来的。"致远"舰遗址出水的恩菲尔德左轮手枪子弹只有1枚，仅有弹头。该弹头

图2-40 "致远"舰亚当斯左轮手枪子弹（图片来源：《致远舰水下考古调查报告》）

图2-41 "致远"舰恩菲尔德左轮手枪子弹（图片来源：《致远舰水下考古调查报告》）

为圆头铅弹，后端有两道凹槽，长2.1厘米（图2-41）。

210毫米口径克虏伯主炮发火管。"致远"舰安装有210毫米口径德国克虏伯主炮3门，"致远"舰遗址出水了2枚主炮发火管。要了解这些发火管的功能，就有必要把德国克虏伯炮的发射步骤加以简要说明。

"致远"舰装备的210毫米口径克虏伯主炮是后膛装填线膛炮，采用的是横楔式炮闩，发射时需要用开闩扳手将火炮尾部的炮闩从侧面开启，此时可以看到移出的炮闩上有一个圆形内凹，这便是安装发火管的

火门。将发火管从凹坑处旋入扭紧，露出铜丝圈或铜帽。发火管的基本构造是外形呈钉子形，"钉身"部分内部中空，用于盛装火药，外部一半为螺丝扣，"钉头"处有一根铜丝通过一小孔插入"钉身"火药中，外侧一端设置铜丝圈或铜帽。发火管安装完毕后，将炮弹和药包通过后膛装填到炮膛中。弹药装填完毕后，将炮闩关闭。发射时由炮长测距、瞄准，一切准备就绪后用力拽发火绳，将发火管内的铜丝拽出，从而点燃药包，将大炮打响。发火管的发火原理是通过拉拽铜丝产生摩擦，点燃发火管内火药，进而点燃炮膛内药包，将炮弹发射出去。

出水的 2 枚"致远"舰发火管保存比较完整，"钉身"部分直径均为 0.8 厘米，从头到尾长度为 5 厘米。1 枚发火管的铜丝外端为铜丝圈，1 枚铜丝外端为铜帽，铜帽长度为 1.9 厘米（图 2-42）。

图 2-42 "致远"舰 210 毫米口径克虏伯主炮发火管（赵姣琪摄）

陈金揆的单筒望远镜。 李鸿章在 1889 年给皇帝的报销清单中就提到了"远镜"，说明在 1889 年以前北洋海军就装备了望远镜。"致远"舰遗址水下考古出水了一具单筒望远镜，在前端物镜筒上清晰地刻有"Chin Kin Kuai"字样，

望远镜

望远镜是一种采用凹透镜和凸透镜观测遥远物体的光学仪器，它采用通过透镜的光线折射或光线被凹镜反射使之进入小孔并会聚成像，再经过一个放大目镜而被看到。望远镜最早是由荷兰人利伯希于 1608 年发明的，当时他制作了一具双筒望远镜。望远镜被发明出来后，早期主要用于航海和天文领域，后来逐渐用于包括军事在内的各个领域。

说明这具望远镜是陈金揆使用的（图2-43）。

陈金揆使用的望远镜是"致远"舰官兵在黄海海战中浴血奋战的见证。该望远镜外壳为铜质，呈

图2-43 "致远"舰大副陈金揆的单筒望远镜（图片来源：《致远舰水下考古调查报告》）

陈金揆

陈金揆，字度臣，江苏宝山人。11岁时，他以优良成绩考入上海出洋肄业局预备学校以接受中西文强化训练。1875年10月，他作为第四批幼童之一赴美留学深造。1881年回国后，他以考绩优秀肄业于天津水师学堂，并登上"威远"练船见习。在此期间，他遍历南洋、北洋各港口，练习枪炮、阵法等，阅历大增。1883年，陈金揆被派任"扬威"舰二副，1885年升把总。1885年11月，他升补"扬威"舰大副。1887年8月，他随邓世昌赴英德两国接舰，归国途中协助邓世昌行船，沿途操演，十分得力。1888年4月，邓世昌带领"致远"等4舰抵达大沽口。同年10月，北洋海军成军，陈金揆署中军中营都司，擢游击，任"致远"舰帮带，兼领大副，荐保蓝翎千总。1894年7月，甲午战争爆发。9月15日，清政府决定派清军沿海岸赴鸭绿江口增援平壤。北洋海军提督丁汝昌率北洋海军主力护航。17日，北洋舰队与日本联合舰队在鸭绿江口大东沟相遇，双方爆发规模空前的黄海海战。开战后不久，北洋舰队因旗舰"定远"的信号索具被毁，导致各舰失去统一指挥，陷入各自为战状态。"致远"舰在管带邓世昌率领下奋勇杀敌，陈金揆密切配合邓世昌作战，他与大管轮郑文恒两人把掌驾舱，灵活穿梭于敌阵之中，不断抢占有利位置，用舰首、舰尾主、副炮打击敌人。当日本联合舰队第一游击队在"吉野"舰率领下围攻"定远"舰时，陈金揆按照邓世昌的命令将"致远"舰横拦于"定远"舰前，以保护旗舰。"致远"舰遭到日军4艘战舰的轮番攻击，多处中弹，水线下不断进水，舰身严重倾斜。

陈金揆镇定自若，沉着应战。邓世昌决定开足马力，撞击"吉野"舰。陈金揆稳掌轮舵，全速驶向"吉野"舰。"致远"舰遭到日舰更加猛烈的攻击，射来的炮弹引发"致远"舰鱼雷爆炸，"致远"舰迅速沉没。邓世昌、陈金揆等官兵壮烈殉国。陈金揆牺牲时年仅33岁。战后，清政府赏恤有功人员，陈金揆照总兵例抚恤，赐一等轻车都尉兼一等云骑尉世职。

长筒状，尾端目镜为喇叭形口，设有防尘镜盖。该镜共配有3个目镜片、1个物镜片，物镜直径4.6厘米，目镜直径3.8厘米、长21.8厘米，全长48.5厘米。可以想象，在黄海海战中，陈金揆镜不离手，随时观察敌情，判断敌舰距离，查看射击效果，及时为邓世昌提供战场信息。当"致远"舰沉没时，这具望远镜随陈金揆一同沉入大海。

带有"致远"文字标识的瓷盘。清政府在订购"致远"和"靖远"舰时，从英国一并定制了部分生活用具，其中一些用具刻印有"致远"舰的独有标识，印有篆书"致远"的瓷盘就是这样的生活用具。

"致远"舰遗址水下考古出水了部分瓷器，有些是欧洲制造的，共有16件，包括盘、碟、盆、地砖等，其中4件带有"致远"文字标识，可视为舰徽。第一件为一残损盘，可能是盛水果、点心一类食物的盘子。该盘呈浅盘形制，敞口，圆唇，宽平沿，浅弧腹，圈足较大且矮，胎体与釉面洁白光亮，胎体较薄。盘面有暗花，由英文字母及花纹组成。盘心图案为篆书"致远"二字，外圈为字母，上半圈是"致远"的威妥玛拼音，下半圈为英文的"大清帝国海军"，共同组合成一个圆形徽标。口沿处有一圈锦文。盘底印有一枚小商标，由皇冠与圆形图案构成。图案中间为新月及数字"51"，周边环绕4个卷花式样的"W"，商标下面印有大写字母"Y"。该商标为英国皇家伍斯特（Royal Worcester）瓷厂持有，该厂以生产骨瓷（bone china）闻名于世。中间的新月是伍斯特瓷厂使用过的第一个背面标识，数字"51"代表伍斯特瓷厂建于1751年。盘上"W"分别代表：最初创始人沃尔医生（Dr.John Wall）、最早的工厂地址Warmstry House、最初公司的罗马语名称Wigornia（Worcester）。"Y"是1887年生产的标识。该盘口径20.5厘米、底径11.5厘米、厚0.3厘米，商标长度1.5厘米（见国家文物局考古研究中心、辽宁省文物考古研究院编著：《致远舰水下考古调查报告》）。

英国皇家伍斯特瓷厂是英国历史最悠久的名窑瓷厂，1751年创立，其生产的瓷器以卓越的品质在1789年成为英国王室御用瓷器，并授权使用皇家（Royal）标识，至今仍是英国瓷器的顶尖奢侈品牌。《深圳晚报》曾发表过一篇王国平先生的文章，其中指出："早年在拍卖会上曾出现过一只'靖远'舰专用瓷盘，当时的介绍称：椭圆形大盘，胎体坚质沉重，系特为海军航海使用烧造。口沿绘饰加金彩，绘松石绿彩与金彩花卉边饰，盘心褐彩绘'靖远'舰舰徽，内标'靖远'中英文名及'大清帝国海军'英文名称。盘底落英国皇家伍斯特瓷厂（Royal Worcester）皇冠标志，标志下'Y'字母为该厂1887年启用之生产年代的代码。""因此，我们跟英国皇家伍斯特瓷厂取得了联系。幸运的是，在皇家伍斯特档案馆的一本档案里，发现了'致远'舰和'靖远'舰的徽章，时间可追溯到1887年1月11日。关于瓷盘的信息，在两页档案上。第一页档案上记载着数条订购信息，其中就有'致远'和'靖远'两艘军舰的。时间是'Jan,11,1887'。""在档案馆整理的文字中，有'Green & Low'字样，表示颜色是一种低度绿色，'致远'舰瓷盘由于在水中泡了120年，如今已经看不到颜色了，但从保存在中国人民革命军事博物馆的'靖远'舰瓷盘来看，边缘是一圈淡蓝色，应该是长时间使用后氧化所致。""另外还有一段介绍舰徽设计的说明：in Gold in Circle Badge 'The Imperial Chinese Navy',in Brown in Centre Chi Yuan & Ching Yuan 。舰徽外面一圈'The Imperial Chinese Navy'用金色，在中间的'致远'和'靖远'的汉字用褐色。""档案里面还有一个疑似地址拼写 Townsend House Newcastle，位于纽卡斯尔的汤森屋。'致远'和'靖远'都在纽卡斯尔建造，这或许是当时这批瓷盘的收货地址。在档案的另一页，则是'致远'和'靖远'的两个舰徽黑白图样，与现在能见到的舰徽一致。推测来看，'致远'舰和'靖远'舰的舰徽形式应该是英方设计的，中间的篆书书写应该是中国驻英使馆的人参与设计的。"

第二件为一盘心碎片，呈不规则形状，胎体较厚，胎釉洁白。从瓷片推断，该盘盘心正面呈现"致远"舰圆形舰徽，图案与第一件相同。在盘底有与第一件不同的商标：上部为皇冠图案，下部为绶带，中间嵌入英文"A.BROS"。该商标为英国马森（Mason）瓷厂持有，历史上该厂以生产铁矿石瓷（ironstone china）闻名。瓷片长7厘米、宽5.5厘米、厚0.6厘米。底部商标宽2.9厘米、高1.7厘米。

第三件为一盘心碎片（图2-44），呈三角形状，胎釉洁白，底纹不清晰。正面残存半个篆书"致"字，按照第一件图案推测，

图2-44 带有"致远"舰圆形舰徽的盘子碎片（图片来源：《致远舰水下考古调查报告》）

该瓷片是一个带有"致远"舰圆形舰徽的盘子碎片。碎片长4厘米、宽2.1厘米、厚0.6厘米。

　　第四件为一残损的盖碗托盘,口沿外撇,尖唇,浅弧腹。盘心下凹,圆足,足底呈下沉圆底,图案纹饰与第一件相同,为圆形舰徽。盘底印有商标,与第二件相同。该盘尺寸明显比第一件小,盘壁较薄,显然是一盖碗托盘。该盘口径13.1厘米、底径9.5厘米、高1.8厘米(见国家文物局考古研究中心、辽宁省文物考古研究院编著:《致远舰水下考古调查报告》)。

　　除以上文物外,"致远"舰出水构件及相关设备残件、生活用品等还有:铜器包括剑首、航海汽灯、方向环、束管铜板、大型截止阀、管道旋柄、门窗旋柄、废液槽、导览柱、滑轮、桨柄卡槽、栏杆、防滑板、花窗构件、插芯门锁、钥匙、铭牌、刻度尺、测船底管、消防水接头、下漏、变径接头、堵头、管材、板材、螺栓、螺丝、挡圈、垫片、铜箍、卡口式内套、铜管套头、环箍、衣帽钩、小挂钩、悬挂式吊环、活动式吊环、链式吊环、挂锁扣、皮带扣、衣服纽扣、大型合页、两折式合页、插销、提梁、古代钱币、港币、电灯座、固定螺栓、插头、开关、水烟袋、铜盒、内盖、脚套、铜饰件、手电筒(图2-45)、连接杆、铜构件。铁器包括板材、栏杆柱、舷窗边框、传动轴、小艇支架固定桩、滑轮、螺丝刀、六角螺帽、环形铁块、铁钩、弹片、铆钉。瓷器包括青花瓷盖、青花瓷碗残片、青花瓷碟残件、青花瓷小杯、青花瓷印泥盒、瓷罐、酱釉瓷钵残片、酱釉瓷小杯残片、五彩瓷碗残件、白瓷鼻烟壶残件、白瓷小杯残件、

图2-45　手电筒(图片来源:《致远舰水下考古调查报告》)

欧洲瓷残片、瓷砖块、罐片。木器包括滑轮、堵头、栅格板、轱辘、盖、毛刷、木盆残片、底座残件、砚台盒、算珠、木梳、手柄、木构件。银器包括银锭、汤匙。铅制物品有下水管，玻璃制品有碗残片、葵口盏残件。另外还有少量石器、骨器、橡胶制品、皮革制品等。其中一枚印文为"云中白鹤"的石制印章的长、宽、高均为1.8厘米，其主人及印文含义尚待研究（图2-46）。

图 2-46 带有"云中白鹤"字样的石制印章（图片来源：《致远舰水下考古调查报告》）

第三章
以一敌四的战将——"经远"舰

　　在北洋海军中，"经远"舰是除了"定远"和"镇远"两艘铁甲舰外吨位最大的主力战舰，它与"来远"舰是姊妹舰，1885 年从德国订购。"经远"舰来华后，参与了一系列重大行动，在近代史上留下了浓墨重彩的一笔。1894 年 9 月 17 日，中日海军爆发黄海海战，"经远"舰在管带林永升率领下与日舰展开殊死搏斗。"经远"舰在海战中受伤严重，又遭日舰围攻而悲壮沉没。甲午战争后，"经远"舰在海底沉睡数十载，中国人民始终没有忘记这艘不屈的战舰，只因战火不断，人们无法了解其在海底的状况，更无法使其重见天日。抗日战争期间，"经远"舰的残骸遭日本人盗捞，舰体进一步受到破坏。1982 年以后，地方政府和有关部门对"经远"舰进行了探查，始终没有确定其准确的沉没位置。2018 年，国家文物局水下文化遗产保护中心等单位对"经远"舰展开专项调查，确认了它的身份，并出水了一批文物，使沉没百余年的"经远"舰重回人们的视野。"经远"舰的出水文物将为我们还原一段鲜为人知的历史真相。

第一节 "经远"舰的建造

1884 年爆发了中法战争，清政府掀起了新一轮购舰热潮。虽然从德国订购的"济远"舰暴露出一些设计上的问题，但李鸿章仍决定继续从英德两国购买新式巡洋舰，派出许景澄在德国物色军舰样式。有鉴于"济远"舰在设计上出现的问题，许景澄在考察巡洋舰的过程中颇费了一番周折。他对德国人的设计反复进行求证，以避免出现"济远"舰存在的问题。比如，在水线装甲带问题上，德国人试图借鉴俄国在巡洋舰建造中使用的配备 6 英寸（152 毫米）厚的全舰长度的水线装甲带的做法，以解决舰体稳定性与防护效果问题。为此，德国人首次采用从上而下用两条独立装甲带拼接成一条水线装甲带的方法，设置总高度为 7.5 英尺（2.286 米）的装甲带。该装甲带上部厚 9.5 英寸（241.3 毫米）、下部厚 5.25 英寸（133.35 毫米）。再如，新的巡洋舰增加了水密隔舱的划分，将 4 台锅炉分开放置在 2 个锅炉舱中，这样就加大了锅炉之间的距离，设置了 2 座烟囱排烟，并且将 2 台主机改为三胀往复式蒸汽机。由于要增加装煤量，以及增大发动机功率，动力组件体积增大，舰体进一步加长，排水量进一步增大。除此之外，在武器装备的配备方面，为防止封闭式炮罩被炮弹击穿后造成炮手被杀伤，采用了后部开放的半封闭式炮盾设计。两舷设置了耳台，各安装了一门 150 毫米口径的火炮。经过一番努力，1885 年 9 月 19 日，许景澄与德国伏尔铿造船厂草签了两艘巡洋舰的订购合同，规定从合同草签之日起，第一舰 18 个月造成，第二舰 21 个月造成。李鸿章派福建船政匠首陈和庆赴德国验料，艺徒裘图安、曾宗瀛赴德国监工。许景澄向李鸿章报告说，该两舰照"济远"式加宽、加长，加水线甲，加双层底。他还说，这样的修改非常周密，增加了排水量，而航速没有变化。只是建造费用每舰增加了47万马克，合白银8万余两，共增加了16万余两。李鸿章非常赞同这一调整，并向总理海军事务衙门报告，希望将增加的16万余两白银按期拨付，由汇丰银行存息内匀付。皇帝很快同意了李鸿章的请求，指示户部按数额筹拨。

　　1886年9月，李鸿章将这两艘巡洋舰命名为"经远"（图3-1）和"来远"。设计"经远"和"来远"的是德国著名设计师鲁道夫·哈克，

图3-1　"经远"舰

1833年他出生于德国沃尔加斯特的一个普通家庭，少年时代进入船厂当学徒工，成年后考入技工学校，逐渐表现出设计才能。毕业后，他进入伏尔铿造船厂的前身福切尼和布鲁克公司，担任总工程师。普法战争爆发后，哈克服役参战，退伍后又回到船厂。此时，正值德国谋求海军发展，伏尔铿造船厂积极为海军谋划建造铁甲舰，给哈克提供了施展才华的机会，他成功设计建造了德国第一艘国产铁甲舰"普鲁士号"，从此伏尔铿造船厂成为世界建造铁甲舰的著名船厂。北洋海军的"定远""镇远""济远"3艘军舰都是这座船厂建造的。

　　1887年1月，"经远"和"来远"两舰完工。该级军舰舰长82.4

米、宽 11.99 米，吃水 5.11 米，排水量 2900 吨，主机功率 5800 马力（约 4263000 瓦），航速 15.5 节。舰首设置 2 门 210 毫米口径克虏伯主炮，两舷耳台设置 2 门 150 毫米口径克虏伯炮，在桅盘、舰首、舰尾、两舷等处设置了 2 门 47 毫米口径哈乞开斯 5 管机关炮、5 门 37 毫米口径哈乞开斯 5 管机关炮、1 门 47 毫米口径速射炮。另外还配备毛瑟步枪 50 支、韦伯利左轮手枪 40 支。这些数据都是根据近几年发现的与"经远"舰同级别的"来远"舰的管驾日记确定的。

1887 年 3 月，李鸿章令提督衔英员琅威理（图 3-2）派充总理接船事宜，副将衔参将邓世昌管带第一号快船，都司叶祖珪、林永升及守备邱宝仁管带第二、三、四号快船，率领员弁、水手等 400 余人乘招商局轮船前往英德两国接舰。1887 年 8 月 23 日，"经远"和"来远"从德国航行至英国朴次茅斯军港（图 3-3），与"致远"和"靖远"两舰会合。24 日，中英双方互立换约文凭。25 日，琅威理等人登上各舰勘验后表示满意。9 月 12 日，"致远""靖远""经远""来远"4 舰和"左队一"鱼雷艇（由"来远"舰拖带）在琅威理的率领下，起锚离开英国朴次茅斯港回国。在回国途中，4 舰经过英吉利海峡进入大西洋，续经直布罗陀海峡进入地中海，再穿过苏伊士运河进入红海，然后经曼得海峡进入印度洋，横渡印度洋后穿越马六甲海峡。林永升以补用都司军衔

图 3-2 琅威理

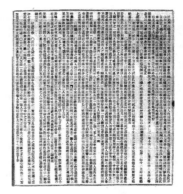

图 3-3 新加坡《叻报》对"经远"舰试航的报道

管驾"经远"舰。4舰过马六甲海峡后，奉命顺访新加坡，并逗留7日，邓世昌等将领参加了当地华侨举办的各种欢迎和庆祝活动。事毕，4舰于12月抵达厦门，丁汝昌督带所部各舰前往厦门会同琅威理逐一验收。第二年春天，丁汝昌率领4舰驶往北方，正式编入北洋舰队。1888年4月25日，4舰到达天津大沽。10天后，李鸿章亲自登舰察验，并率同幕僚等出海验驶，他对这批军舰的性能感到非常满意。

1888年6月6日，李鸿章请旨对验收接带4艘巡洋舰回国的相关人员进行嘉奖，林永升并赏给"御勇巴图鲁"勇号，邱宝仁并赏给"劲勇巴图鲁"勇号，英德两国出力人员也受到了奖赏。10月，《北洋海军章程》颁布，标志着北洋海军正式成军。按照《北洋海军章程》的规定，北洋海军编成中军、左翼、右翼3路，每路3艘军舰，1艘军舰为1营，"经远"舰被编入左翼左营，林永升出任管带。"经远"舰编制官兵202人。

北洋海军成军后，"经远"舰在林永升的率领下执行了许多重大任务。1890年1月，北洋海军提督丁汝昌和琅威理率北洋海军各舰南下厦门过冬。3月，他们奉李鸿章之命，率带"定远""镇远""致远""济远""经远""来远"6艘主力战舰出巡南洋各国，宣慰华侨，显示北洋海军实力。丁汝昌率领各舰进行了为期13天的访问新加坡的活动。这次访问与上次4舰的顺访意义大不相同，新加坡《叻报》在专论中评价说："今则选其精锐巡阅外洋，计共有六艘之多。器械之精、旌旗之盛，已觉大非昔比，直令立江干而瞻望者为之色舞眉飞。此为中国振丕之征，洵足为我华人生色也。"1890年12月，丁汝昌率"定远""镇远""济远""经远""来远"5舰巡弋南洋并油修船底。1891年5月23日—6月9日，李鸿章校阅北洋海军，提督丁汝昌统率所部"定远""镇远""济远""致远""靖远""经远""来远""超勇""扬威""平远""康济""威远""广甲"各舰随同放洋。大阅刚刚结束，北洋海军又访问了日本，"经远"舰在访日编队中。1892年6月下旬，北洋海军提督丁汝昌率领"定远""致远""靖远""经远""来远""威远"6艘军舰由上海前往日本长崎，第三次访问日本。1894年3月，丁汝昌率领北洋海军"定远""靖远""经远""来远"等舰第三次访问新加坡，这次访问历时20余日，其间，丁汝昌率"靖远"和"经远"两舰巡视马六甲、槟榔屿等地。5月7—27日，李鸿章又一次校阅北洋海军。提督丁汝昌统率"定远""镇远""济远""致远""靖远""经远""来远""超勇""扬威"9舰参加了操演（图3-4），于5月18日在青泥洼演放鱼雷，均能命中目标。接着进行海上打靶，各舰在行驶中对远距离目标进行射击，不仅发射速度快，而且命中率高。"经远"舰共发射16枚炮弹，命中了15枚。夜间会操，各舰舰炮并发，起止如一，令李鸿章十分满意。就在这次操演结束的近两个月之后，中日甲午战争爆发，"经远"舰投入到作战中。

图3-4　甲午战争前北洋舰队在威海卫会操，左后为"经远"舰

铁血甲午
——用文物还原甲午海战真相

第二节 "经远"舰与黄海海战

1894年7月25日，丰岛海战爆发，中日海军进入战争状态。丁汝昌率领北洋海军主力6次出海巡弋，"经远"舰均发挥了重要作用。9月17日，中日黄海海战爆发，"经远"舰在北洋海军的接敌队形"夹缝鱼贯阵"中居于第三小队，当接敌队形展开为战斗队形"夹缝雁形阵"时，"经远"舰居于右翼，在"来远"舰旁边。12时50分，海战打响，旗舰"定远"的信号索具被日舰击毁，北洋舰队失去了统一指挥，处于各自为战状态。"经远"舰在林永升率领下，对日舰展开进攻。从14时30分开始，日本联合舰队第一游击队和本队对北洋舰队形成了夹击之势，致使"来远""平远""广丙""致远""经远"相继起火，"镇远"多处中弹。15时30分，"致远"舰被日舰击沉。不久，方伯谦率领"济远"舰逃离战场。此时，"靖远""来远""经远"均已受伤，"经远"中弹百余发，战斗力严重下降。在这种情况下，"靖远""来远""经远"各舰管带率舰或向大鹿岛方向，或向海岸方向规避，试图驶往浅水区进行自救，抢救伤员，扑火堵漏。日本联合舰队第一游击队司令官坪井航三（图3-5）见北洋舰队主力战舰多已离开战场，便在击沉"致远"后，率队向中国军舰逃避方向追击。航行了一段距离后，坪井航三发现早已燃起大火的"经远"此时依然火势猛烈，缓慢地向海岸靠近，"靖远"和"来远"则驶向大鹿岛。坪井航

图3-5 坪井航三

三遂决定首先追击"经远",于是他测好"吉野"的所在位置,查明水的深浅,加大速度,一路穷追猛打。当"吉野"距离"经远"2500米时,舰长河原要一下令开炮,逼近至1800米时,炮击更加猛烈。"经远"管带林永升临危不惧,面对疯狂的敌人,从容应对,顽强还击。忽有一枚炮弹命中"经远"舰,林永升头部被弹片击中,当场牺牲。林永升阵亡后,"经远"帮带大副陈荣、二副陈京莹担当起指挥作战之责,也先后壮烈牺牲。17时05分,"经远"转向东驶,此时第一游击队其余的3舰也先后赶到,与"吉野"一起继续围攻"经远"。"经远"的火势已蔓延至全舰,舰体向左舷倾斜。不久,"经远"左舷舰首下沉,其右舷推进器露出水面,因机器继续运行不止,故推进器仍在旋转。从日本军舰上看去,"经远"舰上电光四迸、火焰冲天(图3-6)。左舷水线上的装甲被打裂脱落了,舰体进水,于17时29分向左翻沉,沉没地点在大连庄河黑岛以南老人石附近海域。"广甲"管轮卢毓英在回忆录中描述了"经远"的沉没过程,他说,当"经远"没入水中时,水面冲出两股浓烟,这是"经远"烟囱里冒出的最后烟尘。全舰除16人获救外,其余全部壮烈殉国。目前能查到姓名的阵亡者,除了林永升、陈荣、陈京莹以外,还有大副李联芬等50人。

图3-6 "经远"舰被击中爆炸

在"经远"舰遗址水下考古过程中,根据确定的地点和出水文物,有人提出了一些不同以往的观点。例如,1894年9月17日16时多,受到重创的"经远"舰准备冲滩,但是并没有选择附近的大鹿岛,而是开往大连庄河黑岛方向，目的是引开战斗力最强的日本第一游击队"吉野""秋津洲""高千穗""浪速"4艘巡洋舰。在该海域，"经远"舰开足马力往老人石冲滩，并试图将右舷转过来。可惜的是，在转舵时可能因为机动幅度过大而翻沉。这一观点的提出者的想象力够丰富，连"试图将右舷转过来"这样的细节都能描绘出来，只可惜仅仅是想象而已，并没有史料依据。更有甚者，在"经远"舰遗址水下考古中，考古人员从"经远"舰舰首部位打捞出74枚子弹，有人据此说，在铁甲舰的战斗中步枪的确没有任何作用。但通过"经远"舰最后冲撞的举动可以还原当时的场景："经远"舰的官兵希望能够登上敌舰，用最后的力量殊死一搏，俘获敌舰，在铁甲舰时代这种古老的战术有时还真能奏效。只不过在还未到达可以登上敌舰的距离时，"经远"舰就不幸沉没了。这种观点纯粹是无稽之谈。且不说"经远"舰是否有冲撞的举动，即使有这样的举动，也不可能通过冲撞"登上敌舰"。其实，"经远"舰之所以越过大鹿岛开往大连庄河黑岛海域，是在身受重伤、基本失去战斗力的情况下的规避行为，并无其他企图。在舰首部位发现步枪子弹，说明"经远"舰官兵在海战中曾用步枪向日舰射击，这是正常的作战方式，不可能在近代铁甲舰大战中还像古代海上作战那样登上敌舰实施"跳帮战"。

"经远"舰在海战中做出了巨大牺牲，全舰100多名官兵随舰沉没。在这些牺牲的官兵中，林永升（图3-7）和陈京莹等军官的殉国无疑是最可歌可泣的。1894年9月28日，光绪皇帝按照李鸿章的奏

图3-7 林永升

报，降旨称：大东沟之战，日舰伤重，"镇远""定远"将士苦战出力，著李鸿章酌保数员，以作士气。几天后，李鸿章为殉国将领提出奖恤建议："经远"管带升用总兵左翼左营副将穆钦巴图鲁林永升，争先猛进，死事最烈，拟请旨将林永升照提督例，交部从优议恤。其余阵亡、伤亡、受伤员弁，应俟查明，奏请分别照章恤赏。

林永升

林永升，字钟卿，福建侯官人。1867年，他考入福建船政学堂学习驾驶，成绩优良，毕业后派往"建威"练船任职，1875年又派往"扬武"练船任职。1877年，他作为中国派往欧洲的第一批海军留学生之一，以优异成绩考入英国格林尼治皇家海军学院深造，学习战阵、兵法，成绩屡列优等。1878年，他派登英国海军"马那杜"铁甲舰，巡游地中海。1880年，林永升在英留学期满，回国后升保守备加都司衔，旋由北洋大臣李鸿章调入北洋，委带"镇中"炮舰。1885年，林永升调任"康济"练船管带，随后派往朝鲜处理国际事务，升保花翎都司。1887年，他被派赴欧洲接带在英德两国订购的4艘巡洋舰，回国后出任"经远"舰管带，升署北洋海军左翼左营副将。中日甲午战争爆发后，林永升督率士卒，朝夕操练，讲求职守之术，以大义晓谕部下员弁、士兵，闻者无不为之感动。黄海海战即将打响之际，林永升把通往船舱的木梯全部撤掉，以防官兵退缩避匿。同时，将龙旗悬于桅杆顶上，以表示誓死奋勇督战的决心。林永升阵亡后，得旨照提督例优恤，追赠太子少保，世袭骑都尉兼一云骑尉。后人评价说，林永升性情温和，与人交往非常有分寸，遇到有学问的人，他洗耳恭听，很少说话。他对待属下，颇有恩惠，从不在众人面前训斥他们，所以他的部下与他建立了很深的感情，愿与他出生入死。在黄海海战中，临阵之勇、奋不顾身者，以林永升和邓世昌为最，所以二人均被追赠太子少保。

陈京莹及其家信

陈京莹，字则友，福建闽县人，1880年入天津水师学堂学习，是该学堂第一届学生。他毕业后赴"威远"练船见习，授把总。1887年，清政府在英德两国建造的"经远"等4舰完工，李鸿章命丁汝昌率接舰团队赴英德两国接收，陈京莹作为团队成员前往德国，负责接收"经远"舰炮械，并帮同驾驶。当年年底，"经远"舰来华，陈京莹充该舰驾驶二副，擢升千总。1889年，总理海军事务衙门奏设北洋海军官缺，升补陈京莹为左翼左营守备。1894年，李鸿章奉旨大阅北洋海军，陈京莹表现不俗，李鸿章奏报其花翎都司。同年9月，中日海军黄海海战爆发，在随舰出征前夕，陈京莹给年近古稀的父亲写了一封家信（图3-8），从而使人们了解了一位北洋海军年轻军官的家国情怀。从这封书信原件的字迹和语气来看，他是分两次写成的，我们不妨将其分为前后两部分加以分析。前部分写道：

父亲大人福安：敬禀者，前书因心绪荒（慌）乱，故启衅之事未尽详陈，兹复录而言之。日本觊觎高丽之心有年矣。兹值土匪作乱，高兵大败，将至王城，危在旦夕。高王请救兵于中国，中国兴兵靖难。日本乘此机会亦兴兵，名为保商，实为蚕食。现日兵有二万多，随带地雷、浮桥等械，立炮台、设营垒，要中国五款。一曰高丽不准属中国；二曰要斧（釜）山；三曰要巨文岛；四曰要兵费二十五万；五曰韩城准日本屯兵。如不照所要，决定与战。且此番中堂奉上谕，亲临大阅海军，方奏北洋海军操练纯熟，大有成效，请奖等语，自应不能奏和，必请战。亦伤北洋海军及陆营预备军火水药候战，海军提督请战三次，各陆营统领亦屡次请战，但皇上以今年系皇太后六旬万寿，不欲动兵，屡谕以和为贵。故中堂先托俄国钦差调处，日本不听；后又托英德钦差，亦不听，必要以上五款。然此五款，系中国万不能从，恐后必战。以儿愚见，陆战中国可操八成必胜之权，盖中国兵多，且陆路能通，可陆续接济；但海战只操三成之权，盖日本战舰较多，中国只有北洋数舰可供海战，而南洋及各省差船，不特无操练，且船如玻璃也。况近年泰西军械，日异月新，愈出愈奇，灵捷猛烈，巧夺天功（工），不能一试。两军交战，必至两败；即胜者十不余三，若海战更有甚焉。所以近年英与俄、德与法，因旧衅两将开战，终不敢一试也。北洋员弁人等，明知时势，且想马江前车，均战战兢兢，然素受爵禄，莫能退避，惟备死而已。有家眷在威海者，将衣……

在这部分内容中，陈京莹分析了中日战争形势，预测了大规模海战爆发的不可避免性，特别说明了自己对中日陆海军实力的判断，认为清军陆战取胜的可能性占八成，而海战取胜的可能性则仅占三成。他的观点代表了北洋海军部分官兵对中日实力的认识，同时坦露了他们在大战来临之际"想马江前车，均战战兢兢"的心态。但在父亲面前，陈京莹依然表达了准备一死的决心。从书信原件看，这部分内容写得字迹工整，语气从容，条理清晰，显然是在心平气和的状态下完成的。可令人诧异的是，这段话的最后一句在谈到"有家眷在威海者"时，仅写了"将衣"二字便戛然而止，仿佛被急事突然打断。那么，究竟是什么急事导致陈京莹突然搁笔呢？陈京莹在后部分中一开头就说清楚了：

父亲大人福安：敬禀者，兹接中堂来电，召全军明日下午一点赴高，未知何故。然总存一死而已。儿幼蒙朝庭（廷）造就，授以守备，今年大阅，又保补用都司，并赏戴花翎，沐国恩不可谓之不厚矣！兹际国家有事，理应尽忠，此固人臣之本分也，况大丈夫得死战场幸事而。父亲大人年将古希（稀），若遭此事，格外悲伤，儿固知之详矣。但尽忠不能尽孝，忠虽以移孝作忠为辞，而儿不孝之罪，总难逃于天壤矣！然秀官年虽尚少，久莫能待，而诸弟及泉官年将弱冠，可以立业，以供菽（菽）水也。伏望勿以儿为念。且家中上和下睦为贵，则免儿忧愁于地下矣！若叨鸿福，可以得胜，且可侥幸，自当再报喜信。幸此幸此！

儿京莹又禀。

陈京莹告诉父亲，这封信之所以中断是因为"兹接中堂来电，召全军明日下午一点赴高"，说明情况紧急，他们必须要做出海的准备了。接下来，陈京莹的笔迹开始潦草起来，向父亲报告的内容也集中到他最想表达的意思上，这就是关于一名海军军人的忠孝问题。因为他知道，即将打响的海战是一场胜算不大的海战，眼前的这封书信很可能是他留给父亲的"绝笔"。因此，他要把不能对父尽孝的愧疚表达出来，以求得父亲的谅解和自我的安慰。也许是为了安慰父亲，也许自己内心还存有一丝生的希望，陈京莹在信的末尾写道："若叨鸿福，可以得胜，且可侥幸，自当再报喜信。"

总而言之，陈京莹的书信表现了一位传统的中国军人对国家的忠和对父母的孝，它使我们深切地感受到中华民族几千年沉淀于军人血脉中的家国情怀，对战争的无奈、尽忠的决心、不孝的遗憾跃然纸上，展现了北洋海军官兵面对战争时复杂的心路历程。然而遗憾的是，陈京莹没有等来他在家书中所说的"得胜""侥幸""再报喜信"的时刻，他也永远等不到这一刻了。

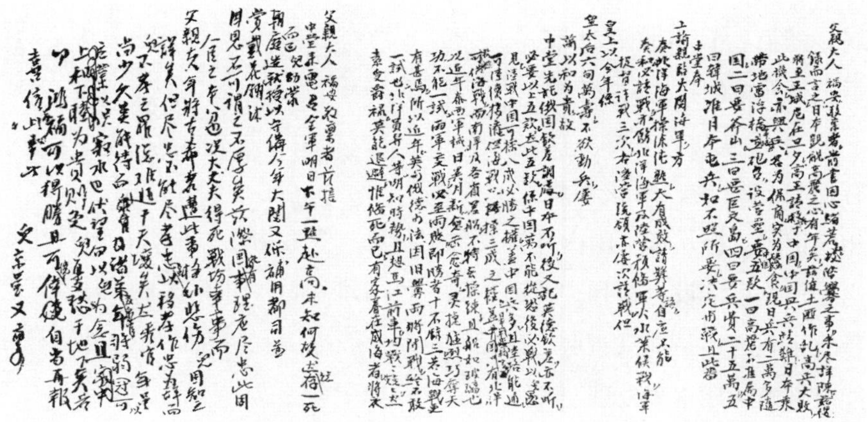

图 3-8　陈京莹写给父亲的家信

第三节 "经远"舰沉没遗址调查

与"致远"舰一样，甲午战争后，晚清政府也无力对"经远"舰进行探寻和打捞。日本方面却先后对大东沟海域的甲午沉舰进行调查、打捞和破坏。就在黄海海战后不到一个月，日本东京的一家打捞公司负责人山科礼藏就向日本政府提出申请，请求打捞"致远"舰和"经远"舰。随后，日本政府批准了山科礼藏的打捞请求（图3-9）。至于山科礼藏后续有何打捞行动，则找不到

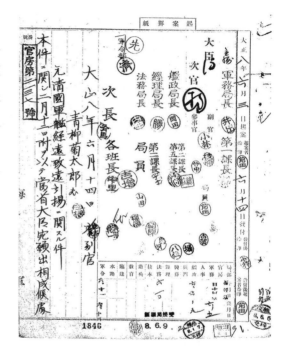

图3-9 日本政府关于打捞"经远"和"致远"的档案

相应记载。但从日本国内并未发现"经远"舰遗物这一点看，山科礼藏当年很有可能没有找到"经远"舰。民国建立后，由于战争原因，无论是北京政府还是南京政府，都无暇顾及"经远"舰遗存状况，也就不可能对其进行调查和处理。

1937年，日本方面重启对辽东半岛海域甲午沉舰的破坏性打捞。1938年，正值抗日战争激烈进行之时，日军严重缺乏制造武器装备的钢材，便把黑手再次伸向沉没于辽东半岛海域的北洋海军沉舰。这一年，

日本的"安德丸"和"神甫丸"两艘打捞船开进大鹿岛海域，对北洋海军沉舰进行了长达两年半的拆解和盗捞。这次日本人并不想弄清所盗捞的沉舰是北洋海军的哪艘军舰，只将水下钢材和铜材掠走，而当时受雇于日本人而参与打捞工作的大鹿岛村民李贵彬、王绪年和于永灵都认为水下残骸属于北洋海军"致远"舰，并确信从水底起捞的骸骨是"致远"舰管带邓世昌的遗骨，将其安葬于大鹿岛东口哑巴营，称其为"邓世昌墓"。1988年，该墓迁葬于东面的后山上，当地政府多次对其进行修葺，竖碑立像，列为辽宁省国防教育基地、爱国主义教育基地。后来的水下调查证实，当年日本人盗捞的军舰残骸并不属于北洋海军"致远"舰。

1978年，大鹿岛附近渔民发现了一些局部裸露的船材，但不知道属于何种沉船。1982年6月，辽宁省文化厅在大连海军防救船大队的支持下进行了25天的探查，找到了沉船，打捞出水一批文物。1984年，有关部门对这艘沉船再次进行发掘，出水了舵木框、铜板、铜锁、螺丝等船体构件，陶瓷质地的碗、盘、碟、壶，铜镜，以及明代铜钱等文物，其中瓷器以永乐青花碗、寿字青花碗为最多，制作年代推测为明末清初。根据舵木使用的螺丝、沉船位置以及火烧情况，考古人员曾猜测该沉船与甲午海战有关，但没有找到充足的证据（见蓝仁良、王传璞：《大鹿岛沉船概述》）。1988年，辽宁省文化厅筹集资金并派人来到大鹿岛海域，在进行探摸时出现意外，此次调查就此停止。1997年，有关部门开启北洋海军沉舰调查工作，在最终的勘测报告中给出了4艘沉舰的大致位置："致远"舰位于距大鹿岛约13.5海里、距黄石礁约3000米的一处海床上；"经远"舰位于距大鹿岛22.67海里处；"超勇"舰位于大鹿岛西南10.79海里处；"扬威"舰位于大鹿岛西南约7海里处。这些定位依然不够精确，要想找到军舰遗址，还有相当多的工作要做。

从2006年开始，大连市庄河镇的潜水员在老人石附近多次进行水下探摸，在庄河镇东南 30 千米老人石东 1 海里的地方发现沉船，离岸边最近距离约 7.5 千米。船体在海面以下 13 米处，大部分被泥沙覆盖，潜水员判断是一艘战舰，但不能确定是哪艘沉舰。

2007 年，国务院决定启动为期 4 年的第三次全国文物普查工作，这无疑又是一次发现北洋海军沉舰的契机。辽东半岛沿海各市对水下文物遗址进行了调查，其中大连市和丹东市发现并初步认定的水下文物遗址最多，分别达到 29 处和 26 处。在全国文物普查的基础上，2012 年 10 月，国家文物局水下文化遗产保护中心与辽宁省文物考古研究所联合组成水下考古队，对辽东半岛沿海水下文化遗产进行调查，把大鹿岛周边海域的 14 处水下疑点作为重点，特别关注了大鹿岛沉船。由于前期的资料线索掌握不够精确，而且此时已进入秋季，海况不理想，调查队虽然进行了大范围的物探扫测，对 2 处疑点进行了潜水探摸，但没有找到沉船位置，也就无法最终确认沉船。

2014 年夏，国家文物局水下考古队根据资料线索和磁力仪物探数据，在辽宁省大连市庄河镇黑岛老人石南边海域发现了铁质沉船残骸，并推测为"经远"舰，但依然没有直接证据。

经过几年的实地考察和探摸，北洋海军沉舰情况越来越清晰。然而，对各沉舰的具体位置依然没有做到确定无误，逐渐出现了两种猜测。一种猜测认为，"经远"舰可能沉没于丹东西南方向的大鹿岛海域；另一种猜测认为，"经远"舰可能沉没于庄河镇以东的黑岛海域。有鉴于此，人们不得不结合实地考察再回到史料记载中寻找蛛丝马迹。人们首先想到的是日方的史料记载。事实上，日军在甲午战争后不久就写出了海战报告，确定的"经远"舰沉没地点为东经 123°33′、北纬 39°32′，这个地点位于石城岛东南、大鹿岛西南方向，处于现在的庄河镇鱼礁区和东沟鱼礁区的交汇点上。后来，日方对上述数据进行了修改，认为"经远"舰沉没于东经 123°40′、北纬 38°58′，在海洋岛以南的黄海中心地带，远远偏离了海战主战场。在孙克复先生所著的《甲午中日海战史》中，根据日方资料，认为"经远"舰沉没位置在东经 123°40′7″、北纬 39°51′，这个位置在庄河镇老人石东北 10 余海里的地方。显然，日方的资料记载与孙克复先生给出的位置坐标差距较大，对确定"经远"舰真正的沉没位置并无太大帮助。因此，人们又回到了中方史料的记载上。《庄河县志》记载："我海军军舰，自鸭绿江之败，退至县属海中獐鹿岛前，共有四艘，而沉者二。一舰为方伯谦所统帅，沿海西逃，余一为靖远舰，林钟卿所统帅。是时，舰在虾老石东八里许，士卒皆请林就岸，林不肯，躬亲弹丸，督战未几，左臂中弹，舰突亦被击碎，林知事去，返身入内，扃锁舱门，危坐以殉。诏封镇海侯，舰内军士五百人，泅而得逃者仅十人。"这里的"靖远"为"经远"之误，"林钟卿"是"经远"舰管带林永升，"虾老石"即老人石。这段史料表明，"经远"舰沉没地点在老人石以东约 4 千米的地方。庄河一带的民间也流传着这样的说法：当年"经远"舰沉没时，当地渔民在老人石附近搭救了一些水兵。据媒体报道，庄河市离休干部、曾经在庄河市史志办工作过的张天贵老人还清楚地记得老辈人向他讲述的战争往事："甲午海战那一天，农民要上山干活，忽然听到海里炮声响，也不知道怎么回事，胆大的人跑去看热闹，胆小的都跑回家里趴起来了。第二天，有渔民出船，看到海面上有几个奄奄一息的人，抓着漂浮物漂到了老人石（黑岛镇近海的一处礁石）附近。渔民们上去救，一共救上来 16 个。"2009 年，人们发现了一张来自日本的照片，该照片是日军随军记者在"吉野"舰上拍摄的"经远"舰沉没前的情景，对于确定"经远"舰的沉没位置大有帮助。把照片与实地对照后发现，照片上的背景山体轮廓与黑岛海岸线的轮廓极为相似。有价值的信息还来自水下沉船遗物。2013 年 9 月，赵克豪

先生从黑岛当地渔民手中收集到一些老人石海域沉舰遗物，其中有一块带有文字的长方形铜质铭牌，该铭牌长约13厘米、高10厘米，正面从上到下分别写有中文、德文和英文，其中德文在当时并非通用文字，除非是德国造物品。在辽东半岛海域沉没的北洋海军军舰中只有"经远"舰是德国制造，其他如"致远""超勇""扬威"均为英国制造，故这块铭牌来自"经远"舰的可能性很大。

根据上述情况分析，"经远"舰沉没于黑岛以南海域的可能性最大。2018年，经国家文物局批准，国家文物局水下文化遗产保护中心、辽宁省文物考古研究所、大连市文物考古研究所联合组成水下考古队，对黑岛以南老人石附近海域进行专项调查，从而揭开了"经远"舰的沉没之谜。

据《北京青年报》报道，本次调查时间为2018年7月13日—9月26日，历时近两个半月。参与调查的水下考古队员除上述机构的成员外，还会集了海南、广东、福建、江苏、山东、湖北、天津等省市的19名人员，加上物探与协助人员，共26人。同时，还委托广州打捞局承担专业潜水抽沙工作，上海邀拓深水装备技术开发有限公司提供水下三维声呐扫测等服务。"浙奉662"甲板货船作为海上作业船（图3-10），为调查提供工作空间、电力供给、潜水平台、起吊作业以及生活住宿等，"中国考古01"考古工作船（图3-11）也赴现场协助调查。

本次水下考古调查工作分两个阶段：

第一阶段的主要工作目标是搜寻、定位并评估沉舰状况。在这一阶段，水下考古队员要利用多波束等的仪器设备采集遗迹数据，数据汇集后进行比对，再结合档案文献进行综合分析，然后确定"经远"舰的准确位置。为实现目标，考古队员反复进行潜水探摸，终于找到了可以证明"经远"舰身份的环形防护装甲带——铁甲堡，从而确认了"经远"

舰的准确位置。根据考古人员对舰体姿态和倾斜度的推断，舰体应为倒扣状态。大连庄河镇海域甲午沉舰水下考古队领队周春水先生在接受央

图 3-10 "浙奉 662"海上作业船（图片来源：《再见经远》）

图 3-11 "中国考古 01"考古工作船（图片来源：《致远舰水下考古调查报告》）

视记者采访时说，铁甲堡的宽度是 11.99 米，一端稍微宽一点，一端稍微窄一点。他还说，通过调查确认，"经远"舰从左向右翻扣沉没，目前最大埋深为海床泥下 6.4 米，由首至尾倾斜 3°左右，首部位置露出海床约 1.8 米，在这里找到了首柱、锚链、舷板等遗物。尾部及舰体外围发现大量散落的木板与零乱的钢板，铆接铁甲堡的平甲、穹甲已破损殆尽。在舰尾也发现了一些延续的钢板，但是我们发现这两个部位，包括舯部，本来有甲板那个面的平板，我们叫作平板的地方，完全都没有了，应该是前几年盗捞时砸碎了。周春水先生所说的"前几年盗捞"是指从 2009 年 7 月之后有人对大连市庄河镇黑岛近海水下的一艘沉船的盗捞。当时，一些人在海面上架起钢架平台，用"大抓子"将海底的沉船船体砸成碎片后捞上来卖钱。黑岛旅游度假区工作人员李天龙曾经目睹了这一情景，他亲眼看到一块钢制大甲板出水，有 20 多厘米厚、1 米多宽、4 米多长，还有一大堆铜水壶等紫铜制品。他还打听到，沉船刚被发现时舱门尚能打开。李天龙向那些人要了些"纪念品"，其中有方向盘大小、重 20 千克左右的齿轮，大小不一的炮弹弹头，还有厚实的潜水鞋、钱币、钥匙等。黑岛村民管兆福则要了一根约 2 米长、1 寸（约 3.33 厘米）粗的有绿锈的紫铜管，管子已呈扁状，重约 7.5 千克（见毛剑杰：《"经远"舰迷踪》）。这些人破坏的这艘沉船正是"经远"舰。在这样的盗捞中，"经远"舰不仅丢失了许多文物，更重要的是舰体遭到了严重破坏。

这次水下调查并非要大规模提取文物，而是要确认"经远"舰的身份和位置，故考古人员并未进入舱室内。不过，考古人员还是发现了一些将士的遗骸散落于海底淤泥之中。考古人员将遗骸精心收殓于骨灰盒内。上岸前，众人在考古工作船上举行了简单的祭奠仪式，以告慰英灵。根据史料记载判断，管带林永升等将领大都牺牲于司令塔中，"经远"舰沉没时很可能将他们倒扣在舰体内。从考古调查看，"经远"舰官舱等重要舱室并未遭到严重破坏，管带林永升、帮带大副陈荣、驾驶二副陈京莹等牺牲将士的遗骸有可能还保存在沉舰之中。

第二阶段的工作目标为局部清理以确认沉舰身份，并探明沉舰的保存状况。在这一阶段，水下考古队员要根据"经远"舰结构图纸指示的位置，以及用卫星差分定位技术锁定的区域，通过抽沙作业，摸清"经远"舰舰体在水下的确切姿态，并找到证实其身份的确切证据。为此，水下考古队制订了专门的工作方案，把抽沙的部位定在舰体中后段右舷外壁处。考古人员要先在海床上纵向向下抽出一个5米深的坑，再横向向舰体内部打出一个1.3米长的缺口。经过几天的作业，考古人员陆续揭露舷侧舰体结构，包括舷梯、舷窗、各种管道设施等。考古人员发现，他们所探明的舷梯、舷窗、管道等设施均呈倒置状态，这就说明船体是倒扣的，从而印证了先前的推断。探查中发现的最明显的遗物是铁甲堡，它位于海床之上，由前往后倾斜。前部铁甲堡高达1.8米，后部逐渐沉入海泥中，全长42米。北洋海军的"定远""经远"等舰都设置有铁甲堡，但它们的情况不同，"定远"舰的铁甲堡采用的是全副装甲带，而"经远"舰的铁甲堡仅设置在水线附近，故其高度只有1.8米。此次发现的铁甲堡就是高1.8米，它的形状是下部倾斜可接弧形肋骨，上部稍平，接平甲或穹甲板。铁甲堡整体由最外部的装甲、内部衬木、最里面的钢板3部分构成，整体厚达50厘米。通过本次调查使用的水下三维声呐成像技术，可清晰地看出铁甲堡在海里的全貌，以及下凹与内倾的迹象，这也是调查之初对舰体倒扣的推测根据。这些情况更加接近"经远"舰的特征。

为进一步了解舰体长度及残损状况，水下考古队沿舰体的首、舯、尾部进行局部清理。在首部最前端发现了首柱等遗物，在尾部及舰体外围发现了大量散落的钢铁构件，甚至还在舰体上发现了后期盗捞与强拆时留下的痕迹，一些钢板被砸弯，边沿被撕裂。首柱位于舱体最前端，呈竖直状态，揭露近1米高，铁质，断面呈正三角形，边长20厘米，两侧边有凹槽，可往后接入左、右两侧的船壳列板。左舷列板已无存，右舷列板绵延近5米（因倒扣而位于左侧），并发现一段锚链悬挂于列板外。在左、右舷边均发现的排污管为舰体往外排放废水的管道，它们的形制一样，圆形铁管，贴于舷侧板外，全高65厘米，口径12厘米。管口因倒置而朝上，管口处有外弧的保护盾，将管口固定在中间。登舰梯子发现于右舷，木质，圆角长方形，长71厘米，宽16厘米，用3枚铆钉固定在外壳列板上，梯子外沿开有2个小口，方便用手抓握攀爬。发现的舷窗为圆形，外框铜质，用铆钉固定于外壳列板上，内径24厘米，镶入的玻璃保持完好。该舷窗位于尾部的军官住舱，透过玻璃可以确认舱内淤满细泥。倒煤渣口在右舷外，类似于排污管，形制更大，为方形铁管，管长52厘米、宽35厘米，在管口处有更宽大的保护盾。至此可以确定，沉舰舰体翻扣在海床上，总体残长约80米、宽12米。舰首朝向为北偏东17°，舰体在沉埋之后遭受过破拆，尤以尾部为甚。据此推断，沉舰底舱（动力机舱）已无存，大部分生活舱室及甲板上的武器装备因舰体翻扣而得以保存。整体评估认为"经远"舰体保存状况要远好于"致远"舰（后者仅存底舱最下部分）（见《辽宁大连庄河海域发现甲午海战沉舰——"经远"舰》）。

为确定沉舰身份，水下考古人员仔细进行探查，终于在2018年9月12日有了重大发现。他们沿着打出的洞向前探摸，先是摸到了一个倒置的"遠"字，继而又摸到了一个倒置的"經"字。考古人员意识到，他们找到了深埋于海床面以下5.5米处的"经远"舰的铭牌。该铭牌有"經遠"二字，用楷书书写，字的长度分别为52厘米、57厘米，两字间距1.2米，每个字用一整块木板使用"减肉"雕成，木板边沿随行，在字的间缝中用铆钉固定于外壳舷墙上。铭牌为木质，字体髹金（图3-12、图3-13、图3-14、图3-15）。髹金是一种工艺，即将金粉与油漆混合，涂抹于物体表面，起装饰与保护作用。这种工艺经常用于寺庙的佛像建造。"经远"舰铭牌的发现排除了以前推测的"经远"舰铭牌可能为金属材质的可能性，更重要的是它确定无疑地证明了黄海海战中沉没的北洋海军"经远"舰的身份。同时，从位于尾部的右舷"经远"舰铭牌观测，其外壁钢板无损伤、无变形，从铁甲堡到上甲板舷墙处也无弯折；玻璃舷窗舱内为细泥，表明无大的裂口。可以推知，尾部的生活舱室应

图3-12 "经远"舰铭牌中的"經"字（图片来源：《再见经远》）

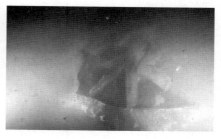

图3-13 "经远"舰铭牌中的"遠"字（图片来源：《再见经远》）

图3-14 "经远"舰铭牌中的"經"字（图片来源：国家文物局网）

图3-15 "经远"舰铭牌中的"遠"字（图片来源：国家文物局网）

该保存较好，尤其是靠右舷区域。这也得益于舰体往后倾，尾部埋得更深一些（见《辽宁大连庄河海域发现甲午海战沉舰——"经远"舰》）。据《辽宁日报》报道，曾经亲手触摸到"经远"舰铭牌的水下考古队副领队冯雷先生说："在水下亲手摸到'經遠'这两个繁体字铭牌的时候，我内心无比激动。虽然水下能见度低，眼睛看不见，但我分明能透过时空感受到甲午海战的惨烈、悲壮，对英勇奋战的将士们满怀敬意。"

参加此次水下考古的天津市文物管理中心的张瑞在《再见经远——2018年中国水下考古"经远舰"调查工作纪实报告》一书中写道："'经远'舰应该是所有北洋海军里面保存得最好的一艘战舰了。首先，这艘战舰是倒扣在水下的，水线以上的舰体还完好地埋藏在海底细泥中，这就使得船只最为重要的水线以上的结构，包括船员和军官的各种舱室、餐厅、厨房、医疗室、储藏室、舰长室、海图室、司令塔，各型武器和主炮、副炮等等设施全部埋藏于海泥中。其次，调查结果显示沉舰'铁甲堡'结构相对完整，这使得沉舰'铁甲堡'以上的船体保存应该是完整的。再次，与'铁甲堡'前后相连的穹甲虽然被破坏抓走了，但是前后船体的侧舷墙相对连贯，都还存在。……最后，从目前已经拍到的水下录像来看，我们现在发掘的位置，'铁甲堡'所在的右舷墙是完整的，既没有破洞，也没有明显变形，所发现的'遠'字字体完整，在录像中闪闪发亮，没有腐蚀，也没有附着海生物，这应该是一次性沉到海底泥里面封护住的结果。综合判断，这艘战舰的'铁甲堡'以上部分应相对完整，沉海的过程中各类文物目前都倒扣在船里，包括当时在沉舰的过程中没有逃生而壮烈殉国的将士们。"

除了对水下舰体的清理以外，考古人员还需仔细筛选抽沙管抽出的泥沙，以免漏掉小件文物。其方法是在海面上置一网眼细小的筛子，抽出的泥水通过筛子排进大海，稍大的东西就会留在筛子内。靠这种方法，

铁血甲午
——用文物还原甲午海战真相

考古人员在筛子中发现了一块有"經逺"二字的小木牌。该木牌字迹用油墨印写而成，有凹痕，仿佛是用金属印章蘸墨用力印成。该木牌长 7.3 厘米、宽 5 厘米、厚 0.5 厘米，其用途可能是设备或其他物品的标牌。它进一步印证了"经远"舰的身份。

这次水下调查提取出水大量遗物（图 3-16），选出的标本有 500 余件，材质种类十分丰富，包括铁、木、铜、铅、玻璃、陶瓷、皮革等。其中，铁质品以底舱的梁架、肋骨、舷板为多，木质品有甲板、舱室壁板、隔扇门等，铜质品有炮弹、管材、舷窗等。个别文物标本还刻有德文铭牌（印证此舰由德国制造）。代表性文物包括：铁质小锅炉（为启锚机提供蒸汽动力）、斜桁、大横肋、舷窗、舱门、铁甲堡衬木等舰体结构设施，毛瑟步枪子弹、韦伯利左轮手枪子弹、37 毫米哈乞开斯速射炮炮弹、47 毫米哈乞开斯速射炮炮弹等武器弹药，锉刀、扳手、冲子等检修工具等。此外，还发现 53 毫米格鲁森炮弹药筒、120 毫米炮弹引信，这两类武器均不见于"经远"舰出厂档案，应属 1894 年甲午海战前紧急添置的武器装备，以加强尾部火力（见《辽宁大连庄河海域发现甲午海战沉舰——"经远"舰》）。

2018 年 9 月 26 日，为期 76 天的"经远"舰遗址水下调查工作圆满结束

图 3-16　水下考古人员提取遗物（图片来源：《再见经远》）

了，水下考古人员认真地进行了善后工作。他们对木质铭牌进行了必要覆盖，对抽开的舰体区域进行了全部回填。最后采用牺牲阳极的办法沿铁甲堡周边焊接锌块，以此延缓海水对铁舰的腐蚀。

第四节 "经远"舰出水文物

2018 年对"经远"舰遗址的水下调查中并没有进行大规模的发掘，故出水的文物并不多，仅有500 余件（图 3-17）。

出水的"经远"舰的武器装备并不多，仅有少量的弹药，主炮和副炮等大型装备均未出水，不过

图 3-17 "经远"舰遗址出水的部分文物（图片来源：《再见经远》）

我们依然需要梳理"经远"舰的武器装备，以有利于后续的水下考古工作。

李鸿章高度重视主力战舰的武器装备的配置，为"经远"和"来远"安装了比较齐全的武器装备。"经远"舰拥有德国克虏伯公司造 210 毫米 35 倍径主炮 2 门、150 毫米 35 倍径副炮 2 门，双联装主炮安装于舰首，副炮安装于舰两侧耳台。1 门克虏伯公司造 40 毫米 35 倍径速射炮安装于舰尾正中靠近舰尾旗杆处。2 门 47 毫米口径哈乞开斯 5 管机关炮分别安装于舰尾两舷。5 门 37 毫米口径哈乞开斯 5 管机关炮分别安

装于司令塔两侧各 1 门，舰尾两舷各 1 门，桅盘 1 门。德国刷次考甫（SchwartzKopff）工厂生产的 18 英寸（457 毫米）鱼雷发射管 4 具及鱼雷 11 枚。通过水下考古出水的毛瑟步枪子弹、左轮手枪子弹、37 毫米炮弹、47 毫米炮弹等弹药，与"致远"舰弹药基本相同，这里不做赘述。除此之外，出水的弹药残件还有：

53 毫米格鲁森炮弹弹壳。德国格鲁森公司由赫尔曼·格鲁森于 1855 年创立，地址位于马格德堡，以工程师冯·许茨开发的大量铸钢装甲炮塔而闻名。1880—1890 年，格鲁森公司制造了种类繁多的中小口径速射炮，其中就有 53 毫米 39 倍径速射炮。该炮炮身重 290 千克，炮弹初速度 627 米 / 秒，射速每分钟 30~35 枚。所用炮弹有开花弹和穿甲弹。1893 年，格鲁森公司被克虏伯公司并购，成为克虏伯旗下的格鲁森工厂。

在"经远"舰建成出厂时，其武器中并没有 53 毫米口径格鲁森速射炮，之所以在"经远"舰遗址发现了这种速射炮的炮弹弹壳，据中国甲午战争博物院隋东升研究员考证，甲午中日开战前夕，为解决北洋海军各舰速射炮装备不足的问题，李鸿章令北洋海军将胶州湾炮台新购的部分陆用速射炮运至威海。据战后日军统计被俘的北洋海军各舰的炮械配置记录，原用于胶州湾炮台的格鲁森 53 毫米 40 倍径陆用单管速射炮被装配在"定远"（2 门）、"镇远"（2 门）、"济远"（2 门）3 舰。这批格鲁森 53 毫米口径单管速射炮共计 10 门，还有 4 门无明确记载。"致远""靖远"2 舰为英国阿姆斯特朗公司建造，单舰火力配置优异，小口径速射炮装备基本饱和，已无加装的必要，而武备薄弱的主力舰"经远""来远"则需要加装。黄海海战之后，"来远"舰在旅顺维修的老照片显示，其舰尾装备的小口径速射炮较多，除 37 毫米口径哈乞开斯 5 管速射炮 2 门之外，另有单管速射炮 2 门。在此之前，这 2 门单管速射炮被研究者认定是47毫米口径哈乞开斯单管速射炮，这其实就是格鲁森53毫米口径单管速射炮，该炮与47毫米口径哈乞开斯单管速射炮在外形上极为相似。但47毫米口径哈乞开斯单管速射炮在北洋海军各舰之中装备稀少，仅有"致远"和"靖远"2艘英造军舰装备有4门（每舰各2门分别置于司令塔两侧），北洋海军的其他各舰艇根本没有装备该型速射炮。1986年，随"济远"舰打捞出水的47毫米口径哈乞开斯单管速射炮是甲午战败被俘后由日本人改装的，并非原北洋海军"济远"舰时代的炮械。由"来远"舰的老照片推测，"经远"舰也应该在相同位置上装备2门格鲁森53毫米口径单管速射炮。由此可知，10门格鲁森速射炮中每2门为1组，分别装备"定远""镇远""济远""经远""来远"5舰。甲午海战，"经远"沉没，幸运的是水下考古已打捞到了格鲁森速射炮炮弹弹壳，因此可以印证推测。

"经远"舰遗址出水的53毫米格鲁森炮弹弹壳的底部呈环状印有"PATRONEN FABRIK*KARLSRUHE"，为德国卡尔斯鲁厄市弹药工厂制造，发现于舰尾。

120毫米炮弹底火。在出水的"经远"舰遗物中，除了已知的枪炮弹药残件以外，还有一种令人颇感意外的物品，这就是江南制造局生产的铜弹壳底火（图3-18、图3-19、图3-20、图3-21）。这种底火并非"经远""来远"2舰出厂时装配武器所用，也不是北洋海军的其他各舰炮械所用，此型底火是江南制造局仿造的英国阿姆斯特朗公司120毫米口径速射炮炮弹底火。那么，为何这种底火会出现于"经远"舰的遗物中呢？据隋东升先生考证，至甲午战争之前，江南制造局已造仿英国阿姆斯特朗公司120毫米口径速射炮12门，曾先后2次调拨5门给北洋，4门分置于威海卫的日岛炮台、东泓炮台（现刘公岛南嘴炮台位置）（各2门），余下的去向不明。"经远"舰此次出水了多枚该型火炮的弹壳

图 3-18 "经远"舰120毫米炮弹底　　　图 3-19 "经远"舰120毫米炮弹底
火之一（图片来源:《再见经远》）　　　火之二（图片来源:《再见经远》）

图 3-20 "经远"舰120毫米炮弹底　　　图 3-21 "经远"舰120毫米炮弹底
火底部之一（图片来源:《再见经远》）　　火底部之二（图片来源:《再见经远》）

底火，不由得引发了"经远"舰可能装备了那门江南制造局仿制的阿姆斯特朗公司速射炮的猜想，但这种可能性很小，要印证这个猜想只能寄希望于"经远"舰水下考古的后续发现。

发火管。发火管是点燃炮膛内发射药包的装置。"经远"舰遗址出水的发火管为铜质中空管，内有铜丝为导线，头部两侧印有"東""局"二字，表明为江南制造局东局制造。该发火管为电发火管。

除弹药外，出水的其他文物主要有：

斜桁。斜桁是设置于桅杆或舰首、舰尾的斜杆，在帆船时代，斜桁具有挂帆功能，"经远"舰上的斜桁主要设置于桅杆之上，用于悬挂旗帜等。"经远"舰遗址出水的斜桁发现于舰尾右舷，是一段木制圆杆，一端拆损，断口参差不齐，另一端套入铁质悬挂装置（残失），用3道铁箍固定在木杆上。

天幕杆。天幕杆是支撑天幕的骨架。在"经远"舰舰尾甲板上搭建了遮阳篷，出水的木质杆残部发现于舰尾右舷，其断面为长方形，端头装有铜质挂件，其下方原为3条斜拉的铜杆，均已残断，经判断为天幕杆。此件文物火烧痕迹明显，有些部位碳化严重，说明"经远"舰在沉没之前舰尾曾燃起大火。

外壳列板残件。该残件是从"经远"舰舰体上撕裂下来的上、下沿接板，残存有小块外接的钢板。残长约4米，列板高约2米。从此板能确定每块外壳列板的高度。

舵轮残件。木质，仅存一小段，圆弧状。外弧长31厘米。

"经远"舰水下考古成果是近年来有关近现代沉舰水下考古的又一重大发现，对于中国海军史、中国舰船史、中日甲午战争史等的研究均具有极其重要的历史与科学价值，其意义表现在3个方面：第一，一些重要发现为研究工作提供了新资料。由于晚清时期档案史料的缺失，对一些问题难以解答，如德国首次建造的"经远"级巡洋舰究竟能否适应近代海战，研究者仅从文字史料中难以找到答案。2018年国家文物局主持进行的"经远"舰水下调查，以及2022年国家文物局在对威海湾"来远"舰沉没遗址进行的调查，发现了两艘军舰沉没的共同点，即它们都是舰侧受到日舰火炮或鱼雷攻击后而翻沉的，这与"致远""靖远"等战舰的沉没不同。这种状况的出现或许不是偶然的，很有可能是这两艘军舰在设计时存在同样的问题，从而导致重心偏上，造成翻沉。如果没有这些水下考古工作，人们就很难想到在军舰设计上会出现问题。再如，北洋海军外购舰船的铭牌材质、工艺、安装方法等，人们都不清楚。"经远"舰遗址的水下考古发现了"經逺"铭牌，首次给人们提供了直观而清晰的答案。又如，甲午战争前为增强北洋海军各舰火力，清政府是否增添了新装备，学术界始终莫衷一是，53毫米格鲁森火炮炮弹弹壳以及120毫米口径速射炮炮弹底火的出水为人们研究这一问题提供了重要线索。

第二，为世界海军史上第一次大规模铁甲舰之间的海战提供了宝贵的实物资料。自从铁甲舰取代风帆战舰以来，铁甲舰之间的海上较量究竟会呈现怎样的状态，从来无人能通过想象加以描绘，人们期盼着能有一场经典战例为后续的海战提供蓝本。中日黄海海战无疑成了这样的战例。"经远"舰的水下文物为这场经典战例提供了确实而可靠的实物佐证。

第三，"经远"舰是德国历史上建造的第一型装甲巡洋舰，与"定远"舰的设计一样都出自设计师鲁道夫·哈克之手，两舰在结构上也有极大相似之处，如"经远"水线铁甲堡的设置就是借鉴了"定远"舰铁甲设计样式，可惜的是"定远"舰遗址出水文物中仅有一块铁甲堡上的铁甲板，难以了解整个铁甲堡结构。"经远"舰的水下调查弥补了这一缺憾，这就为世界海军舰艇史的研究提供了弥足珍贵的实物资料。另外，甲午海战的失败始终为中国海军建设敲响着警钟，同时彰显着中国海军的抗敌精神，"经远"舰的水下考古工作无疑为当代爱国主义教育提供了难得的教材。

当然，"经远"舰的水下考古调查工作仅仅是一个开端，存在于这艘近代名舰中的谜团仅揭开了冰山一角，大规模的水下考古工作将在以后进行，到时一定会有更加令人震惊的发现。

第四章
坚守威海卫的最后旗舰——"靖远"舰

"靖远"巡洋舰是"致远"舰的姊妹舰，作为北洋海军的主力战舰，参加了中日黄海海战和威海卫保卫战，并在最后一场海战中悲壮沉没于威海湾。甲午战争后，日本驻军威海卫 3 年，对威海湾的北洋海军沉舰进行了疯狂盗捞。"靖远"舰舰体被毁后，其残件被运往日本，它的数枚炮弹及部分锚链被陈列于东京上野公园，成为中国人民心中永远的伤痛。抗战胜利后，国民政府代表团赴日收回了铁锚、锚链等部分遗物。2022 年，国家文物局对"靖远"舰沉没遗址进行了调查和发掘，出水了部分重要文物，为研究北洋海军和甲午战争增添了更加丰富的实物资料，尤其是出水的成箱炮弹，对研究北洋海军的武器装备和弹药供应均具有重要价值。

第一节 "靖远"舰与黄海海战

中法战争之后，清政府加快了北洋海军的建设步伐，在从德国订购"济远"舰的基础上，继续购买西方最新式巡洋舰。1886 年 9 月 5 日，李鸿章将在英国阿姆斯特朗公司订购的两艘巡洋舰命名为"致远"和"靖远"，随后又将在德国伏尔铿造船厂订购的两艘巡洋舰命名为"经远"和"来远"。4 个月以后，4 舰陆续完工（图 4-1）。"靖远"舰（图 4-2）为穹甲巡洋舰，其长、宽等各种数据，以及武器装备均与"致远"舰相同。1887 年 8 月 22 日，"致远""靖远" 2 舰齐集英国朴次茅斯军港。

图 4-1 "靖远"舰下水典礼。中英代表在观礼台上，中间为驻英公使曾纪泽

图 4-2　在英国试航的"靖远"舰

次日，"经远""来远"也从德国赶来会合。24日，中英双方互立换约文凭。25日，琅威理等人登上各舰进行勘验。

9月12日，"靖远"等4舰在琅威理的率领下，起锚离开英国朴次茅斯港，踏上回华航程（图4-3、图4-4）。舰队途经英吉利海峡、直布罗陀海峡、苏伊士运河、曼得海峡、马六甲海峡，最终经南海抵达香港。其间，4舰在新加坡停留7天。

图4-3　停泊于英国朴次茅斯港的"靖远"舰

图4-4　准备从英国驶向中国的"靖远"舰

图4-5　叶祖珪

1887年12月，4舰抵达厦门。次年春天，李鸿章命丁汝昌率领4舰北上，正式编入北洋海军。1888年4月25日，4舰抵达天津大沽。李鸿章亲自登舰察验。6月6日，李鸿章请旨对验收接带4艘巡洋舰回国的相关人员进行嘉奖。10月，北洋海军正式成军，"靖远"舰被编为中军右营，管带为叶祖珪（图4-5）。按照《北洋海军章程》的规定，"靖远"舰编制官兵202人。

叶祖珪

　　叶祖珪，字桐侯，福建闽侯人，1852年出生于塾师家庭，少年有大志。1867年，他考入福建船政学堂学习驾驶，是该学堂第一届学生。1871年，叶祖珪完成堂课，派登"建威"练船实习，远航中国香港、新加坡、槟榔屿等。1877年3月，叶祖珪作为清政府派出的第一批赴欧留学生之一，与方伯谦、严宗光、何心川、林永升、萨镇冰等前往英国。10月，他进入格林尼治皇家海军学院学习驾驶，次年6月毕业，转入英国舰队实习，1880年期满回国。署洋监督恭萨克对叶祖珪的评语是"勤敏颖悟，历练甚精"，堪"胜管驾官之任"。1881年8月，清政府从英国订购的"镇中""镇边"两艘炮舰来华，叶祖珪以都司衔尽先守备奉命管带"镇边"舰。1884年，中法战争爆发，叶祖珪率"镇边"舰防守北塘。1887年，他奉李鸿章之命赴欧洲接收"致远""靖远"等4舰回国，负责管带"靖远"舰，圆满完成任务，获赏"捷勇巴图鲁"勇号。1888年10月，北洋海军成军，叶祖珪署中军右营副将，管带"靖远"舰。次年6月，李鸿章奏准拣员补署海军要缺，中军右营副将请以花翎副将衔补用参将叶祖珪升署。1891年10月，清政府按李鸿章奏请嘉奖办理海军有功人员，叶祖珪因多次率舰执行巡航、操演、运送等任务，赏换"纳钦巴图鲁"勇号。1894年9月17日，中日海军爆发黄海海战，叶祖珪率领"靖远"舰英勇作战，重创日舰。"靖远"也中弹百余枚，伤痕累累，不得不一度撤出战斗，进行自救。当日本第一游击队停止攻击时，叶祖珪率舰向"定远"和"镇远"靠拢，并在帮带大副刘冠雄提示下代升督旗收队。1895年1月底，威海卫保卫战打响，当旗舰"定远"遭袭受伤后，提督丁汝昌以"靖远"为临时旗舰，率领"镇"字号炮舰支援南帮炮台守军作战。1895年2月9日，"靖远"舰被日军占领下的南帮鹿角嘴炮台击沉，叶祖珪决意与舰同沉，但被水兵拥上小轮船，送上刘公岛。10日，丁汝昌下令将已搁浅的"靖远"炸沉。北洋海军全军覆没后，叶祖珪被革职，待罪于天津。1899年，他被撤销革职处分，授为北洋海军统领。1901年，他以提督衔授温州镇总兵，又升任广东水师提督。1904年，他奉命总理南洋、北洋海军兼广东水师提督。1905年7月，他病逝于上海，享年53岁，清政府诰授以"振威将军"。

北洋海军成军之后，"靖远"舰的活动轨迹与"致远"舰基本相同（图4-6）。1891年，"靖远"舰在随北洋海军编队访问日本时，发生了二等水勇张锦福病逝之事，被记录在日本档案之中（图4-7）。1894年9月17日，北洋舰队与日本联合舰队在鸭绿江口大东沟海面相遇，海战不可避免。北洋海军采取"夹缝鱼贯阵"接敌，"靖远"和"致远"结成姊妹舰，组成第二小队。当与敌相距6000米时，北洋舰队展开为"夹缝雁行阵"，"靖远"和"致远"向左展开，位于阵形左翼。

图4-6　北洋海军军舰在威海湾内操演。自前至后依次为"济远""靖远""扬威"

图4-7　日本档案对"靖远"舰访日期间二等水勇张锦福病逝的记载

海战打响后，"定远"舰首先受到日舰攻击，信号指挥系统被击毁，丁汝昌受伤，从而使整个舰队失去统一指挥，各舰处于各自为战状态。管带叶祖珪率领"靖远"舰寻找战机，对日舰展开进攻。"吉野""浪速""高千穗""秋津洲"等舰均受到北洋海军各舰的打击，造成一定伤亡，其中就有"靖远"舰的功劳。然而，北洋海军阵形右翼的"超勇"和"扬威"也受到日舰攻击，"超勇"舰沉没，"扬威"舰搁浅。与此同时，日舰"比

图 4-8 "比睿"舰

图 4-9 黄海海战中日本海军"赤城"舰穿过北洋舰队阵形

睿"和"桥立"之间已拉开 1300 米的距离，北洋舰队趁机将两舰隔开，"比睿"舰企图从"定远"和"靖远"之间穿过北洋舰队阵形逃脱，遂遭北洋舰队各舰围攻，"比睿"舰（图 4-8）顿时被打得体无完肤，造成日军 17 人丧生，慌忙从北洋舰队右翼逃出战阵。"扶桑"舰状况也很糟糕，它在距"定远" 700 米处向左转向，试图避开北洋舰队正面炮火，但还是被一枚炮弹击中右舷，引起后甲板起火，伤亡惨重。"赤城"（图 4-9）和"西京丸"（图 4-10）两舰同样遭到打击。最终，日本联合舰队的弱舰均逃脱了而未被击沉。

北洋舰队各舰在日本舰队速射炮的猛烈射击下，也有重大伤亡。"靖远""来远""平远""广丙""致远""经远"相继起火，"镇远""定远"多处中弹。15 时 30 分，"致远"舰沉没。"靖远"和"经远"均中弹百余枚，战斗力严重下降。各舰管带纷纷率舰或向大鹿岛方向，或向海岸方向逃避。在短短数分钟之内，中日双方海上战力对比发生了根本性转变，"定远""镇远"两舰孤悬战场，完全陷于挨打境地。

日舰司令官坪井航三见北洋舰队大多数军舰已经逃遁，便在击沉"致远"

图 4-10 "西京丸"舰

后，率队向中国军舰逃避的方向追击，将"经远"击沉后又奔向大鹿岛方向搜寻"来远"和"靖远"。此时的"来远"和"靖远"两舰正在浅水区救火补漏，日本第一游击队一旦发动围攻，必将又是一场生死之战。可恰在此时，坪井航三收到伊东祐亨发来的"返回本队"的信号，立刻放弃"来远"和"靖远"，掉转船头向南疾驶。

邱宝仁和叶祖珪见日本第一游击队已放弃攻击，便率领军舰向"定远"和"镇远"靠拢。丁汝昌率领"定远""镇远""靖远""来远""平远""广丙"6舰向日本舰队撤退方向追了一段距离，见日舰已经驶远，便掉转船头，向旅顺方向驶去。一场世界海战史上规模空前的近代铁甲舰之战就这样结束了。

第二节　"靖远"舰与威海卫保卫战

黄海一战，北洋海军军舰损失十分严重，5艘主力战舰或沉入海底，或搁浅被毁，其余军舰也伤痕累累，进入旅顺船坞等待修理。然而，旅

顺船坞缺乏工匠，同时维修 6 艘伤重军舰，进度缓慢。直到 1894 年 10 月中旬，"定远"和"镇远"两舰的锚机及"靖远"和"济远"两舰的钢底、钢圈均未配妥，5 艘主力战舰勉强于 10 月 18 日出海，前往威海。

黄海海战后，日军完全掌握了黄海制海权，于 1894 年 10 月 24 日在辽东半岛花园口登陆。当李鸿章得知这一消息后，立即派丁汝昌率领北洋海军主力出海游弋。丁汝昌率领"定远""镇远""济远""靖远""平远""广丙"6 舰和 2 艘鱼雷艇抵达旅顺，不久即返回威海卫。

1895 年 1 月 20 日，日本"山东作战军"在山东半岛荣成湾龙须岛登陆，并未受到清军有力的抵抗，几天后即发起对威海卫后路的进攻。2 月 2 日，威海港后路的所有炮台全部沦陷，刘公岛成为四面受敌的孤岛。就在日军的登陆行动开始后不久，丁汝昌获悉了日军登陆的消息，李鸿章指示丁汝昌要水陆相依，设法保全北洋海军战舰。

2 月 3 日，日军发起对威海湾和刘公岛的进攻，双方展开炮战，但日本海军舰艇无法从正面突破刘公岛守军的防线。正面进攻不成，伊东祐亨转而改为夜间偷袭。在此后的几天中，日军鱼雷艇利用暗夜连续突入威海卫港，对北洋海军军舰实施攻击，"定远"舰受伤搁浅，"来远""宝筏""威远"3 舰被击沉。

2 月 7 日黎明，日本联合舰队倾巢出动，在伊东祐亨的率领下编成左、右两军，分别发动攻击，双方展开激烈炮战。日本海军"松岛""桥立""秋津洲""吉野"等舰受伤。这些战果是刘公岛各炮台与泊于海面上的"镇远""靖远"等舰相互配合取得的，它表明已经遭受沉重打击的中国海陆军此时依然在英勇作战。

2 月 8 日，日本联合舰队在威海卫海面巡航，防止北洋海军舰只逃出。2 月 9 日，伊东祐亨调派第一游击队的"吉野""高千穗""秋津洲"3 舰以及本队的"千代田"舰在威海港东口海面警戒，以第三游击队的"大和""武藏""天龙""海门"4舰为先锋，第二游击队的"葛城"殿后，驶向刘公岛东侧炮台外海，左右行驶，猛烈炮击。第二游击队的"扶桑""比睿""金刚""高雄"4舰也穿插炮击，而南岸的龙庙嘴、鹿角嘴、赵北嘴炮台等则以炮火配合。面对日本海军的强大攻势，丁汝昌登上"靖远"舰，率领还具有微弱战斗力的"平远"舰驶至日岛附近，协助刘公岛炮台进行反击，战斗异常激烈。9时18分左右，从鹿角嘴炮台发射的2枚240毫米炮弹先后击中"靖远"舰，击穿了它的露天甲板。炮弹穿过它的船体，在舰首附近的水线以下炸出两个大洞。"靖远"舰经历黄海海战后，并未完全修复，此刻难以承受如此巨大的打击，舰首首先下沉，官兵们迅速抢险堵漏，但无济于事，整个舰体快速向右前倾斜，最后坐沉于威海港内（图4-11）。"靖远"舰被击中时，"弁、勇血肉纷飞入海"，丁汝昌与"靖远"舰管带叶祖珪决意要与舰

同沉，但被舰上的水手拥上小轮船，驶往刘公岛。上岸后，丁汝昌仰天长叹："天使我不获阵殁也。"10时49分，第三游击队见击沉了"靖远"舰，便停止战斗并返航，撤至东口外海停泊，白天的战斗暂时告一段落。

图4-11　被日军占领的鹿角嘴炮台击沉的"靖远"舰

　　"靖远"舰沉没后，丁汝昌将已经搁浅的"定远"舰炸毁。2月11日，丁汝昌获悉援军到来已没有希望，于当晚服毒自尽，次日凌晨气绝身亡。14日，牛昶昞以威海卫水陆营务处提调身份代表中国守军与伊东祐亨签订《威海降约》，北洋海军全军覆没。

第三节 "靖远"舰沉没遗址调查

日军在驻扎威海卫期间，除了对"定远""来远""威远""宝筏"等舰进行盗捞外，还对"靖远"舰实施了同样的劫掠。1894年10—12月，增田万吉、粟谷品三、山科礼藏、山本盛房、西之原铁之助、川村俊秀、浅山知定、高田露、木村万作、平野新八郎等人先后向日本大本营和海军提出打捞北洋海军在威海湾的沉舰申请，其中平野新八郎向大本营详细说明了理由。威海卫保卫战结束后的1895年2月，日本联合舰队司令长官伊东祐亨向海军次官伊藤隽吉发出了是否打捞威海卫港内沉没军舰的询问。与此同时，海军军令部副官山本权兵卫也向伊藤隽吉提出准备打捞威海湾沉舰的建议。伊藤隽吉在给山本权兵卫的回电中称，目前还不具备打捞条件，须经过充分研究和调查之后才能做出决定。但是，从日本海军的来往信函中可见，威海湾北洋海军沉舰是必须打捞的，因为有3个重要原因：第一，用于弥补日本国内严重短缺的物资；第二，研究军舰和武器装备的制造技术；第三，用北洋海军沉舰遗物炫耀日本"战绩"。

从1895年3月开始，日本海军组织古川庄八等人在威海卫刘公岛海域进行调查。经过8个月的调查，他们摸清了威海湾北洋海军沉舰的情况，写成《报告书》，并绘制了"靖远""威远""宝筏""来远""定远"5艘舰船简图，呈报横须贺镇守府监督部长岩村兼善。从古川庄八等人所绘简图看，"靖远"舰甲板刚刚没于水面之下，舰底位于淤泥之内。舰首右侧甲板有一个被炮弹击穿的大洞，深达水面以下舱室，这或许就是沉没原因（图4-12）。

1895年2月7—14日，日本国内又有多人向海军递交申请报告，

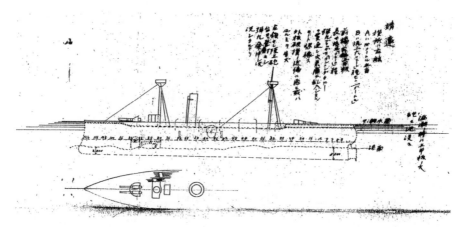

图 4-12　古川庄八等人绘制的"靖远"舰沉没状况图

西方国家也有打捞军舰的意图。对于日本国内民间人士提出的打捞请求，日本海军开始并未给予积极的响应，因为海军想打捞这些具有重要军事价值的沉舰。可是，日本海军经过甲午海战，自身并无能力全部打捞这些沉舰。西海舰队司令长官井上良馨说，预计无法打捞"定远"舰、"靖远"舰、"来远"舰等沉舰，只能交给民间组织和个人进行打捞。1895年5月16日，日本大本营允许小野隆助打捞"定远"舰、桥本清打捞"靖远"舰、鹿毛信盛打捞"威远"舰、正木久吉和中村新助打捞"宝筏"舰和"来远"舰。对于西方国家提出的打捞要求，日本直接表示拒绝。

对"靖远"舰的盗捞从1895年7月开始，至1897年11月止，历时两年多。桥本清采取先爆破、后打捞的方法，将舰体进行彻底破坏。1896年1月24日，海军大佐野村清向旅顺口根据地司令长官坪井航三报告说，负责打捞"靖远"舰的桥本清的代理者石田二郎提交了一部分出水物件的清单，其中列有发电机、通用机械、抵抗加减器、试验管、安全轮、装气管、调和器盖、装气口栓、油室栓、距离车、发射管、退却炮架、回螺旋、舷灯、爆发火管、爆发摩擦管、信管、着发信管、水雷用电池、电灯要具倾斜器等等。后续又打捞出水大量舰体材料（图4-13）。这些出水物品被运到日本后，除了武器装备和一些重要器物归日本海军外，其他物品做了不同处理，其中"靖远"舰的铁锚和部分炮弹、锚链被作为展陈品与"镇远"舰铁锚一起陈列于日本东京上野公园，以此炫耀日本的"战绩"。

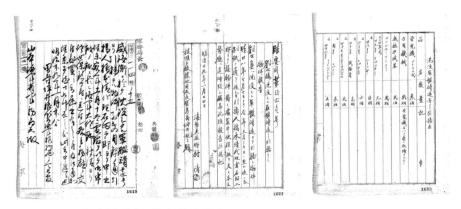

图4-13　日本盗捞"靖远"舰物品报告

　　然而，桥本清采取的先爆破、后打捞的方法是一种简单粗暴的方法，必然使大量零散残件散落在沉舰周围区域，包括弹药、煤炭、金属碎片、生活用品等，不可能全部捞尽，这就为今日中国文物部门进行水下考古留下了余地。

　　100多年来，中国人民从未忘记遗留在威海湾的北洋海军沉舰遗物，期盼这些浸染着北洋海军官兵鲜血的证物重见天日。进入新时代以后，这一愿望终于变成了现实。2017年，国家文物局水下文化遗产保护中心立项课题"甲午沉舰遗迹调查与研究"，并联合山东省水下考古研究中心、中国甲午战争博物院、威海市博物馆共同开展了威海湾北洋海军沉舰水下考古调查项目，对环刘公岛海域进行了全覆盖式搜索探测，共发现了 17 处水下文物疑点。2018 年 6—7 月，考古队对 17 处疑点逐一进行潜水探摸及排查。在全面调查的基础上，2020 年 7—9 月，国家文物局主持对"定远"舰遗址进行了水下考古，取得了重要成果，为威海湾北洋海军沉舰遗址的后续考古工作提供了经验。

2022 年 8—10 月，国家文物局考古研究中心联合山东省水下考古研究中心、中国甲午战争博物院等机构开展了"靖远"舰遗址水下考古调查工作（图 4-14、图 4-15、图 4-16、图 4-17），了解的情况是："靖远"

图 4-14 "靖远"舰遗址水下考古调查工作启动

图 4-15 "靖远"舰遗址水下考古调查船

图 4-16 "靖远"舰遗址水下考古调查工作正在进行

图 4-17 "靖远"舰遗址水下考古调查正在进行水下作业

舰遗址位于威海湾铁码头以南约 1.1 千米处海域，沉舰遗物已完全埋于海底淤泥之中，呈东南至西北走向，水深 6~8 米，分布面积约 850 平方米，埋藏深度 1.2~2.4 米。本年度考古人员完成抽沙发掘面积约 400 平方米，其中在沉舰中部布设 10 米 ×20 米的探沟 1 条（编号 TG1），舰首和舰尾各布设 10 米 ×10 米探沟 1 条（编号 TG2、TG3）。此次发掘确定了沉舰锅炉舱、舰首弹药舱、舰尾弹药舱的位置，基本摸清了沉舰残骸的整体情况。

本次发掘共出水各类文物 201 件，包括弹药、舰体构件和生活用品 3 类，材质包括铜制品、铁制品、木制品、皮革制品、瓷器等，其中以铜制品居多（图 4-18）。铁制品和木制品多为船体构件，皮革制品为鞋垫、胶垫等生活用品。出水的弹药、瓷质洗漱盆、锅炉耐火砖、舷窗框等文物与其姊妹舰——"致远"舰遗址出水文物一致。最令人关注的是出水了两箱完整的 37 毫米哈乞开斯机关炮炮弹，这是在北洋海军沉舰遗址水下考古中的首次发现。在 TG2 中还发现了 4 枚电发火管。按照目前所见史料记载，北洋海军只有"致远"舰和"靖远"舰装备了使用电发火管

图 4-18 "靖远"舰遗址水下考古调查工作初期出水的文物

的电控火炮齐射系统。在 TG3 中发现了 210 毫米口径克虏伯主炮的炮弹 1 枚，它是迄今为止水下考古发现的最大炮弹。根据上述关键出水文物的特征，结合史料记载综合分析，可以确定该沉舰遗址是北洋海军"靖远"舰遗址。对这一遗址的调查和发掘，不仅摸清了"靖远"舰遗址的保存现状和埋藏深度，以及遗址的分布范围，而且出水的在其他北洋海军沉舰遗址中不曾发现的遗物极大丰富了甲午海战研究的实物资料，并为深入研究近现代沉舰遗址而进行的调查、发掘、保护工作奠定了坚实基础。

第四节　"靖远"舰铁锚的回归

在长达 14 年的抗日战争中，日本侵略者从中国劫掠了大量财富。抗日战争胜利后，中国政府索取赔偿和要求日本归还劫物被提上议事日程。1945 年 11 月 8 日，国民政府国防最高委员会秘书长王宠惠拟定了《关于索取赔偿与归还劫物之基本原则及进行办法》，明确指出："日本应将自中国境内（包括东北）夺去之一切公私财物（例如机械、货币、金银、珠宝、古物、文献、书籍及艺术品等），凡经证明者，悉数归还。"这一规定使国人想到了甲午战争后被掠往日本的北洋海军遗物，特别是被陈列于日本东京上野公园的"镇远""靖远"的铁锚、炮弹、锚链等具有象征意义的一批遗物。那么，按照这一规定，这些遗物能否成为中国政府战后的索回之物呢？

日本投降后，美、中、英、苏 4 国组成盟国委员会，处理战后事宜。国民政府派出以朱世明中将为团长的代表团常驻日本，负责与盟军及日本进行交涉，处理战后各种事宜，包括行使大使馆的职责。1947年4月，陆军中将商震接替朱世明出任代表团团长，此时的中国代表团编有4个组和其他机构，其中第一组为军事组，第二组为政治外交组，第三组为经济组，第四组为文化组，各组各司其职。另设内勤各处、宪兵队、横滨侨务处等机构。代表团采用动态管理，不断有新的成员加入进来，以适应出现的新情况。在4个组中，第一组的职责除了办理一般驻外大使馆武官处的业务外，还通过盟军总部处理日军在华战俘和平民的遣返工作，同时还协助盟军总部办理有关军事个案，如观看国际法庭审理日本甲级战犯、运送中国战区已经判刑的战犯回日本巢鸭监狱服刑等。组内不设陆海空军军种武官，仅任命军种资深参谋担任军种首席武官。1947年3月，国民政府派出9名新成员前往日本，补充第一组力量，他们中有海军少校钟汉波（图4-19），他是这批成员中唯一的海军军官，他出任的就是第一组首席武官。

图4-19 钟汉波

钟汉波是广东省广州市人，生于1917年9月。他少年时代就读于黄埔军校，毕业后在海军中任职，先后参加过军阀混战和抗日战争，具有丰富的作战经验。第二次世界大战结束后，国民政府看重他的才能，派他以中国代表团首席武官的身份前往日本，负责军事外交工作。在来日本之前，钟汉波接受海军总司令桂永清的召见，桂永清对他说："甲午战后，我海军失利，'镇远''靖远'两舰为日所俘，其舰锚、锚链及炮弹等被陈列在日本东京上野公园，是乃我国国耻。"他希望钟汉波抵日后，立即设法索回铁锚和锚链，以雪前耻。钟汉波立誓完成任务。

中国代表团本部设于东京养正馆（图
4-20），代表宿舍则在不远的慎庐。1947
年3月9日，钟汉波一行抵达日本横滨，
第二天前往东京代表团本部第一组报到，
第一组组长是陆军少将王丕承，钟汉波见
到他传达的第一件事就是桂永清交代的索
回铁锚之事。可是，王丕承介绍了自己刚
来日本时发生的情况，令钟汉波感到失
望。王丕承说，关于索回铁锚一事，代表
团第三组早就做过，当时海军总司令部也

图4-20　钟汉波在中国代表团
驻地

曾派来一位资深海军中校负责处理，结果没有成功。至于原因，王丕承
也说不清楚。有鉴于此，钟汉波决定采取稳扎稳打的方法。他不急于与
盟军总部进行交涉，以避免重蹈覆辙。他要先把事情的原委调查清楚，
并做好相应准备，再向盟军总部提出要求。随后，钟汉波一面询问当事
人，一面反复查阅档案资料，终于弄清了索回铁锚失败的原因。原来，
盟军总部规定，所谓日本在战时掠夺的盟国军民资产只限于第二次世界
大战期间被日本抢夺的资产。所谓战时是指从对日宣战之日起，至日
本投降之日止。对美国来说，战时应从1941年12月7日珍珠港事件
起，至1945年9月2日日军投降止；对中国来说，战时是从1931年9
月18日九一八事变起，至1945年9月9日南京受降止。中国外交部曾
在1946年5月27日明确指示驻日代表团团长朱世明："日政府通令全
国没收劫自我国之物资系以七七事变为起算日期，惟中日战事实起自
九一八事变，审判日人战犯要求赔偿既以该时为起算日期，要求归还劫
物，自亦应以九一八为起算日期，希向盟军总部接洽办理具报。"按照
这一规定，"镇远"和"靖远"铁锚显然不在归还之列，因为这些铁锚

是1895年甲午战争结束后被掠往日本的，远在第二次世界大战爆发之前。然而，1946年7月，远东委员会则做出了这样的决定：被日本劫掠之财物，不论被劫时日，一经查明，均需归还，并训令麦克阿瑟遵办。这一决定似乎让索回铁锚有了一丝希望。可是，麦克阿瑟对远东委员会的决定不以为然，他回应说："为占领军安全，彼有权保留一部分工业设备及运输工具。"尽管"镇远"和"靖远"铁锚既不属于"工业设备"，也不属于"运输工具"，不应在"保留"之列，但麦克阿瑟的这一主张依然为索回两舰铁锚设置了障碍。在麦克阿瑟的主张下，盟军总部以超出处理时限为由，对中国的索回铁锚的主张不予支持。并且还规定，各盟国涉外问题必须经过盟军总部办理。这样，索回铁锚一事陷入了僵局：按照麦克阿瑟的主张，盟军不能立案；按照盟军总部的规定，不得自行与日方进行交涉。在当时很多人的眼里，索回铁锚一事就是一桩死案。

然而，功夫不负有心人。钟汉波在调查、了解、研究过程中发现了该案的一个特点：尽管阻挠索回铁锚的规定是盟军总部做出的，但规定并不是国家法律，盟军总部是否受理索取北洋海军军舰铁锚一案，与其他盟国申请归还财物案并无关联和影响，它仅仅是一个案，不会引起各国索取赔偿的连锁反应。从这一角度出发办理，或许过程并不复杂，似乎只需一纸行政命令通知日本即可。如此看来，索回铁锚之路并没有完全被堵死，只要不放弃，也许转机随时都会出现。为此，钟汉波继续寻找索回铁锚的途径。他特邀中国代表团中的日本问题专家和法律专家一起研究，寻找依据，做好充分准备。终于，他制订了一套法、理、情兼顾的索回铁锚方案。

具体负责办理索回铁锚事宜的人是盟军总部第二组组长、美国陆军上校帕斯，此人态度强硬，难于沟通。1947年3月28日，钟汉波第一次拜会帕斯，强调奉本国政府之命来重新提出索回铁锚一案。帕斯立刻回复说，本人曾数次宣称因第二次世界大战时间所限，不能受理此案。钟汉波便出示事先准备好的材料，并详细说明索锚的缘由和根据。他强调：第一，日本是无条件投降，盟军总部发出的命令与规定，各盟国驻日机构以及日本政府必须坚决执行。但命令与规定毕竟不是国家法律，可以通过后续的命令予以补充和删除。索回铁锚一案和其他盟国申请归还案并无关联和影响，盟军总部如果肯接受以个案处理，只需以一纸行政命令通知日本政府即可，无须多费周折。第二，中国是第二次世界大战战胜国，名列四强之一，盟军总部如果继续以战争期限为由，允许日本利用所虏铁锚宣扬军国主义，是对中国的极大侮辱，势必迫使中国另寻非官方渠道收回铁锚。但中国仍然希望盟军总部能够受理此案，以免多生事端。第三，自从美军进驻日本后，盟军采取一切措施铲除日本军国主义的影响，这些措施包括彻底消除三军武器，严格管制从国外遣返回籍的日本军民，不允许他们以任何名义组织团队，结社游行，严防日本军国主义的复萌，以及惩处日本甲级战犯，等等。中国"镇远"和"靖远"两舰舰锚、炮弹及锚链等被陈列于东京上野公园达50年之久，对外籍游览人士而言，固然是日本扬耀其"战功"之举，而对日本人民而言，不论男女老幼，无疑是一种军国主义教育、启示及鼓励。中国索回这些物品，绝对符合盟军总部政策，并有助于彻底消除日本人的军国主义思想，而不应受限于第二次世界大战期间的定义。

　　钟汉波有理有据的陈述打动了帕斯，他的表情由不快最终转为兴奋。他表示，愿意和钟汉波约定，一星期后再谈一次，商量解决方案。这样，索回铁锚一事有了转机。一星期后，钟汉波按时来到盟军总部第二组，可意想不到的是值日官说无须再见组长，舰锚归还案已经受理办妥，并将备忘录副本交给钟汉波，告知正本已送中华民国驻日代表团。钟汉波仔细看着备忘录，上面赫然写着：1947年5月1日上午9时，在东京芝浦码头举行交还签字仪式。当他 4 月底再次来到上野公园时，发现原来陈列于此的舰锚已经不见了，只剩下一块长着野草的空地。

图 4-21　钟汉波在铁锚等遗物前留影

1947 年 5 月 1 日上午 9 时，"镇远""靖远"两舰铁锚等物品（图 4-21）的交接仪式在东京芝浦码头如期举行，参加仪式的有中、美、日三方代表。中方代表除了钟汉波以外，还有代表团成员刘光平和刘豫生，美方代表是远东海军司令部海军上尉米勒特，日方代表是几位政府人员。仪式并不复杂，三方面对着排列有序的铁锚、炮弹、锚链等相继在交接文件上签字。

收回的"镇远"和"靖远"的铁锚等物品分两批运回中国，第一批包括锚链 20 寻（32 米），分装 12 箱，炮弹弹头 10 枚，由日本归还中国的"飞星"海关缉私舰载运，于 1947 年 5 月 4 日运抵上海。第二批包括铁锚 2 个，每个重 4 吨，由日本归还中国的"隆顺"轮船载运，于同年 10 月 23 日运抵上海。这些物品后又转运至青岛海军军官学校陈列。至此，流落海外的"镇远""靖远"遗物重归故里。

第五节　"靖远"舰出水文物

在"靖远"舰遗址发掘过程中出水的生活用品包括鞋垫、胶垫、洗涮盆等，与"致远"舰遗址出水的生活用品相同，说明北洋海军官兵的生活条件很好。出水的军舰构件数量并不多，也没有非常典型的物件，故在此不做详细介绍。这里要着重介绍的是部分武器装备的遗存。

从李鸿章为报销购舰经费所罗列的"致远"和"靖远"武器装备的种类和数量看，"靖远"拥有德国克虏伯公司造210毫米35倍径主炮3门，舰首2门双联装，舰尾1门。英国阿姆斯特朗公司造6英寸（152毫米）口径副炮2门，安装于左、右舷侧。57毫米口径哈乞开斯速射炮8门。37毫米口径哈乞开斯机关炮10门，它拥有5根炮管，可发射钢弹和霰弹。11.43毫米45倍径加特林机关枪6挺。鱼雷发射管4具，鱼雷12枚，该鱼雷发射管安装于舰首和舰尾的舷侧。马蒂尼-亨利步枪40支。左轮手枪15支。

210毫米克虏伯主炮炮弹。"靖远"舰装备的210毫米口径克虏伯主炮与"致远""济远""经远"等舰相同，它是1880式后膛钢套箍炮，德国克虏伯公司制造。"靖远"舰装备的该型炮重10吨，炮身35倍径，炮膛线长6720毫米，炮弹重109千克，有效射程8300米。此次出水的210毫米炮弹是目前发现的唯一一枚北洋海军该口径舰炮炮弹，具有很高的文物和历史研究价值（图4-22）。

图 4-22　出水的"靖远"舰 210 毫米克虏伯主炮炮弹

37 毫米哈乞开斯机关炮炮弹。 37 毫米口径哈乞开斯机关炮配有两种炮弹，即钢弹和霰弹。霰弹对舱面人员有更大杀伤力。"靖远"舰装备该型机关炮 10 门，出水的炮弹有完整的两箱，是目前国内首次发现。该炮弹每箱 60 枚，属于霰弹，箱体为木制，其中一箱的箱体完好，没有开封，另一箱的箱体破损。但两箱的炮弹完好如初，弹头呈圆形，由于压力所致，其中的铅弹突出，清晰可见（图 4-23）。

图 4-23　出水的整箱"靖远"舰 37 毫米哈乞开斯机关炮炮弹

第五章
战至最后时刻的勇者——"来远"舰

　　"来远"舰是"经远"舰的姊妹舰，与"经远"同时建成，在黄海海战前的经历也与"经远"类似。黄海海战中"经远"悲壮沉没，"来远"失去了同级舰的配合。在威海卫保卫战中，"来远"与北洋海军其他军舰一道奋勇抗敌，最终被日军鱼雷艇击沉。甲午战争后，"来远"残骸也遭日本人盗捞，遗物被多方处置。2017 年，国家文物局对威海湾北洋海军沉舰遗址进行考古调查以来，"来远"舰遗址被列入重点调查区域。2023 年 7—9 月出水了一批文物，弥补了"来远"缺乏实物资料的不足，尤其是出水的多件带有"来远"文字标识的文物具有重大的历史价值。

第一节　"来远"舰与黄海海战

1887年1月，"经远"和"来远"（图5-1）两舰在德国伏尔铿造船厂建造完工。9月12日，"来远"和"经远"、"致远"、"靖远"

图5-1　"来远"舰

图5-2　邱宝仁

一道驶回中国，补用守备邱宝仁（图5-2）担任"来远"舰管带。回国途中，"来远"还比其他军舰多了一项任务，那就是拖带"左队一"鱼雷艇。4舰经过英吉利海峡、直布罗陀海峡、苏伊士运河、曼得海峡、马六甲海峡进入中国南海，于12月抵达厦门。途中，4舰访问了新加坡。1888年4月25日，4舰到达天津大沽。6月6日，李鸿章请旨对验收接带4艘巡洋舰回国的相关人员进行嘉奖，邱宝仁并赏给"劲勇

邱宝仁

邱宝仁，福建闽侯人。1867 年，他考入福建船政学堂学习驾驶，为该学堂第一届学生。1871 年，邱宝仁完成堂课，派登"建威"练船实习，远航中国香港、新加坡、槟榔屿等，以及渤海湾、辽东半岛各口岸。1875 年，他登"扬武"练船航海实习，赴新加坡、小吕宋、槟榔屿等，北至日本而还。1876 年，清政府在英国订购的"龙骧""虎威"炮舰来华，邱宝仁奉命管带"虎威"，并会同来华的英国官兵将炮舰驶至福建船政局。1877 年，他率"虎威"随"龙骧"赴澎湖驻防。1879 年，清政府从英国订购的"镇东""镇西""镇南""镇北"4 艘炮舰来华，邱宝仁奉命管带"镇东"舰，升守备。1880 年 8 月，邓世昌管带的"镇南"舰在海洋岛附近触礁，旋即脱险，清政府将邓世昌革职，摘去顶戴。邱宝仁也因率"镇东"救援不力，被革职、摘去顶戴，以示惩戒。1885 年，"定远""镇远"两铁甲舰建成，李鸿章委派邱宝仁随刘步蟾等赴德国接舰。1887 年，邱宝仁奉李鸿章之命赴欧洲接收"致远""靖远"等 4 舰回国，负责管带"来远"舰，圆满完成任务，被赏"劲勇巴图鲁"勇号。1888 年 10 月，北洋海军成军，邱宝仁升署右翼左营副将。1891 年 10 月，清政府嘉奖办理海军有功人员，邱宝仁因多次率舰执行巡航、操演、运送等任务，赏换"喀勒崇依巴图鲁"勇号（图 5-3、图 5-4）。1894 年 9 月 17 日，黄海海战爆发，邱宝仁率"来远"舰英勇作战，战舰中弹颇多，一度撤离战场扑火堵漏，海战结束前率舰归队。1895 年 1 月底，威海卫保卫战打响，邱宝仁率"来远"舰配合"定远"等舰开炮支援威海湾南岸清军作战，击毙日军第十一旅团旅团长大寺安纯少将于摩天岭炮台。2 月 6 日，日本海军鱼雷艇偷袭威海卫港，"来远"舰被鱼雷击中，舰身倾覆，舰上 30 余人遇难，邱宝仁等 50 余人获救。北洋海军全军覆没后，邱宝仁被革职，此后返回故里，再未复出。

巴图鲁"勇号。10 月，北洋海军成军，按照《北洋海军章程》的规定，"来远"舰编入右翼左营，编制官兵 202 人，邱宝仁署右翼左营副将、

"来远"舰管带。

北洋海军成军后，邱宝仁率"来远"参与海军编队，多次执行重大任务，先后访问日本和新加坡。在李鸿章最后两次校阅北洋海军时，"来远"舰表现出色，海上打靶屡中目标。甲午战争爆发后，"来远"舰与其他军舰一道投入到残酷的作战中。

1894 年 9 月 17 日，黄海海战爆发，丁汝昌以"夹缝鱼贯阵"接敌，"来远"与"经远"结成姊妹舰，为第三小队。当阵形展开为"夹缝雁形阵"时，"来远"和"经远"向右前方运动，处于阵形的右翼。海战打响后，当"定远"舰失去指挥能力时，"来远"与其他军舰一样处于各自为战状态。在邱宝仁的率领下，全舰官兵同仇敌忾，英勇战斗。日本联合舰队的"赤城"和"西京丸"两舰航速慢，在第一游击队和本队高速航行时被远远抛在后面，受到"来远"等北洋舰队各舰的攻击。其中，"赤城"在距北洋舰队 800 米处遭到猛烈打击，后炮台及前樯楼中弹，分队长佐佐木广胜被击伤，候补生桥口户次被击毙。随后，"赤城"舰桥又被击中，正在舰桥上观看海图的舰长坂元八郎太（图 5-5）头颅被打烂，身体与后樯碎片一起被抛进

图 5-3 《北洋海军来远兵船管驾日记》封面

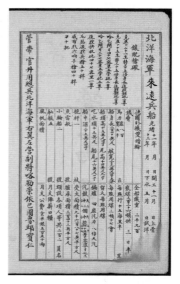

图 5-4 《北洋海军来远兵船管驾日记》内页

海里。同时毙命的还有1号速射炮的2名炮手。然而，北洋舰队的攻击还在继续，炮弹又接二连三地命中"赤城"，其前部弹药库被烧毁，蒸汽管被打坏，8名官兵伤亡，弹药供应中断。在这种情况下，"赤城"狼狈逃窜。"来远"在"赤城"后方大约300米处紧追不舍，主炮射出的炮弹再次命中"赤城"舰桥，接替指挥的佐藤铁太郎负伤。最终，"赤城"侥幸与本队会合。

图5-5 坂元八郎太

就在打击日本联合舰队弱舰的同时，北洋舰队各舰也受到日本联合舰队速射炮的猛烈射击，伤亡很大。在抵抗敌人炮火的过程中，出现了一幕幕可歌可泣的场景。"来远"舰枪炮二副谢葆璋（图5-6）是现代著名作家冰心的父亲，他曾经跟冰心谈起过他参加黄海海战的经历。他说，自己有一个远房亲戚（他妻子的堂侄）在"来远"舰上当水兵，黄海海战中就在他的身

图5-6 谢葆璋

边战斗。海战中一枚炮弹在离他妻子的堂侄不远的地方爆炸，弹片击穿了堂侄的腹部，顿时肠子飞溅出来，贴在了烟囱上，当场牺牲。谢葆璋把肠子从炽热的烟囱上撕下来，放回堂侄的腹中。见到这一幕的官兵不仅没有惧怕，反而斗志更旺。"来远"水手王福清在搬运炮弹时脚跟被弹片削去，竟毫无察觉，依然奔跑如飞。这些感人事迹，无不激励着"来远"官兵的斗志。

经过几小时的激烈战斗，"来远"中弹 200 余枚，后部因中弹燃起熊熊大火，尾炮被击毁，仅有舰首主炮可用。舰上的通气管因大火而被烧毁，不能再用，机舱的温度迅速升高至 200℃ 以上，舱内的人员依然坚守在岗位。舱面人员也在忙于救火，他们被火烧得焦头烂额，但决不退缩。战至 16 时左右，"来远""靖远""经远"3 舰已不堪任战，不得不暂时离开战场，驶往浅水区自救。"来远"和"靖远"驶向大鹿岛方向，"经远"在撤离过程中遭到日本联合舰队第一游击队的围攻，不幸沉没。17 时 40 分左右，日本联合舰队撤出战斗，"来远""靖远"两舰返回战场，与"定远""镇远"等舰会合，海战结束。

黄海一战，北洋海军付出了惨重代价，黄海制海权完全落入日军之手。然而，北洋海军官兵英勇作战，奋勇抗敌，虽付出了巨大牺牲，但也给予日军以巨大杀伤。"来远"舰官兵在战斗中的表现值得称颂。

第二节　"来远"舰与威海卫保卫战

黄海海战后，由于维修工匠不足，北洋海军受伤舰船修复速度缓慢，尤其是"来远"舰，因伤势严重（图 5-7），维修最为复杂，直到一个月以后，依然有机件没有配全。1894 年 10 月 18 日，丁汝昌率领还未全部修复的北洋海军主力舰船勉强出海，但已经无力与日本海军争夺制海权了，只能在威海卫和旅顺之间巡弋。1895 年 1 月 20 日，日军从山东半岛荣成龙须岛登陆，包抄威海卫，对防卫威海卫基地的后路炮台发起进攻。日军在攻占了摩天岭炮台后，继续攻击杨枫岭等陆路炮台和南帮海岸炮台。丁汝昌将"定远""靖远""来远""广丙"等军舰调到南帮炮台附近，以炮火支援杨枫岭炮台的战斗。威海湾两岸炮台失守后，北洋海军各舰机动于湾内各个位置，配合刘公岛和日岛炮台防守口岸。

图5-7 黄海海战中"来远"甲板及舱面建筑被烧毁

日本海军从刘公岛正面的进攻难以奏效，只得派出鱼雷艇队利用夜色从威海湾西口进入实施偷袭。他们先对西口的防材实施破坏，然后从缺口中进入威海湾，用鱼雷对北洋海军军舰实施打击。1895年2月6日凌晨，日本联合舰队第二、三鱼雷艇队首先到达威海港西口预定位置展开警戒，第一鱼雷艇队实施攻击。2时48分，第一鱼雷艇队司令饼原平二亲自率领第二十三号和"小鹰号"等4艘鱼雷艇进入威海湾，攻击停泊于港湾中部的军舰。日军的行动惊动了北洋海军各舰，各舰顿时开炮轰击。饼原平二借着灯光发现了刘公岛方向的3个舰影，遂指挥第二十三号鱼雷艇冒着弹雨向其中一艘最大的军舰靠近。当接近至一定距离时，第二十三号鱼雷艇发射了一枚鱼雷，随着一声巨响，这艘军舰被命中。随后，"小鹰"鱼雷艇（图5-8）也向这艘中国军舰发射了两枚鱼雷，其中一枚击中目标，响起了猛烈的爆炸声。这艘被击中的北洋海军军舰正是"来远"舰。"来远"本来水线以下的防护力就十分薄弱，再加上黄海海战后并未完全修复，经不

图5-8 偷袭"来远"舰的日本"小鹰"鱼雷艇

起两枚鱼雷的打击，它的左舷水线以下被炸开了直径分别为 4 米和 1 米的大洞，舰体迅速向右侧倾斜。由于舰体下沉过快，舰内的大多数官兵没有来得及逃生便随战舰一同沉入大海。只有处于露天甲板上的管带邱宝仁和枪炮二副谢葆璋等 50 余人落水后游上刘公岛获救。

第三节 "来远"舰沉没遗址调查

　　甲午战争后，在日军驻扎威海卫 3 年期间，"来远"舰遭到日本人的盗捞。战争还未结束，日本海军就对威海湾内北洋海军沉舰情况进行了调查。1895 年 11 月，负责调查沉舰的日本海军技师古川庄八等人将调查结果写成《报告书》，并绘制了"靖远""威远""宝筏""来远""定远"5艘沉舰的简图，呈报给横须贺镇守府监督部长岩村兼善。从古川庄八等人所绘简图看，"来远"舰沉没时呈倒扣状，舰底露出水面 1~2 米，右舷中部偏后水线以下留有被日军鱼雷炸开的大洞，宽度在 3 米左右。甲板以上的上层建筑埋于 3 米多深的淤泥内，2 个烟囱深插于淤泥之中（图5-9）。1895 年 5 月，日本大本营决定将打捞权转让给日本国内民间人士，其中获得"来远"舰打捞权的是鹿儿岛人中村新助，他于 7 月开始对"来远"舰进行破拆。与其他沉舰一样，"来远"舰的出水物品被运往日本。自此以后，"来远"舰残存的物品留在海底，直至百年以后重见天日。

　　2022 年，国家文物局启动了"来远"舰沉没遗址的物探工作。甲午战争后，日军随军记者曾拍摄过威海湾内北洋海军沉舰照片，这些照片显示，"来远"舰的沉没位置位于刘公岛海军公所正南方，按照这一

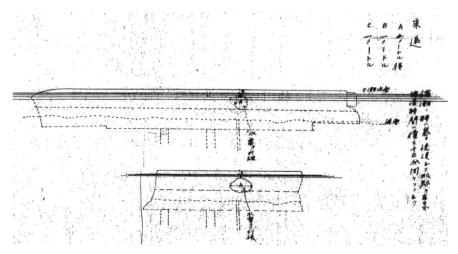

图 5-9　古川庄八等人绘制的"来远"舰沉没状况图

线索，考古队员用磁力仪对这一区域进行了扫测，发现异常信号，说明这一区域存在比较多的金属物件。结合当时的地图和照片，初步确定"来远"舰的沉没位置在海军公所南方约 500 米的地方，同时摸清了遗址文物的分布情况，为日后开展水下考古调查做好了准备。

2023 年 8 月，国家文物局考古研究中心、山东省水下考古研究中心、中国甲午战争博物院、威海市博物馆等单位联合对威海湾"来远"舰沉没遗址展开水下考古调查。8 月 25 日上午，水下考古调查工作启动仪式在威海刘公岛举行（图5-10）。来自国家文物局考古研究中心、

图 5-10　"来远"舰遗址水下考古调查工作启动

山东省文化和旅游厅、山东省水下考古研究中心、威海市文化和旅游局、威海市刘公岛管理委员会、威海文旅发展集团有限公司、"来远"舰水下考古队、广州打捞局，以及威海文博机构的相关负责人等参加了启动仪式。此次水下考古调查历时 60 天，调集来自山东、广东两省的水下考古队员，以及广州打捞局人员联合组队进行作业。2023 年度调查工作将在 2022 年物探工作基础上对刘公岛旅游码头南部海域的"来远"舰沉没遗址进行抽沙揭露。本次调查计划在沉舰遗址的舰首、舰舯、舰尾 3 处区域进行抽沙揭露，计划清理范围为 300 平方米，确认是否存在舰体，以及舰体在泥中的保存状况，提取部分有代表性的遗物，找到证实沉舰身份的确切证据。对发现的沉舰残骸或水下遗存将严格按照考古操作规程与标准开展测绘、影像、文字记录等水下考古工作（图 5-11、图 5-12）。

图 5-11　开展"来远"舰遗址水下考古调查工作之一

水下作业充满了艰辛和困难，据水下考古队员周强介绍，水下能见度很差，好的时候有半米，有时候只有二三十厘米的能见度，而且抽沙的时候，因为需要把泥抽出来，整个水就被搅浑了，水下经

图 5-12　开展"来远"舰遗址水下考古调查工作之二

常是什么也看不到，像沉船或者其他有很多突出物的地方危险性很大，有时候考古人员的身体会被一些突出物上的管线缠住，自己有可能解脱不了，这时就要靠潜伴来帮助解决。

辛劳的工作换来了丰硕成果。在抽沙过程中，周强摸到一把手柄弯曲的勺子，出水后仔细查看，发现上面竟然有文字，在勺把的位置刻有"來遠"二字，这使考古队员异常兴奋，这就证实了"来远"舰的身份。后来又陆续出水了两块木牌，上面均留有墨迹。开始考古队员辨认不出木牌上面写的是什么字，用清水浸泡一段时间后，上面的字迹慢慢显露出来：一块写着"來遠一等水手張長發"，另一块写着"來遠三等水手于盛元"。这些文物具有重要的历史价值。

2023 年 9 月下旬，对"来远"舰沉没遗址的水下考古调查工作圆满结束。10 月 19 日，国家文物局在北京召开了"考古中国"重大项目重要进展工作会，通报了威海湾北洋海军沉舰遗址水下考古取得的重要成果，其中"定远"舰的重达约 18.7 吨的防护铁甲板、"靖远"舰的 2 箱完好的 37 毫米哈乞开斯机关炮炮弹和 1 枚 210 毫米主炮炮弹、"来远"舰鏨刻有"來遠"字样的银勺和 2 块写有"来远"水手姓名的木牌，是确定沉舰身份的关键物证，具有重要的文物和史学价值。

第四节　"来远"舰出水文物

"来远"舰沉没遗址出水的文物非常丰富，包括武器弹药、军舰构件、后勤用品、生活用品等，从材质上看，有铁质、铜质、木质、银质、煤块等等，共有 1800 多件，其中有重要历史和文物价值的有以下几件：

银勺。北洋海军是一支从欧洲"移植"到中国的海军，从成军的标志《北洋海军章程》看，其中有大量条款是仿照英、德、法等国家的海军章程制定的，从而影响了北洋海军官兵的行为举止。此外，大部分管带有过留学欧洲的经历，即使没有赴欧洲留学经历的人员在福建船政学堂也受过西式教育，特别是官兵进入舰队后是在洋教习的指导下进行训练的，在一定程度上适应了西方的管理模式和生活习惯。因此，在引进舰艇时也把大量欧洲的生活器具一并引入中国，这在"致远"和"经远"舰出水文物中就有大量实物可为佐证，如瓷质餐具、银质餐具等。"来远"舰出水文物中这类器具较多，有咖啡壶、锅、剃须刀等，其中一把银勺最引人关注，因为它带有文字。该银勺因受外力而呈弯曲状，在它的勺柄上清晰地錾刻着"來遠"二字，证明它是"来远"的定制品，随"来远"一起从欧洲渡海而来，是"来远"舰身份的重要物证之一（图 5-13、图 5-14）。

图 5-13 "来远"舰遗址出水的银勺

图 5-14 "来远"舰遗址出水的银勺勺柄上"来遠"二字清晰可见

姓名牌。木制，共 2 块，均长 9 厘米、宽 5.5 厘米、厚 0.5 厘米，上端约成 45°割掉两角，形成梯形头。正面用毛笔书写文字，一块写有"来遠一等水手張長發"，其中横写两行"来遠""一等水手"，竖写一行"張長發"（图5-15）。另一块写有"来遠三等水手于盛元"，文字布局与上一块相同，也是横写两行"来遠""三等水手"，竖写一行"于盛元"（图5-16）。该姓名牌的用途在史料中无记载，可能是作战时随身装在口袋中，一旦不幸阵亡可以用它来辨识遗体的身份。因木牌通身没有孔，也没有钉眼，故不能挂在身上或固定在某个地方。关于木牌上所标两位水手的情况，据《北洋海军来远兵船管驾日记》载，"来远"舰共编制水手80名，其中一等水手20名、二等水手30名、三等水手30名，但从现有史料中并没有找到这80名水手的名单，故如果没有特殊情况，这些水手的个人信息很难记录在案。于盛元却是个例外，因为他曾经负过伤。于盛元是山东荣成人，随"来远"舰参加了威海卫保卫战，在战斗中左臂受伤，战后朝廷抚恤他40两白银。正因为如此，史料中才留下了关于他的点滴记载。根据这些

图 5-15 "来远"舰一等水手张长发的姓名牌

图 5-16 "来远"舰三等水手于盛元的姓名牌

记载以及他的"三等水手"的身份推测，于盛元有可能参加过黄海海战，也有可能是黄海海战后为补充兵员而招募的新兵。关于张长发，目前还没有找到相关信息，根据他"一等水手"的身份推测，他可能参加过黄

海海战和威海卫保卫战，在战斗中没有负伤，也没有阵亡，否则一定会在北洋海军的相关档案中留下记载。

与两块姓名牌同时出水的还有一块木牌，大小与姓名牌相近，形状相同，也无孔眼。正面用墨水绘制相对规整的正方形，中间有一个左偏旁为双立人的汉字，形状像"行"字，但不能确认。如果是"行"字，应是一块随身携带的通行牌。发现的木牌使人们了解了北洋海军战时人员管理的一些细节。

剃须刀。"来远"舰遗址出水的剃须刀的刀头长4.5厘米、宽3.4厘米、厚1.9厘米，柄长6.7厘米，与现代剃须刀十分相似（图5-17）。出水的剃须刀印证了北洋海军官兵的舰上生活具有鲜明的西方化特征。

剃须刀

剃须刀起源于古代埃及，古埃及人使用一种用石头制成的尖锐工具剃除胡须。到了古希腊时期，人们开始使用锋利的金属刀刮除胡须。古罗马时期，真正意义上的剃须刀出现了，而且种类多样，使用的刀片为铁制。17世纪，剃须刀开始从铁制刀片逐渐向钢制刀片演变。1762年，法国人发明了第一种可以调节刀片的剃须刀。在此后的100多年中，剃须刀与其他生活用品一样经历了革命性的变革，其设计更加合理，材质更加耐用，使用更加方便。1847年，英国人发明了第一种使用钢制刀片的剃须刀，并逐渐发展成为今天的样子。

图5-17 "来远"舰遗址出水的剃须刀

延时引信。“来远”舰遗址出水了两个延时引信，其形制完全相同，其中一个状况良好，经简单清理后，药盘之间不仅可以转动，而且还可以拆卸。另一个带有附着物，药盘之间不能转动，也不可拆卸。该引信属于药盘延时引信，上面没有文字，应是德国生产，它直径为6厘米、

延时引信

引信是安装于炮弹上的引爆装置，由发火控制系统、安全系统、爆炸序列部件和能源装置等部分组成。引信按照作用原理可分为触发引信和近炸引信。触发引信是指触及目标引起爆炸的引信，分为即发引信和延时引信。近炸引信是通过感应目标的特性或环境特性引发弹体爆炸，或采用一定计时装置在接近目标时引发弹体爆炸的引信。早期的延时引信以火药（导火索）燃烧的多少控制时间长短，故设有带药槽的药盘。延时引信的工作原理是炮弹发射前，炮手通过仪器测算出射击距离及引信需要延时的时间，然后用扳手将刻度盘旋转于特定数字上，以确定火药（导火索）的燃烧量。炮弹射出后，炮弹处于加速状态，使得引信上的撞针压缩弹簧。当炮弹撞击到目标时，撞针瞬间将弹簧压缩至极限，导致底火被撞击，从而点燃引信第一层药盘药槽中的火药（导火索）。当燃烧完刻度限定的一段火药（导火索）时，便通过传火孔将火传到第二层药盘继续燃烧，再燃烧完刻度限定的一段火药（导火索）后即通过传火孔引燃雷管，造成弹体的爆炸。由此可见，延时引信所延时间是指火药（导火索）在两层药盘中燃烧的时间。

延时引信在轻重武器弹药上均可使用。用于舰炮的延时引信一般在穿甲爆破弹中使用，因为在穿甲弹和爆破弹中延时引信都没有使用的意义，只有在穿甲爆破弹上使用时其作用才能充分发挥出来。这种引信的优点除了结构简单、易于制造、成本低廉外，还有可穿透铁甲在舱室内部爆炸，以提高杀伤率的特点。它的缺点则是受环境影响较大，定时容易出现偏差，如温度、湿度、气压等因素都会影响火药（导火索）的燃烧速度。此外，最大的延时长度只有数分钟而已。

高5.6厘米,连接弹体的螺丝直径3.4厘米、内径2厘米。该引信有两层药盘,每层厚度0.8厘米,药槽宽0.3厘米、深0.3厘米(图5-18、图5-19)。出水的延时引信说明,北洋海军主力舰艇的主炮配备了穿甲爆破弹。同时还说明,北洋海军主力舰艇建造完成时所装备的武器处于当时海军武器装备的先进水平。

图5-18 "来远"舰主炮炮弹延时引信侧面

军刀。刀既是一种生活用具,也是一种冷兵器,在我国有着悠久的历史,新石器时代的石刀和青铜时代的青铜刀是其雏形。在漫长的历史发展过程中,作为兵器的军刀经历了无数次的变革与演进,出现了不同的材质和种类繁多的样式。进入火器时代后,军刀依然是官兵不可或缺的兵器。清朝时期,军刀的造型和工艺技术都

图5-19 "来远"舰主炮炮弹延时引信顶部

进入了一个新的发展阶段,用于作战的刀有官刀、雁翎刀、柳叶刀、牛尾刀等类型。北洋海军虽然是中国第一支近代化海军,但其军官依然配备了军刀。据《北洋海军来远兵船管驾日记》记载,"来远"舰的"镶配枪炮"除了210毫米主炮2尊、150毫米副炮2尊、47毫米哈乞开斯5管机关炮2尊、37毫米哈乞开斯5管机关炮5尊、47毫米机关炮1尊、毛瑟步枪50支、韦伯利左轮手枪40支外,还有刀10把。这说明北洋海军所装备的这10把刀与其他火器一样都是随着军舰一起从欧洲引进的,并不是中国的传统兵器,"来远"舰遗址出水的军刀证实了这一点。

在中国的传统观念中,军刀不仅是重要的作战兵器,而且是军官地

位和荣誉的象征。"来远"舰编制军官 30 余名，实际在岗的有 20 名左右，装备的 10 把军刀比左轮手枪数量还要少，只能配备给军衔比较高的军官，其他军官和士兵无论平时还是战时都没有军刀。"来远"舰遗址出水的军刀一定属于某位军衔较高的军官所有，或许还隐藏着惊心动魄的战斗故事。该刀通长约 76 厘米，刀刃长 56 厘米，刀柄长 11 厘米，设有护手和护拳，其中护拳是欧洲军刀的特点，中国的传统军刀并无这种设计。刀体长约 65 厘米，刀体前部宽约 5.5 厘米、中部宽约 2 厘米、后部宽约 3 厘米。由于长期掩埋于淤泥中，该军刀已锈蚀，并有附着物（图 5-20、图 5-21）。

37 毫米哈乞开斯机关炮炮弹弹头。 该种炮弹有

图 5-20 "来远"舰遗址出水的军刀（隋东升摄）

图 5-21 "来远"舰遗址出水的军刀刀柄（隋东升摄）

钢弹和霰弹两种，"来远"舰遗址出水的是数枚钢弹弹头，均保存完好。弹头长13厘米，呈黑色，中间有环纹（图5-22）。

除上述文物外，"来远"舰还出水了包括旋梯在内的大量木质构件，在这些构件中有多件带有明显的火烧痕迹，说明"来远"舰所参加的两场海战战况都十分惨烈，舰上的火势甚猛，与史料记载十分吻合。

在"来远"舰遗址出水的文物中，还有数量较多的文物目前还无法准确判定其属性、功能和用途，尤其是一些在北洋海军的其他沉舰上不曾出水的残件，还需要通过细致、深入的研究来破解其中的奥秘。

图5-22 "来远"舰37毫米哈乞开斯机关炮炮弹弹头

第六章
命运多舛的孤影——"济远"舰

     "济远"巡洋舰是北洋海军的主力战舰，1883 年建成于德国，归国后数次参与国际事务和军事行动，由于它是北洋海军中唯一参加过中日甲午战争丰岛海战、黄海海战和威海卫保卫战 3 场海战的军舰，故备受人们的关注。尤其是管带方伯谦在黄海海战后被清政府以"临阵退缩"等罪名军前正法，引发了学术界的长期研究和讨论。甲午战争后，"济远"舰成为日本海军的战利品，被以原名编入日本联合舰队，参加了日俄战争。1904 年 11 月 30 日，"济远"舰在旅顺口争夺战中触碰俄国水雷而沉没。虽然"济远"舰最终是作为日本海军的舰船被炸沉的，但它毕竟曾是北洋海军的一员，国人对它的最终归宿以及遗存情况都始终给予了关注。尤其是 20 世纪 80 年代我国开展水下考古以后，人们对"济远"舰水下遗物的寻找与发掘抱有高度期待。在国家文物部门和各级政府的共同努力下，包括"济远"舰前双主炮在内的一批珍贵文物重见天日，这不仅勾起了人们对甲午战争这段悲怆历史的回忆，而且掀起了史学界对北洋海军研究的新热潮。如今，"济远"舰出水文物保存于中国甲午战争博物院的场馆里，向国人诉说着那段不堪回首的惨痛往事，体现着它的无可替代的历史价值。

第一节 "济远"舰的建造

就在"定远"和"镇远"两艘铁甲舰紧锣密鼓地建造之时,李鸿章曾产生过续造两艘"定远"级铁甲舰的想法,但由于一时难以筹集资金而放弃。可是,李鸿章很快意识到,仅靠现有舰艇,依然难以编成满足任务需要的编队,更何况中国沿海海域广阔,有时需要几个编队遂行作战任务。纵使"定远"和"镇远"两艘铁甲舰编入舰队,仍然不敷分布,必须继续筹措资金,另谋购舰。

英国人自"阿思本舰队"事件后,虽遭到清政府一定程度的舍弃,但凭借在中国海关的地位,英国人依然不愿放弃插手中国海军建设的机会。1883年3月,清朝海关总税务司赫德向李鸿章呈上一份英国船厂所造的新式碰快船的图样,该舰每艘索价中国白银60余万两。赫德夸耀说,此舰可与铁甲舰相抗衡。李鸿章正在物色性能先进的新式战舰,看到图样颇感兴趣,立刻将图样寄给驻德国公使李凤

"阿思本舰队"事件

1862年,清政府为镇压太平天国运动,接受了英国人赫德的建议,委托清朝海关总税务司、英国人李泰国在英国订购8艘舰船,建立海军舰队。李泰国为控制这支队伍,擅自代表清政府与英国皇家海军上校阿思本签订《合同十三条》,掌握了这支舰队的控制权。清政府得知后表示反对,但还是做出让步,于1863年与李泰国签订《轮船章程》,基本夺回舰队控制权。阿思本率舰来到中国后坚决拒绝执行《轮船章程》,双方无法达成协议,清政府不得不将这支舰队解散,舰船变卖。"阿思本舰队"事件使清政府损失白银70多万两,清政府免去李泰国的海关总税务司职务,由赫德继任。

苞，让他悉心考校。李凤苞通过调查发现，英、法、德所造军舰皆用二三寸厚铁甲，名曰"穹面钢甲快船"，可在大洋御敌交锋，为最新之式。李凤苞所说的"穹面钢甲快船"又称"穹甲快船"，李鸿章后来称之为"龟甲快船"，是当时欧洲最新式的军舰。所谓穹面，即弧形面，是指安装在军舰上的"中凸边凹，形如龟甲"的甲板，从力学角度讲，这种甲板抗压能力更强。经过调查，李凤苞决定从德国伏尔铿造船厂订购这种军舰，因为该厂具有丰富的造船经验和突出的业绩。李凤苞了解到，在德国建造这样一艘军舰，连同克虏伯后膛大炮3尊，价格大约310.7万马克，合白银62万余两，配用的鱼雷发射管和速射炮不在其内。他设定该舰吃水15.8尺（约5.27米），主机功率2800马力（约2058000瓦），排水量2300吨，每点钟行驶15海里。该舰机舱等的钢面厚度约3寸半（约11.67厘米），炮台周围有厚10寸（约33.3厘米）的钢面装甲，足可与铁甲舰相辅而行，实为海上战巡利器。李鸿章得知这些情况后认为，中国拥有了铁甲舰之后必有精利快船辅佐巡洋，或做先锋，或为后应，以厚集其声势。于是，他电令李凤苞从德国伏尔铿造船厂订购一艘，所

德国伏尔铿公司

伏尔铿公司成立于1851年，设于普鲁士北部的小村伯雷度（Bredow），该村位于士旦丁（Stettin）市的郊区，面对着奥得河。伏尔铿公司建立之初主要从事一些小型船舶的建造，1857年成为伏尔铿股份有限公司，并开始生产蒸汽机车。随后，公司生产能力日益强大，当时世界海军正处于大发展时期，德国、俄国、中国等国海军都纷纷在该公司建造自己的主力战舰，如德国海军建造了"萨克森号""勃兰登堡号"等战列舰。在民用船只领域，该公司也取得了不俗的成就，建造了包括"威廉大帝号""威廉二世皇帝号"等著名的豪华邮轮。

需船炮价银，分期陆续汇付。不久，李凤苞与德国伏尔铿造船厂达成协议，建造一艘"穹面钢甲快船"，限期14个月竣工，建成后与"镇远"舰先后来华。李鸿章坚信，随着北洋海军规模扩大，它可以御外侮而壮声威。这艘"穹面钢甲快船"被李鸿章命名为"济远"。

从1875年开始购舰以来，李鸿章一般要购买两艘同一种类型的战舰，组成姊妹舰，如之前的"超勇"和"扬威"、"定远"和"镇远"，之后的"致远"和"靖远"、"经远"和"来远"。为什么"济远"只购一艘呢？据分析有两方面原因：一是经费不足，筹措足够经费需要时间，李鸿章急于增添新舰，不愿再等；二是李鸿章对"济远"这种新式"穹面钢甲快船"信心不足，有试用的心态。无论如何，李鸿章在创建北洋海军过程中一次订购一艘军舰，仅此一例。

1883年12月1日，"济远"舰下水，次年9月7日完成验收，最终确认其长71.93米，宽10.36米，吃水5.18米，排水量为2300吨。舰上武器包括2门210毫米35倍径克虏伯前主炮，1门150毫米35倍径克虏伯后主炮，2门47毫米口径单管哈乞开斯机关炮，9门37毫米口径单管哈乞开斯机关炮，4具鱼雷发射管。动力系统为2台复合式蒸汽机、4座燃煤锅炉，双轴双桨，航速16.5节。由于中法战争的影响，建成后的"济远"舰与"定远""镇远"一样被滞留于德国，直到1885年7月3日才起程回国，同年10月31日抵达天津大沽，11月8日举行升旗仪式，正式入列北洋海军（图6-1）。

从订购和监造"定远"和"镇远"到订购和督造"济远"，李凤苞为北洋海军装备建设耗费了大量心血，李鸿章颇感满意。可是，令他们都意想不到的是，正当李凤苞为上述3艘军舰回国而奔忙的时候，朝廷中却有言官对他产生不满，原因是这些人发现"济远"舰存在若干设计上的问题，认为这些问题与李凤苞收受贿赂有关。言官们尖锐地指出，

图 6-1 1894 年接受李鸿章检阅的"济远"舰

快船可专门用于巡海，也可用于深入敌方港口，辅佐主力战舰担负任务。西方国家有用较厚装甲护卫水线者，也有增加下舱护甲抵御炮弹者，而"济远"舰两者都不是。"济远"舰航速不可谓不快，设置于舰尾的两具鱼雷发射管也属恰当。但它的舰面的甲台样式，西方国家没有普遍采用。德国海军有一艘类似军舰，但目前还没有使用，其中必有深意。不然，西方人的智慧还不如李凤苞？"济远"舰存在的问题是水线没有防护，敌方小型炮弹即能洞穿。而且穹甲低于水面 4 尺（约 1.33 米），一旦舰体漏水，容易侧翻。再加之炮堡过重，难以驾驶，危险性极大。"济远"舰机舱狭窄，人员通过时只能侧行，容易误触机器；煤仓容量太小，只能容纳百吨，如果要增加载煤量，势必难以进入水浅的大沽口。凡此种种，弊端重重。他们认为，从一开始李凤苞就很清楚上述弊端，但他依然采购这艘军舰是因为他在订购"定远"和"镇远"时就收了德国人的巨额贿赂。

这可不是个小问题。言官们的指责很快惊动了皇帝，皇帝随即降旨，要求查清真相。这使李鸿章感到非常紧张，他担心李凤苞真因受贿而栽跟头，从而影响海军建设。他盼望"济远"舰早日回国，以查明真相。

1885年10月31日，"济远"舰开到大沽，李鸿章迫不及待地命令丁汝昌等人展开勘验，以澄清事实。丁汝昌和津海关道周馥等人按照合同约定，对"济远"舰的各个部位进行了仔细勘验，并写成完整报告，上报朝廷和李鸿章。报告中详细介绍了"济远"舰的各部位数据，特意指出有穹甲覆盖机舱，中凸边凹，形如龟甲，是以1寸（约3.33厘米）钢和2寸（约6.66厘米）铁制成，其甲边深入船旁水线下4尺（约1.33米）。如果敌炮击在甲边之上，则穹甲可保护各舱；如果击在甲边之下，则借横水阻力可免穿透。这种设计系仿照英国"赫士本"船式制造。"济远"舰舱内设淡水柜8具，其造淡水机器每日造淡水可供百余人饮用。该舰以穹甲笼罩机舱，故机舱较窄，然其吃水浅，行驶速，在快船中实为新式坚利之船。唯机舱既窄，则煤柜不大，连穹甲上18隔堵，共只装煤270吨，以每日用煤30吨计算，足供8日之用，较之"定远""镇远"两舰各装煤700吨，日用60余吨，其用意没有太大悬殊。

从丁汝昌、周馥等人的勘验情形来看，他们虽然发现了"济远"舰存在的"机舱较窄"等弊端，但并不存在不可原谅的严重问题，这说明朝廷中言官们反映的情况并不属实，存在的问题也并非德国人有意为之，而属于初造技术不成熟导致的不完善。1885年11月17日，清政府组织了对"济远"舰的复勘，李鸿章亲自登舰观察，也没有发现严重问题，他心里的一块石头终于落了地。按理说，有了多次勘验的结果，李凤苞的不白之冤理应就此消除了，但清政府还是将他撤职并召回国内。

有人指责"济远"舰设计上存在问题，本无可厚非，毕竟建设一支近代化海军所耗费的资金是巨大的，不能枉耗经费。而且"济远"舰本身也或多或少地存在着一些问题，它暴露了德国在设计、建造穹甲巡洋舰之初技术不成熟。但把这些问题与李凤苞的个人品行乃至李鸿章为北洋海军购舰的行为联系在一起，而又提不出充足的证据，就有些故意掣肘的嫌疑了。事实上，在北洋海军创建初期，朝廷中就有言官表示反对，他们在时刻寻找李鸿章的破绽。从现有史料看，李凤苞在督造"济远"舰过程中发现了存在的问题，还努力通过与德方的交涉加以修正。改进后的"济远"舰对一些问题进行了有效纠正。言官们对这一过程并未进行调查，而是捕风捉影地把"济远"舰存在的问题说成是因李凤苞收受巨额贿赂造成的，从而引发了一场风波。这场风波暴露了朝廷中的斗争，不利于北洋海军建设，甚至会延缓北洋海军建设的进程。

图6-2 1890年停泊于旅顺港中的"济远"舰（房后）

"济远"舰（图6-2）服役后，参加了出访日本等外事活动。1888年，北洋海军正式成军，"济远"舰被编为中军左营，方伯谦署副将衔管带，全舰编制员额202人。

第二节　"济远"舰与丰岛海战

在甲午战争爆发前若干年，李鸿章在考虑与日本通商时做出了"日本近在肘腋，永为中土之患"的判断。可是，随着日本发动战争步伐的

加快，他的自信却在增长，原因是他建成了北洋海军。因此，面对日本寻机发动战争的图谋，他依然自信地说："我不先与开仗，彼谅不动手。"然而，事实很快证明李鸿章的想法是错误的。

1894年2月，朝鲜爆发了东学党起义，起义军攻陷全罗道首府全州，并向其他地区蔓延。面对大规模的农民起义，朝鲜政府束手无策，不得不向清政府乞援。身在汉城的日本驻华公使兼驻朝公使大鸟圭介敏锐地感知到朝鲜局势将给日本带来的机会，便建议日本政府尽快插手朝鲜问题。日本政府得知消息后，迅即召开内阁会议，决定出兵朝鲜。为进一步制造借口，日本政府通过中国驻朝总理交涉通商大臣袁世凯劝诱清政府出兵。李鸿章接到袁世凯的报告，经过斟酌做出决定：向朝鲜派兵，令北洋海军提督丁汝昌派"济远"和"扬威"两舰赴仁川、汉城护商，并调直隶提督叶志超率同太原镇总兵聂士成，选派淮军1500人开往朝鲜。

对于李鸿章的决策，幕僚姚锡光提出了不同看法。姚锡光早年充任北洋武备学堂教习，对军事及中日关系颇有研究，同时对李鸿章的性格也相当了解。他知道，在很长一个时期，虽然李鸿章始终将日本设为假想敌，但他却有轻敌思想，并过度相信外交的作用。这次出兵，姚锡光担心李鸿章中了日本人的圈套，便在紧要关头秘密谒见李鸿章，送上说帖，力请以北洋海军全部舰船，护送小站防营盛军万人赴朝，分驻汉城及仁川海口，以争先着。他强调，我不发兵则已，如果发兵，必发重兵，配合以海军主力，控制朝鲜西海岸各海口要道，这样才能掌握朝鲜的主动权，慑止日本的企图。否则，一兵不发，防止给日本留下出兵的借口。最糟糕的情况是，既发兵，又不发重兵，这样就会落入日本人的圈套。

对于姚锡光的建议，李鸿章不以为然，他依然认为"我不先与开仗，彼谅不动手"，于是他做出派少量海陆军赴朝的决定。

1894 年 6 月 6 日，从天津芦台等地调集的淮军以及天津武备学堂见习军官共 910 人，由聂士成率领，乘坐招商局"图南"船，在北洋海军"超勇"舰护卫下，作为先头部队从大沽出发，在朝鲜牙山湾内的白石浦登陆。中国驻日公使汪凤藻将这一情况随即通报日本政府。两天以后，叶志超统率淮军正定练军等部 1555 人分乘"海晏""海定"两艘商船先后开赴朝鲜。

就在中国出兵的前一天，日本成立了战时最高指挥机构——大本营，加快了发动战争的步伐。获悉中国出兵朝鲜后，日本政府立即授予大鸟圭介临时处断之全权，命其乘"八重山"舰由横须贺出航，随行陆战队若干人，同时命第五师团派出混成旅团，由大岛义昌少将率领赴朝。如此部署，在数日之间，仁川、汉城等战略要地已有日军 7000 余人，国内还有大批日军等候调遣。李鸿章完全落入了日本圈套。

就在中日两国调动军队之际，朝鲜的农民起义通过谈判得以平息。按说中日两国须按约定分别从朝鲜撤军，但令李鸿章始料未及的是日本竟然提出"帮助"朝鲜改革内政的无理要求。当清政府敦促日本按约撤军时，日本政府连续两次强硬地向清政府发出"绝交书"，战争一触即发。

率兵驻扎朝鲜南部牙山的叶志超感到了巨大的军事压力，他发电报给李鸿章，要求立刻派陆海军增援牙山。李鸿章遂令淮军吴育仁部挑选仁字营 1500 人及天津练军 500 人共 2000 人，委记名总兵江自康率带增援牙山。虽然李鸿章坚信日本不敢首先开仗，但他还是出于防备万一，认真考虑和筹划这 2000 人渡海赴朝的安全问题。他特意安排津海关道盛宣怀用重金租用英国商船"爱仁"、"飞鲸"和"高升"载运这 2000 人赴朝，他认为这 3 艘轮船挂的是英国国旗，日本不敢对英国船只实施攻击。1894 年 7 月 19 日，李鸿章和盛宣怀初步确定了 3 艘英国商船的出发时间，李鸿章叮嘱丁汝昌，不需要出动大批军舰护航，只酌派几艘军舰前往牙山海口,在运兵船所载清军登陆时在口外游弋即可,等各船清军登陆完毕后,再巡洋而回。至于3船载运的清军总人数,实际超过了原计划的2000人。"爱仁"载1150人及军装、饷银,"飞鲸"载700人、47匹马、军械,"高升"载800人、炮队一哨,分别于21日、22日和23日依次出发,前往牙山。之所以如此安排是因为牙山口外地势复杂,轮船抵达时需换乘驳船航行35千米才能抵岸,而叶志超手里只有30艘驳船,每艘驳船最多载运30人,如果3船同时到达,清军登岸是个大问题。万一日舰袭击或阻挠,将置清军于危险境地。因此,3船必须依次出发,分头到达。7月21日18时,"爱仁"从大沽出发了,直驶牙山。"飞鲸"也于22日17时30分出发,沿同一路线行进。丁汝昌按照李鸿章的指示,令"济远"舰管带方伯谦率"济远""广乙""威远"3舰前往牙山掩护清军登陆。22日9时,方伯谦率舰从威海起程驶向牙山。然而这一切都没有逃过日本间谍的眼睛。

日本间谍在中国的活动开始于1872年,日本陆军元帅西乡隆盛等人向中国奉天派出池上四郎等4名间谍,是为日本间谍深入中国内地之始。此后,日本不断向中国派遣间谍,他们以外交官、商人、学生、普通劳动者等身份渗透到中国各地,构成了庞大的间谍网。甲午战争爆发前夕,日本间谍在京津、辽东半岛、山东半岛一带的活动越发猖獗,李鸿章的调兵遣将,自然逃不过日本间谍的眼睛。天津一带聚集的日本间谍形形色色,甚至包括海军武官泷川具和,他们或扮作商贾,混迹于天津生意场,或装成苦力,穿梭于塘沽码头区。他们无孔不入,通过多种渠道侦获中国军事情报。李鸿章对此有所察觉,他委托德商信义洋行经理满德利用自己的身份之便调查日本间谍的活动情况。满德经过一番调查后向李鸿章报告说,中国使节在日本未能探听到日本军情,而日本人在中国竟能洞悉中国军事。满德特别强调,这不是他的主观臆断,而是事实。满德说，他在塘沽遇见一位日本人，此人久居塘沽，才具甚大，精通中、英、德、法等国语言，四处打听消息，随时用铅笔注载。满德乘坐火车时，有一个日本人与之同行，满德了解到，该日本人对"爱仁""飞鲸""高升"等运兵船装载清军多少、军饷多少、有无护送者、前往哪个口岸等都一清二楚。甲午战争爆发后破获的石川伍一间谍案显示，日本海军在丰岛海面偷袭中国舰船，击沉"高升"船，掳走"操江"舰，与日本间谍在天津一带的活动有着直接关系。然而，面对如此严重的情况，无论是朝廷还是李鸿章，都未特别在意。尤其是李鸿章，接到满德的报告后居然没有采取任何防范措施，甚至石川伍一间谍案牵扯到他手下的一批人，如天津军械局总办张士珩、水师营务处罗丰禄等，他也没有做出相应的调查和处理。日本间谍的渗透和清政府的疏于防范都达到了令人吃惊的程度。

清廷及李鸿章对情报工作的麻木，实质上反映了他们对日本发动战争的轻视，如此态度必将付出沉重代价。

1894 年 7 月 24 日凌晨 4 时，"爱仁"抵达牙山湾。此时，北洋海军的"济远""广乙""扬威"已在湾内，"威远"舰被派往仁川送交电报。方伯谦见"爱仁"到来，立即安排驳船载兵上岸。6 时，驳船全部到齐，仅一个小时，1150 人和 116 箱弹药就全部卸到驳船上。8 时，已卸载人员、物资完毕的"爱仁"驶出牙山口，返航烟台。14 时，"飞鲸"到达，方伯谦派出各舰的小艇，拖带驳船装运士兵、马匹和军需物资上岸。

17 时 30 分，前往仁川送交电报的"威远"舰返回牙山，管带林颖启给方伯谦带来了一个糟糕的消息：昨日日军已经攻入朝鲜王宫，劫持了国王，并据英国军舰舰长罗哲士透露，日军海军大队舰船将于明日开到。听到这一消息，方伯谦有些紧张，他立即命令官兵帮助陆军加紧卸载"飞鲸"上的物资，又令"广乙"和"威远"升火，准备开船回国。他叮嘱两船管带，回国途中如遇"高升"等运兵船，可令其返回威海卫或大沽。可此时"广乙"舰上携带的小艇因拖带驳船上驶白石浦未回，还不能返航。方伯谦遂改令让航速慢、防护力弱的"威远"舰先行，赴大同江口一带，等待"济远"和"广乙"到齐后一起回国。

由于"飞鲸"所载人员、物资较杂，卸载耗费了很长时间，直到25日凌晨，卸载数量刚刚过半。方伯谦心急如焚，决定不等"飞鲸"完成卸载就先撤离。4时，"济远""广乙"在方伯谦的率领下驶出牙山湾。

方伯谦率舰在平静的海面上航行了一个半小时，当行至丰岛海域时，忽然在南方海天相接之处的微微白光中出现了一缕缕黑烟，像是舰艇编队。方伯谦下令加速前进。7时半，天已大亮，远处驶来的军舰已经看得很清楚，方伯谦辨认出是日本军舰，一艘是"吉野"舰，一艘是"浪速"舰（图6-3），还有一艘没有看清楚，那艘没有看清楚的军舰后来判明为"秋津洲"舰。15分钟之后，方伯谦下达了全体官兵进入作战

图6-3 击沉"高升"的日本海军"浪速"舰

状态的命令。

"吉野""浪速""秋津洲"为何此时出现于丰岛海面？原来，日本联合舰队第一游击队自从离开佐世保港后，便一路侦察北洋海军的动向，终于在丰岛海面发现了中国军舰"济远"和"广乙"。6时30分，第一游击队司令官坪井航三下令各舰戒备，并加速接近目标。当与前方舰船相距5000米时，坪井航三辨认出两舰是"济远"和"广乙"。面对明显弱于自己的对手，坪井航三于7时20分下达了战斗命令。7时52分，"吉野"以左舷炮向"济远"射击，打响了海战第一炮，拉开了丰岛海战的序幕。"浪速"和"秋津洲"也相继开炮。

这是一场双方实力悬殊的海战。北洋海军2艘军舰总吨位不过3300吨，舰炮共6门，鱼雷发射管1具，平均航速16.5节。日本海军3艘军舰总吨位是11000吨，舰炮共70余门，鱼雷发射管13具，平均航速19.8节。特别是日舰均为新式巡洋舰，安装有大量速射炮，其中有17门速射炮每分钟可各发射炮弹80余枚。

海战爆发后，日本海军3舰首先攻击实力较强且航行在前的"济远"舰。面对如此强敌，方伯谦反应迅速，在开战的第一时间便指挥官兵进行英勇反击，边打边走。"浪速"舰还未来得及发炮便遭到"济远"舰210毫米口径大炮的轰击，一枚炮弹在距离"浪速"舰首20余米处爆炸，纷飞的弹片将其信号索削断。与此同时，日舰炮弹也纷纷射向"济远"舰，一枚炮弹击中了指挥台，弹片四处飞溅，与方伯谦并列站在指挥台上的大副沈寿昌的头部被弹片击中，当场牺牲。又一枚炮弹击中前炮台，二副柯建章也洞胸而亡。目睹大副、二副壮烈牺牲的天津水师学堂练习生黄承勋愤然召集炮手装弹，试图窥准时机收得一击之效。正在装弹之际，一块弹片飞来，将黄承勋的手臂击断，他顿时扑倒在地。两名水兵前来搀扶他进舱治疗，他摇头拒绝说："尔等自有事，勿我顾也。"他说完闭目而逝，年仅 21 岁。管旗头目刘鹍、军功王锡山等也先后中弹牺牲。

"济远"舰官兵敢于牺牲的精神表明，北洋海军官兵在战争初期的抗敌决心是坚定的，这种决心来源于对日本欺弱凌小行径的愤慨，对国家不遗余力建设新式海军的感恩，对人生荣耀的追求。黄承勋在出征之前就托付好友——医官关某为其收拾骸骨，说明他早已做好牺牲准备。

在日舰集中攻击"济远"舰之时，跟随在"济远"舰后面的"广乙"舰也受到日舰的炮击。"广乙"舰的作战能力远不如"济远"舰，更无法与日本 3 艘军舰抗衡。但是，"广乙"舰管带林国祥为避免被击沉，指挥军舰奋力前行，径直冲入日本 3 舰的阵形中。与"济远"舰不同，"广乙"舰并没有且战且退，而是主动出击，快速驶向"吉野"，试图利用舰首鱼雷攻击日舰，同时解"济远"之围。可是，"济远"并未"回轮助战"以配合"广乙"的攻击行动，而是开足马力逃遁。坪井航三和"吉野"舰长河原要一大佐十分清楚"广乙"的意图，他们担心遭到鱼雷攻击，便下令"吉野"转舵向左规避。"吉野"以其高航速在海上留下一个大大的圆弧形航迹。"广乙"仅靠 16.5 节的航速是无法追上"吉野"的，林国祥只好下令向"秋津洲"和"浪速"逼近。"秋津洲"舰长上村彦之丞和"浪速"舰长东乡平八郎也都因"广乙"的举动而震惊，他们暂时放弃对"济远"的攻击，集中火力轰击"广乙"。7 时 58 分，当"广乙"逼近"秋津洲"舰尾 600 米时，遭到"秋津洲"速射炮的攻击，"广乙"桅杆被炮弹击中，桅炮炮手瞬间坠落牺牲，鱼雷发射室也中了一枚炮弹，"广乙"遂失去发射鱼雷的机会。几分钟后，"广乙"又出现在"浪速"舰尾三四百米处，东乡平八郎指挥军舰向左转舵，用左舷炮和机关炮猛轰"广乙"。虽然"广乙"的炮弹洞穿了"浪速"后部的钢甲板，击毁了它的备用锚和锚机，但自身中弹更多，全舰 110 余名官兵中阵亡 30 余人。其中有一枚开花弹在"广乙"舱面爆炸，造成 20 多人死伤。有一枚炮弹在"广乙"舰桥附近爆炸，击坏了轮机，导致"广乙"的航速下降。在这种情况下，林国祥被迫指挥"广乙"撤出战斗，8时30分向朝鲜西海岸退却。"秋津洲"和"浪速"正欲追击，接到"吉野"发来的归队信号，"广乙"因此得以逃脱。退却途中，林国祥对全舰进行了检查，发现船舵已毁坏，不堪行驶，勉强驶近十八家岛搁浅，纵火烧船，率70余人登岸。后来，登岸的70余人中有20余人逃至朝鲜大安县，辗转回到国内。林国祥率领54人赶赴牙山寻找叶志超部无果，幸有英国领事帮助，登上英舰"亚细亚"，此时林国祥身边仅有17个人了。

正当"广乙"与日本3舰缠斗之际，"济远"继续边战边向西撤退，日舰见状迅速摆脱"广乙"，转而追击"济远"。8时20分左右，"济远"后主炮射出的一枚150毫米炮弹在"吉野"右舷海面跳弹，穿透舰载大舢板及吊艇杆上的木划艇，并穿透甲板室，破坏了上甲板发电机之一部分，但因失去冲击力，落于防御钢板，最后从检修孔掉落至机舱内，未爆炸，"吉野"舰官兵未有伤亡。

就在海战激烈进行之时，西方海面又有舰船驶进战场，坪井航三下令各舰根据战场情况自由行动。"浪速"和"吉野"继续追击"济远"，并连续开炮轰击。"浪速"已超越"吉野"冲在前头，舰长东乡平八郎辨明先前驶进战场的舰船是北洋海军的炮舰"操江"和英国商船"高升"。"操江"舰载运20万两饷银和一批军械增援牙山，于24日凌晨3时离开烟台前往威海，取得丁汝昌托带的文书后，在14时向朝鲜牙山航进。当驶入战场时，"操江"舰长王永发见炮战激烈，鉴于"操江"航速慢、作战能力弱，而且还载有军饷和武器，遂准备下令掉头回驶。"高升"在英国船长高惠悌率领下则继续前行。东乡平八郎对此均未理会，继续追击"济远"。8时53分，"济远"突然挂起一面白旗，但没有停船，依然保持奔逃状态。东乡平八郎害怕其中有诈，命令"浪速"继续前进。当两舰相距 3000 米时，"济远"的桅杆上又升起了一面日本海军旗和一面白旗，这时东乡平八郎才相信方伯谦是真的要投降了，于是他命令"浪速"发出信号："立即停轮，否则炮击！""济远"随即停止了炮击，航速也减缓下来，并慢慢停船。"浪速"见状向旗舰"吉野"报告："敌舰已经降服，已发停轮信号，准备与它接近！"正当"浪速"向"济远"靠拢之际，先前驶进战场的"高升"迎面而来，从"浪速"右舷驶过，遂吸引了东乡平八郎的注意力。东乡平八郎发现"高升"上有中国士兵，便用旗语打出"立即停轮"的信号。方伯谦见"浪速"发生了迟疑，便抓住时机，重新向西疾驶。他明知"高升"上载有 1100 余名陆军官兵，但全然不顾他们的安危，一心只想摆脱日舰追击。航行在后的"吉野"于是超越"浪速"，追赶"济远"。

当两舰相距 2500 米时，"吉野"开始射击，连开 6 炮，均在"济远"周围爆炸，激起冲天水柱。"济远"也开炮回击。"吉野"的航速是 22.5 节，而"济远"的航速只有 16.5 节，如此追击下去，"济远"定无逃脱可能。恰在此时，"吉野"停止追击，"济远"获得逃脱机会，于 26 日 6 时回到威海卫基地。

关于造成"吉野"放弃追击的原因，中日双方的档案史料记载不同。1894 年 7 月 30 日，丁汝昌向李鸿章汇报丰岛海战战况时称，"吉野"舰连续追击"济远"，"济远"停炮诈敌，当"吉野"驶近将擒获"济远"时，"济远"舰后主炮突然连开 4 炮，第 1 枚炮弹击中"吉野"的指挥台，第 2 枚炮弹击毁"吉野"船头，第 3 枚炮弹击中"吉野"中部。"吉野"冒起黑烟，仓皇而逃。第 4 枚炮弹因距离过远落入海中。丁汝昌说，"济远"舰能"却敌保船"完全依仗这 4 枚炮弹，而开炮的是水手李仕茂和王国成，其余水手协助他们送弹，个个奋勇。有学者根据丁汝昌的这个报告，总结出"吉野"放弃追击的原因是"尾炮退敌"。然而，日本海军军令部编纂的《廿七八年海战史》却说，当"吉野"炮击时，"济远"也开炮回击，之后便急速向右转舵，逃往附近的三寻堆方向。坪井航三认为继续追击已无必要，便于12时43分停止炮击，转舵回驶。"吉野"军官田所广海在《勤务日志》中也记载，12时43分，"吉野"停止炮击，为使"秋津洲"接近，减低航速，停止追击。有学者根据这些记载，总结出"吉野"放弃追击的原因是"主动放弃"。

以上两种观点均是从各自角度出发做出结论，究竟谁是谁非呢？其实，"尾炮退敌"说和"主动放弃"说并不是丰岛海战中最值得澄清的问题，最重要的问题是方伯谦在逃离过程中是否悬挂了白旗和日本海军旗？如果挂了，他是出于何种动机？这一行为又如何进行定性？这些问题均关乎海战责任和对方伯谦的评价，所以在100多年中史学界都给予了高度关注。

查阅"济远"舰的航海日志，并未发现挂白旗和日本海军旗的记录，很显然，即使有此事发生，方伯谦也不会记录在航海日志中。相反，战后他声称打掉了敌舰的舰桥，接着又一击成功，日舰扯起了白旗，悬挂在中国舰旗上方。意思是说，日舰在"济远"舰打击下挂了白旗和中国舰旗。李鸿章、丁汝昌在电报、奏折中也没有提及方伯谦挂白旗和日本海军旗之事，更没有提及日舰挂白旗和中国舰旗之事。如果日舰真的挂了白旗和中国舰旗，李鸿章和丁汝昌一定会在奏折中进行详细报告，事实上并没有。那么，他们没有提及"济远"舰悬挂白旗和日本海军旗，是否这件事就根本没有发生过呢？这要看是否还有其他史料的记载。

姚锡光是李鸿章的幕僚，甲午战争后为了全面反映战争的过程，他广泛搜集史料，包括档案资料，写成《东方兵事纪略》，在谈到"济远"舰在丰岛海战中的表现时说，当"济远"遭到日舰追击时挂起了白旗和日本海军旗。《中东战纪本末》以及日本"浪速"舰长东乡平八郎的日记均有相同记载。搭乘"操江"赴朝鲜汉城接管电报局的丹麦籍洋匠弥伦斯在给博来的信中说，"济远"驶近"操江"，突然改变方向，向西偏北2°行驶，由"操江"船头驶过，两舰相距约半英里（约805米）。此时"济远"悬白旗，白旗之下悬日本海军旗，舱面水手奔走张皇。来自不同国家的研究者和当事人众口一词，这绝不是空穴来风，方伯谦在丰岛海战中悬挂白旗和日本海军旗应是确凿的事实。

　　"高升"和"操江"出现于战场也不是偶然的，"高升"于7月23日上午从塘沽出发，载着清军直航牙山。"操江"在塘沽装载饷械后，奉命经烟台抵威海卫，然后携带丁汝昌的文书等，于24日下午由威海卫起航赴朝。这两艘舰船在途中相遇，结伴而行。一个不争的事实是，当它们出现于战场的时候，吸引了日本军舰的注意力，使"济远"得以逃脱。而毫无海战能力的"高升"则被"浪速"击沉（图6-4），"操江"也被虏往日本。

　　丰岛海战以北洋海军舰船被追击、被击沉、被俘虏的方式宣告结束。这场海战对北洋海军来说是一场毫无准备的仓促之战，是一场装备实力相差悬殊的不对称之战。据战后方伯谦勘验，"济远"中弹三四百枚，伤及望台、烟筒、舵机、铁桅等处，致弁兵阵亡13人、受伤27人。毫无疑问，中日之间的首次较量出现这样的结局，无论是李鸿章、丁汝昌还是方伯谦都需承担一定的责任。

图6-4　丰岛海战中"高升"被击沉

第三节 "济远"舰与黄海海战

　　丰岛海战后，清廷愤恨日本挑起战争，希望北洋海军与日本海军决一雌雄。李鸿章虽然不敢违抗朝廷命令，但他担心苦心经营而建立起来的北洋海军遭到损失，便叮嘱丁汝昌率舰队出海时要相机进退，以保全舰船为妥。此时，"济远"舰因在丰岛海战中损伤严重，进坞修理，故在丁汝昌前4次率队出海巡弋中均没有参加，直到1894年8月29日北洋海军第5次巡海时"济远"舰才随队出海。这次巡弋中北洋海军出动了包括"济远"在内的8艘军舰，分别巡查了海洋岛、大鹿岛、光禄岛、三山岛、大连湾、旅顺口等处，于9月3日返回威海卫。9月13日，丁汝昌又率队进行了第6次巡海，完成了载运铭军赴朝的护航任务。当他率队于9月17日第7次出海护航时，遭遇了日本联合舰队主力，爆发了规模空前的黄海大战。

　　9月17日12时50分，"定远"舰在接敌过程中首先开炮轰击，拉开了黄海海战序幕。在北洋海军的接敌阵形中，"济远"舰位于第四小队，当阵形展开时，它位于"夹缝雁行阵"的左翼，最早与日本军舰接近。在海战的前半段，"济远"舰与其他军舰一样各自为战，与日舰缠斗在一起，舰体中炮数十枚，伤亡严重。战至15时30分，邓世昌率领的"致远"舰悲壮沉没，方伯谦（图6-5）遂率领"济远"舰逃离战场，吴敬荣率"广甲"舰也随之而逃，造成北洋舰队力量的削弱。

图6-5　方伯谦

方伯谦

　　方伯谦，字益堂，福建闽县人，生于1854年。他自小聪慧，6岁开始读书，15岁考入福建船政学堂后学堂学习驾驶，与刘步蟾、林泰曾等同为该学堂第一届学生。1874年，方伯谦被派往"伏波"舰充正教习，旋调任"长胜"轮船大副。1875年，他调任"扬武"练船管带。1877年3月，方伯谦作为清政府派出的第一批赴欧留学生之一前往英国，10月进入格林尼治皇家海军学院学习驾驶，次年6月毕业，转入英国舰队实习。1880年，他期满回国，先任福建船政管轮学堂正教习，保升都司，并加参将衔。1881年后，他相继出任"镇西""镇北"炮舰及"威远"练船管带。1884年12月，朝鲜发生"甲申政变"，方伯谦奉命率"威远"随"超勇"和"扬威"两舰赴朝鲜参与处理国际事务，回国后给李鸿章"上边事书数千言"，建议在紧要处建设炮台，巩固边防。1885年，方伯谦出任"济远"舰管带。1888年，方伯谦因李鸿章对他的器重而参与《北洋海军章程》起草，该章程的颁布标志着北洋海军正式成军。1889年，北洋海军正式定编，方伯谦升署北洋海军中军左营副将（1892年实授），委带"济远"舰。此后一直到甲午战争爆发，方伯谦多次率舰执行巡航、操演、运送等任务，并获赏"捷勇巴图鲁"勇号。方伯谦在北洋海军将领中也是一位颇有思想的人物，在甲午战争爆发前夕，他上书李鸿章，从政治、经济、外交、军事等方面提出了对时局的看法和海军建设思想。1894年7月25日，日本海军挑起丰岛海战，方伯谦率领"济远"舰与日舰战斗多时，因退避过程中悬挂白旗和日本海军旗而遭到非议，战后没有得到朝廷褒奖。1894年9月17日，他又率舰参加了黄海海战，在经过了数小时的鏖战之后，他率"济远"舰逃离战场，战后被清政府以"临阵退缩"等罪名斩首于旅顺。

"济远"舰于次日凌晨回到旅顺基地。

　　黄海海战使北洋海军遭受了重创，有4艘巡洋舰葬身海底，黄海制海权由此落入日军之手。丁汝昌在海战中从舰桥跌落至甲板受了重伤，回到旅顺后，他不顾伤痛给李鸿章发了第一封电报，描述了海战的情况，在谈到方伯谦和"济远"舰时说："'济远'亦回旅。"并未说明"济远"舰为何先于其他军舰回港。之后，丁汝昌住进了医院，舰队的指挥临时交由旗舰"定远"管带刘步蟾负责。

李鸿章听说"济远"舰先回的消息后十分不解，他立刻向丁汝昌发电报询问："此战甚恶，何以方伯谦先回？"代理指挥的刘步蟾接到李鸿章的电报，对方伯谦的问题进行了仔细梳理，连续拟定了两份电报发给李鸿章，回答了李鸿章的问题："济远首先逃避，将队伍牵乱，广甲随逃，若不严行参办，将来无以儆效尤而期振作。"他还说："济远先被敌船截在阵外，及见致远沉没，首先驶逃，广甲继退……扬威舱内亦被弹炸，又为济远当腰触裂，驶至浅水而沉……"很显然，刘步蟾给方伯谦脱离战场行为的定性是"首先逃避"，分析的后果是"将队伍牵乱""将扬威舰撞沉"。如果刘步蟾的定性和分析正确无误，方伯谦的罪行是十分严重的。

李鸿章带着黄海海战失败的悲愤情绪看完了刘步蟾的电报，他对电报中的内容没有提出异议。于是，他决定以"临阵退缩"的罪名惩治方伯谦。

然而，无论在平时还是战时，要处置一个军队将领，必须根据军事法规的规定做出裁决，否则会引起部队的不稳。可是，北洋海军当时唯一的遵循是《北洋海军章程》，而这部章程对海战场上的"临阵退缩"行为并没有规定处罚措施，这无疑是这部章程的一个漏洞。既然如此，李鸿章只能从别的法规中寻找法律依据。他根据《北洋海军章程》"其余不法等事，由提督等援引会典所载雍正元年钦定军规四十条参酌办理"的条款，把目光投向了《清会典》，查阅了其中的《军规四十条》，从中看到了"临阵退缩""就地正法"的记载。于是，他上奏总理海军事务衙门："致远击沉后，该管带方伯谦即先逃走，实属临阵退缩，应请旨将该副将即行正法，以肃军纪。"两天后，皇帝降下御旨，同意李鸿章的奏请。1894年9月19日，丁汝昌命方伯谦带领"济远"舰赴三山岛海域拖带已搁浅的"广甲"舰。24日，清政府以方伯谦"首先逃避""将队伍牵乱""临阵退缩"等罪名，下令将方伯谦"即行正法"。25日凌晨，方伯谦被杀于旅顺黄金山下刑场。之后，"广乙"舰管带林国祥接替方伯谦出任"济远"舰管带。

　　黄海海战结束不久，方伯谦即奉命率领"济远"舰前往大连湾外的三山岛海域，拖带已经搁浅的"广甲"舰，以免该舰落入日军之手。但由于"广甲"搁浅太深，无法实施拖带，丁汝昌只好下令将其炸毁。方伯谦被清政府正法后，林国祥奉命署理"济远"舰管带。在"济远"舰维修期间，林国祥督率赶工。1894年10月18日，丁汝昌率领未完全修复的军舰出海时，"济远"舰的钢底、钢圈仍未配妥。1895年1月底，威海卫保卫战打响，"济远"舰（图6-6）和北洋海军其他舰船一同坚守刘公岛，与日军进行了英勇作战。2月17日，刘公岛陷落，"济远"舰与北洋海军其他残存军舰一起成为日军的战利品，后被编入日本联合舰队，仍保留"济远"舰名（图6-7、图6-8）。日俄战争期间，"济远"

图6-6　1895年的"济远"舰

图 6-7 编入日本联合舰队的"济远"舰

图 6-8 日军俘获"济远"舰后检查其前主炮

舰被编入日本第三舰队第七战队，参加了旅顺口之战。1904年11月30日，在支援日本陆军进攻旅顺203高地时，"济远"舰触碰俄国水雷沉没。

第四节 "济远"舰沉没遗址调查

"济远"舰沉没遗址的发现始于20世纪80年代。1982年4月的一天，驻大连的海军某部官兵在驾驶舰艇出海执行任务时，无意中在旅顺羊头洼西北大约2海里的地方发现了一艘沉船，经简单探测得知该船船头呈尖状，船尾稍显圆形，船体以钢铆接，呈倾斜状态陷于淤泥中。虽然该船的船体附着厚厚的铁锈，但依然可以清晰辨别出桅杆、烟囱以及它的双车双锚和已经断裂的锚链。从船体锈蚀的程度判断，这艘沉船沉入海底已经有些年头了，这引起了部队官兵的极大兴趣，大家纷纷猜测它的来历。5月，海军部队在沉船的位置打捞出水了一些遗物，包括大炮、罗盘等，海军部队遂将这些重要发现报告了国家文物部门，国家文物局迅速组织相关专家携带专业测量设备来到发现沉船的海域，对沉船及出水文物展开初步调查，调查结果是这是一艘排水量为 2300~2400 吨的军舰，沉没准确位置在东经 121°04′50″、北纬 38°50′30″，距离旅顺西海岸 1.9 海里。沉舰海域平均水深约 46 米，沉舰主甲板距水面平均约 39.6 米，向右倾斜 21°16″，舱内积满了淤泥。进一步调查发现，这艘沉舰的舰体材质为钢板，钢板与钢板之间以铆钉连接，不过铆钉大部分已经锈蚀和脱落，钢板相互脱开，整体存在不少裂痕。根据沉舰舰体特征以及沉没的位置等综合因素进一步确认，这艘沉舰是晚清北洋海军"济远"巡洋舰。海军部队打捞出水的有该舰后主炮和罗盘。出水文物随后被分别送到大连旅顺万忠墓博物馆和中国人民革命军事博物馆公开展出。

"济远"舰是北洋海军的主力战舰，从建造到沉没，历经坎坷，是一艘近代名舰，其遗物具有重要的历史和学术价值。有鉴于此，国家文物局认为，对"济远"舰遗物进行进一步打捞和发掘的意义重大。为此，国家文物局组织有关专家对"济远"舰水下残骸的状况以及所在海域情况再次进行调查。经过初步考察、探摸和论证之后，认为沉舰海域属于浅海，打捞的可能性较大，于是国家文物局决定打捞"济远"舰遗物。

打捞"济远"舰遗物工作由国家旅游局负责，该局拨款 300 万元专门用于打捞工程。工程分两期进行，分别安排在 1986 年和 1988 年两个时间段。第一期工程由交通部烟台海难救助打捞局（现交通运输部烟台打捞局）负责实施，开始于 1986 年 7 月 18 日，结束于 8 月 23 日，历时 37 天。打捞局派出救捞工程队以及"烟捞一号""烟捞五号"两艘救捞船具体实施此次水下打捞作业，虽然有了前 3 年的水下探摸，基本掌握了"济远"舰的沉没位置，但由于我国的水下救捞事业发展缓慢，当时水下作业的经验十分有限，存在各种各样的困难，如设备比较简陋，没有水下摄影器材，潜水设备也远不如今天的先进和轻便，有的还十分笨重，使潜水员难以充分掌握水下环境和作业条件。作业水深达46米，在当时已经接近普通空气潜水的作业极限，每班潜水员作业时间不能超过20分钟。通常情况下，打捞起一件"济远"舰遗物需要经过三四班接力，要将一门重达十几吨的钢铁大炮打捞出水，至少需要10多个班次。作业水域的水下情况比较复杂，水温、水流等因素在不断变化，要时时进行检测。正是由于这些困难的存在，打捞工作进展缓慢。然而，在条件如此艰苦的情况下，施工人员克服了重重困难，27名潜水员总计潜水123人次，潜水时间3870分24秒，人均水下操作超过30分钟，共出水文物28件组，顺利完成了第一期工程任务（图6-9、图6-10、图6-11）。

　　这次打捞工作给水下考古人员留下了非常深刻的印象，除了遇到的各种困难以外，他们也开阔了眼界。例如，当考古人员进入"济远"舰内部舱室的时候，他们意外发现有些舱室的密闭性能良好，在水下尘封近百年竟然没有进水，他们无不感叹德国造船技术的高超，同时也为北

图6-9　打捞出水的"济远"舰主炮（毕可江摄）

图6-10　"济远"舰铁锚起吊出水（毕可江摄）

洋海军的失败感到惋惜。

1987年，中国的水下考古事业正式发端。这一年，国家文物局组织考古队对"南海一号"展开调查与发掘。之后，国家文物局组建了水下考古研究中心，并将该中心建在中国历史博物馆（现中国国家博物馆）内，开启了中国水下文化遗产调查与保护工作，先后取得了"绥中三道岗""南海一号""南澳一号""华光礁一号""小白礁一号"等沉船的重要水下考古成果。在这样的背景下，"济远"舰的水下发掘工作进入了第二阶段。

图 6-11　"济远"舰桅杆起吊出水（毕可江摄）

1988年，根据国家文物局（86）文物字015号文件，国家旅游局（87）旅计21号、150号文件精神，有关部门开始了第二期打捞工程，决定实施"济远"舰的整体打捞计划。此次工程在总结第一期工程的经验教训的基础上，于1988年5月20日开始，至7月20日结束，历时62天。这次打捞采取招标形式，最终由江苏省靖江县江苏海洋工程公司中标，该公司曾成功探摸、定位位于长江金口的"中山"舰，具有一定的水下作业经验。1988年4月30日，江苏海洋工程公司与上海救捞局工程船队签订协议，租用当时国内最先进的大型打捞工程船"沪救捞三号"，该船长103.6米、宽16米、吃水5.5米，租金为人民币72.5万元。打捞时采用的技术方案为浮筒沉箱法，即将充水后的浮筒沉入水底，固定在船舷两侧，用抽浆机抽除舰体周围及舱内淤泥，然后排除浮筒内充水，借助浮筒的浮力将沉舰整体打捞出水。潜水员在此次62天的作业时间里总共下水440次，水下作业时间共计12714分钟，打捞出水舷窗、罗

"南海一号"

　　1987年8月，广州救捞局与英国海上探险和救捞公司合作在广东省上、下川岛海域寻找东印度公司沉船时，意外发现了一艘位于水下23米深处的中国古代沉船，具体位置在广东省阳江市东平港以南约20海里处。从打捞的文物判断，这可能是一艘宋元时期的商船，所以当时将其定名为"川山群岛海域宋元沉船"。20世纪90年代末，考古专家在进行价值评估的基础上将其重新命名为"南海一号"。由于发现沉船时，我国的考古、打捞技术以及资金等条件都十分有限，"南海一号"遂被暂时搁置，没有展开大规模的探摸和发掘。直到2001年4月，中国历史博物馆水下考古研究中心联合广东省文物考古研究所等单位对"南海一号"进行了精确定位，并于2002年3—5月进行了细致挖掘，打捞出4000多件文物。此后，考古学家们才真正弄清楚了这艘古代沉船的基本情况。这是一艘南宋中晚期的福船类型的古船，距今已有800多年的历史，它是迄今为止世界上发现的沉船中年代最早、船体最大、保存最完整的古代远洋贸易商船。经过进一步研究发现，"南海一号"当年装载着近80000件金器、银器、铜器、瓷器等中国特产，从福建泉州港起航，要沿海上丝绸之路驶向海外，但它却不幸地沉入了海底。2007年12月，"南海一号"被整体打捞出水，放置在广东海上丝绸之路博物馆。2013年11月，国家文物局组织力量对其展开了全面的发掘工作。2023年11月，"南海一号"船体总体保护项目在广东海上丝绸之路博物馆正式启动，宣告了"南海一号"工作重心转入全面保护、研究阐释、活化利用、展览展示、学术交流阶段。

盘、吊艇架、舵机等文物104件（组）。在整体打捞方案实施过程中，工作人员遇到了难以预料的困难：一方面，由于舰体淤埋太深，舱内淤积物已经硬化，难以排除；另一方面，舰体庞大，腐蚀严重，结构强度低，有些钢板有铆钉大量脱落现象，难以完成舰体的整体打捞。另外，在技术上也难以采用分段打捞再加以复原的方法。有鉴于此，经上级主管部门批准，江苏海洋工程公司决定放弃原计划，结束打捞工程。从打捞出水的各部件情况看，表面都附着海洋生物，并夹杂着淤泥及腐蚀产物层，去掉这一层才能看到钢的基体和内锈层。清洗过程中大量的疏松外锈层也同时被去掉。处在淤泥中的钢板比海水中的钢板腐蚀轻微，连接用的铆钉大都已腐烂，清洗后可知钢板腐蚀属均匀腐蚀类型，初步测量剩下的板厚9.2毫米，经调查原设计板厚为20毫米，经过100多年的腐蚀，可见"济远"舰钢板腐蚀速度慢，可能是该船所用钢板耐腐蚀，以及深海区域比浅海区域腐蚀轻微这两方面原因造成的（见吴继勋等：《"济远舰"的深海腐蚀状态》）。不过，这次水下作业也获得了重要成果，最引人注目的是出水了"济远"舰双联装前主炮，这两门主炮不仅证实了"济远"舰的身份，而且作为北洋海军标志性的武器装备再次呈现了中国近代海军的发展之路。

然而，"济远"舰前主炮的回归之路并不顺利，由于当时经费不足，国家和地方文物部门无力支付庞大的打捞费用，致使这两门主炮在烟台救捞局码头存放长达6年之久。这期间，心系文物的博物馆人多次前往烟台救捞局码头查看"济远"舰前主炮的状况，并积极推动有关部门尽快解决问题。1992年上半年，经过多方筹措资金和多轮协商，最终达成收回协议。7月25日是丰岛海战爆发98周年纪念日，"济远"舰前主炮从烟台救捞局码头运往刘公岛，回到了当年北洋海军成军和全军覆没的地方，中国甲午战争博物院在北洋海军铁码头举行了隆重的接收仪式（图6-12）。随后，这两门大炮被安置在刘公岛上也费了一番周折，由于当时岛上道路条件简陋，多为坑洼的土路，不仅狭窄，而且湾多、坡陡，所以大型吊装和运输机械很难展开，工作人员不得不求助于岛上驻军提供支援，采用钢管、枕木移动法，将大炮一点一点地推到指定位置。经过40多天的努力，两门重达20多吨的大炮终于安然无恙地运到了中国甲午战争博物院的场馆（图6-13）。至此，"济远"舰两门前主炮在历经了诸多磨难之后，回到了它们当年开始征战的地方。在此后数年中，"济远"舰前主炮以其承载的丰富历史信息，吸引着世界各地的游客前来凭吊和参观，也吸引着无数历史学家和史学爱好者前来探查和研究（图6-14）。这两门炮也是迄今为止仅存于世的建造于19世纪80年代的德国克虏伯舰炮，曾一度使德国克虏伯公司产生花巨资收回的念头。当然，这两门炮的理想归宿之地绝非他处，而是赋予其历史价值的甲午战争纪念地——刘公岛。

图6-12　"济远"舰前主炮运抵刘公岛（图片来源：中国甲午战争博物院）

图6-13　"济远"舰前主炮在中国甲午战争博物院向公众展示（图片来源：中国甲午战争博物院）

图6-14　"济远"舰出水文物是开展爱国主义教育的生动教材（图片来源：中国甲午战争博物院）

第五节 "济远"舰出水文物

除了具有标志性意义的前主炮外，还出水了"济远"舰的主桅杆、吊艇架、主锚、速射炮、海水淡化蒸汽发生罐、炮弹、车钟等一批珍贵文物。比较重要的文物如下：

前主炮。"济远"舰的前主炮是由德国克虏伯公司制造的，该公司位于德国西部北莱茵—威斯特法伦州的埃森，由阿尔弗雷德·克虏伯继承了家族企业后创办，该公司生产的克虏伯大炮因使德国在 19 世纪中叶先后战胜了奥地利和法国而名扬世界，也因此吸引了正在创办北洋海军的李鸿章，所以在订购"济远"舰时，李鸿章对舰炮寄予了很大期望。"济远"舰的前主炮为双联装 1880 式 210 毫米 35 倍径后膛炮，每门重 13.5 吨，炮管长 7330 毫米，膛线长 6720 毫米，炮身编号为 14 号和 15 号。该炮使用钢弹、开花弹及子母弹，炮弹重量均为 140 千克，发射药包重 45 千克，在 274 米距离上可以击穿厚达 451 毫米的铁甲。炮弹初速 530 米/秒，有效射程 8300 米。该主炮在丰岛海战和黄海海战中都发挥了重要作用。丰岛海战中，方伯谦率领"济远"舰在开战的第一时间便进行英勇反击，边打边走。日舰"浪速"还未来得及开炮即遭到"济远"前主炮的轰击，一枚炮弹在距离"浪速"舰首 20 余米处爆炸，纷飞的弹片将其信号索削断。与此同时，日舰炮弹也纷纷射向"济远"舰，一枚炮弹击中了指挥台，弹片四处乱飞。黄海海战之初，方伯谦率"济远"舰进行抵抗，经过几个小时的战斗，"济远"舰"炮械全坏"，"前大炮放至数十余，出炮盘熔化，钢饼、钢环坏不堪用"，可见战斗之激烈。甲午战争后，"济远"舰成为日本海军的战利品，沿用原名被编入日本联合舰队，其前主炮并未更换，只做了修理。在日俄战争中，"济远"舰参加了进攻旅顺口的海战，前主炮无疑也发挥了作用。但在与俄国海军的作战中，"济远"舰触碰俄国水雷被炸沉，其前主炮随着舰体沉入海底，直到 1986 年被打捞出水。1992 年，"济远"舰前主炮入藏中国甲午战争博物院（图 6-15、图 6-16）。

图 6-15 "济远"舰前主炮

主桅杆。桅杆是指舰船上悬挂帆和旗帜、装设天线、支撑观测台的高柱杆，为木质的长圆杆或金属柱，通常从船的龙骨或中板上垂直竖起，可以支

图 6-16 "济远"舰前主炮炮架细节

撑横桁帆下桁、吊杆或斜桁。早期的桅杆设置有桅盘。舰船桅杆源于帆船时代，用于挂帆航行，同时也有桅杆上的人居高临下观察海上情况的作用。随着科技的发展，风帆时代的桅杆渐渐失去了动力源支柱的功能，演变为以用作舰船信息载体为主，兼做武器装备安置平台。桅杆作为信息载体可以安装信号灯、悬挂旗帜、架设电报天线等。桅杆作为武器装备安置平台，可以安装机关枪（炮）。此外，它还能支撑吊货杆，吊装和卸运货物。"济远"舰设有一根桅杆，安装在军舰的中后部，上方安装有战斗桅盘，是舰上进行瞭望观察及居高临下攻击敌人的平台。"济远"舰的桅杆分为上桅和主桅两部分，1988 年在旅顺羊头洼海域打捞

出水的"济远"舰桅杆就是主桅，其内部以槽钢铆接成基础骨架结构，在骨架外包覆铁板，以铆钉铆接，形成圆柱形桅杆。主桅底端固定安装于"济远"舰内部的装甲甲板上，主桅在顶部收缩，直径变小，用以承托安装战斗桅盘以及衔接安装上桅。在主桅的外表面上铆接有多组铁环、孔板，用于连接固定绳梯、支索、信号旗绳等各种舰用索具。该主桅为残部，长度13.8米，现藏于中国甲午战争博物院（图6-17）。

图6-17　"济远"舰主桅

吊艇架。吊艇架是船载的用于吊放救生艇或工作艇的专用起重设备。船舶在建造过程中，设计人员考虑到当船舶遭遇搁浅、翻沉等意外事故时，要保证乘员的安全，便在船舶上设置了救生艇或工作艇等小艇。小艇平时放置于靠近船舷的某个位置，使用时通过一定的装置将其放入水中，其中必不可少的装置便是吊艇架。吊艇架一般置于船甲板的两侧，平时缩于船舷以内，吊起或放下小艇时伸出船舷以外。现代船舶的吊艇架，按照收放艇方式的不同，可分为重力式、摇倒式和转出式3种类型。其中转出式和摇倒式属于手动作业方式，速度较慢，吊放效率较低。而重力式则利用小艇自身的重量，通过滑道自动滑落水中，也可通过绞车将其吊入水中或从水中吊起，历史上不少舰船采用重力式吊艇架。现代规范对于吊艇架的性能有严格规定，如能迅速将小艇放至水面和收回舷内，吊艇架及其属具的强度，当船舶向任何一舷横倾15°及纵倾5°且航速为5节时能使小艇在载有全部装备和2名艇员时可转出舷外，然后装载全部乘员安全降落至水面。吊艇架的横张索至少设置2根保险索，如果设有吊艇机，则配有极限开关一类的安全装置，可使吊艇架回到啄位时能自动切断动力。

"济远"舰建成之初，配备4艘小艇，其中2艘小艇使用吊艇架安置，按照每艘小艇需要设置1组2具吊艇架计算，共需要4具吊艇架。"济远"舰的吊艇架设置于后部烟囱的两侧靠近船舷处。1988年，在旅顺羊头洼海域打捞出水的"济远"舰吊艇架（图6-18、图6-19）长约7米、宽0.26米、厚0.19米，采用多层铁板叠加铆接工艺制造，吊艇方式为重力式，因为在19世纪中后期建造的舰船上已普遍使用了绞车，为重力式吊艇提供了必要的装置保障。

主锚。锚是将舰船稳定于水面的船具，古代称之为"碇"，又称之为"锤舟石"，是中国船舶建造史上重要的发明之一。据《资治通鉴》记载，碇在中国最早出现于东汉时期，1954年在广州市郊出土的东汉

图6-18 "济远"舰吊艇架出水（毕可江摄）

图6-19 "济远"舰吊艇架

陶制船模的船首就设有碇。被命名为"南海一号"的宋代古船是迄今为止发现的最完整的一艘古船，它的船头就有木石结合的石碇，这个石碇有一个横向的石质碇杆，它的作用原理与20世纪初西方发明的钢质带有横杆的海军锚已非常接近。在中国近代海军初创时期，锚的设计、建造和使用都已经非常科学了。在大型舰船上，锚有主锚和副锚之分，主锚一般安装于舰首，其体量比副锚更大。"济远"舰的主锚有两个，放置于舰首两侧的锚床上。当舰体需要固定时，便用吊锚杆将锚吊放于水中；当军舰需要航行时，锚机则通过卷扬锚链，使锚升出水面，再用吊锚杆起吊放回到锚床上。1988年，在旅顺羊头洼海域打捞出水的"济远"舰主锚为铁质，锻造成型，型号属于无杆锚中的克利普锚，在北洋海军中较为常见（图6-20）。该锚的锚爪与锚干以活动轴连接套牢，锚干可转动，易于抓牢海底，适于在复杂海底状况下锚泊，与现代霍尔锚的构造近似。

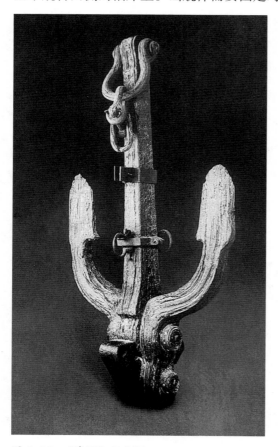

图6-20 "济远"舰主锚

47毫米口径哈乞开斯速射炮。1988年，在旅顺羊头洼海域打捞出水的"济远"舰47毫米口径哈乞开斯速射炮为单管重型速射炮，由英国阿姆斯特朗公司制造，产品编号8167（图6-21）。该速射炮重235.5千克，射程4500米，每分钟可发射炮弹30枚，可使用开花弹、穿甲弹、子母弹等弹种。在近距离交火时，该炮对敌方舰船和人员有较大的杀伤力，在19世纪80年代后期是各国海军舰船装备的重要武器。该速射炮炮管两侧的液压复进筒上有铜质英文铭牌，左侧铭牌为使用注意事项：哈乞开斯3磅（约1.36千克）炮反后坐装置安装。将炮身退至最后端，打开密封气塞，向两圆缸内注满液压油，油量约为1夸脱（1.136升）。右侧铭牌标注制造商名称和产品编号：泰恩河畔纽卡斯尔的阿姆斯特朗·米彻尔有限公司，编号8167。

图6-21　"济远"舰47毫米口径哈乞开斯速射炮

　　车钟。车钟又称传令钟，学名"航速发令通信器"，它出现于19世纪中后期，既是蒸汽机船的重要代表物件，也是舰船上实现驾驶台与机舱联系用车的独立操作设备。车钟分为传令车钟和受令车钟，通常成对安装，一组安装在舰船的司令塔或驾驶室等场所，作为发令设备，另一组安装在舰船的轮机舱内，作为受令设备。两组设备用专用的链条系统连接，当舰长需要调节航速时，只要在司令塔或驾驶室把传令车钟的操纵手柄扳到相应位置，轮机舱中的受令车钟指针就会被联动，显示相应的位置。轮机员再将受令车钟的手柄拉到相同位置，

图 6-22　"济远"舰车钟

以此回应已经收到用车指令。接着，船员们就根据用车指令来改变蒸汽机的工作状态。1988年，在旅顺羊头洼海域打捞出水的"济远"舰车钟（图6-22）为铜质，高1.17米，最大直径0.23米，现藏于中国甲午战争博物院。

信号机。信号机是19世纪出现的海军专用的一种特殊信号交流装置，适用于舰船和岸上信号台。通常为木质长杆状物，木杆顶端带有涂刷不同颜色的、可转动的两片或多片木板，与木杆底部的手摇控制驱动装置联动，使顶端的木板呈现不同角度，以传达相应的信号，类似于水兵用手旗发送信号。"济远"舰原本无此种信号装置，1895年威海卫保卫战失败后，"济远"舰被编入日本联合舰队，日方在舰尾指挥台上安装了信号机。远距离信号机（图6-23、图6-24）在世界海军史上运用的时间十分短暂，鲜有传世，"济远"舰信号机是非常罕见的实物，它长2.17米、最大直径0.23米，1988年出水于旅顺羊头洼海域，现藏于中国甲午战争博物院。

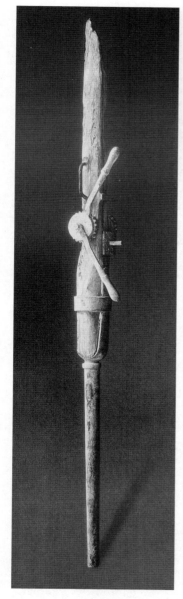

图 6-23 "济远"舰远距离信号机

图 6-24 "济远"舰远距离信号机细节

通话管。通话管又称传声管、传声筒、通话筒，是舰船上重要的通话设备。它以中空管道连接司令塔、舵机室、轮机舱、舰首、舰尾等重要部位，使舰长或其他指挥员的指令及时传达至各个战位，同时也能使各个战位的报告及时传达至舰长或其他指挥员。它是舰长或其他指挥员实施指挥的实时、高效、便捷、可靠的方式之一。1988 年，在旅顺羊头洼海域打捞出水的"济远"舰通话管（图 6-25）长 1.01 米、直径 0.32 米，铜质，现藏于中国甲午战争博物院。

灯具。船舶夜航于海上时必须设置信号和照明设备，这便是舰船上的灯具。信号灯具一般设置在桅杆、舷侧和船尾等处，包括桅灯、航行灯和船尾灯，在接近其他

图 6-25　"济远"舰通话管

船只时可从舰船上信号灯的位置关系来了解对方舰船的行动。桅盘既是军舰的瞭望平台，也是可以安装炮械的作战平台。"济远"舰的桅盘设置于烟囱后面，军舰航行时滚滚浓烟会笼罩桅盘，不仅会给观察带来不便，而且还会使士兵遭受烟呛之苦，故官兵对这样一种设计颇有微词。

"济远"舰桅盘上安装有桅灯。桅灯是一种重要的航海灯，一般悬挂或安装在桅杆顶部，白色灯罩，发白色光，用于显示本船的航行方向。1988 年，在旅顺羊头洼海域打捞出水的"济远"舰桅灯灯罩呈半圆形（图 6-26），高 15.5 厘米，直径 26 厘米，质地为玻璃，保存完好，外围有纵、横各 3 条直径 6 毫米的铜条构成的护网。航行灯又称舷灯，是舰船上装

图 6-26　"济远"舰桅灯灯罩

备的重要航海灯具，安装在舰船上层建筑左、右舷外侧的航行灯盒中，用于在夜间标示本船的航向。其中，左舷安装红色灯罩的航行灯发红光，右舷安装绿色灯罩的航行灯发绿光，符合"左红右绿"的标记特征。"济远"舰的两舷安装有航行灯，1988年在旅顺羊头洼海域打捞出水的"济远"舰航行灯灯罩曾安装于"济远"舰的飞桥甲板左翼，它上径8.5厘米、下径9.5厘米、腹径20厘米、高15.5厘米，玻璃质（图6-27）。除了信号灯外，舰船上还设置有照明灯具，"济远"舰桅盘上安装了一盏照度为20000支烛光的探照灯，还在舱室中安装有80盏电灯，为各个工作岗位提供照明。1988年，在旅顺羊头洼海域打捞出水的"济远"舰电灯泡即是其中的一盏。以上文物现均藏于中国甲午战争博物院。

图6-27　"济远"舰航行灯灯罩

舷窗。舷窗是设置在船舶舷侧外板、上层建筑和甲板室外围壁等处具有水密性的圆形窗，一般由主窗框、玻璃压板、风暴盖等组成。舰船舷窗连同其玻璃和舷窗盖（风暴盖）形成坚固的结构，能够有效地关闭和保证水密性。1988年，在旅顺羊头洼海域打捞出水的"济远"舰舷窗有两种：一是普通型舷窗（图6-28），一是防爆型舷窗（图6-29）。

图6-28　"济远"舰普通型舷窗

图6-29　"济远"舰防爆型舷窗

普通型舷窗为圆形，外边框为铜质，内嵌玻璃，直径34厘米，厚2.5厘米。该舷窗具有水密性，不可开启。它安装于"济远"舰舷侧壳板、甲板室外围壁等位置上，为舱室提供采光。防爆型舷窗主要设置于舰船起居舱室的舷侧，除用于舱室内的采光外，还可将窗户打开，便于舱室通风。为确保舷窗的水密性，舷窗上带有风暴盖，在遭遇恶劣海况时，可将风暴盖关闭，以增强舷窗的水密性能。"济远"舰的防爆型舷窗直径38厘米、厚9厘米，外圈和风暴盖为铜质，内设玻璃，玻璃保存完好，有8个固定螺丝、2个大合页、2个环形螺栓，风暴盖上有1个铜环。以上两种舷窗现均藏于中国甲午战争博物院。

锚链。锚链是连接锚和船体并传递锚抓力的专用链条，常由锚端链节、中间链节和末端链节等组成。按链环的结构不同，可分为有档锚链和无档锚链两种，前者的强度比后者大。按制造方法不同，可分为铸钢锚链和电焊锚链等。锚链的长度以节为单位，现代锚链每节的标准长度为27.5米，节与节之间用连接链环或连接卸扣进行连接。1986年，烟台救捞局在旅顺羊头洼海域打捞出水的"济远"舰锚链（图6-30）是主锚的配套锚链，它总长5.33米，链环宽0.14米，现藏于中国甲午战争博物院。

海水淡化蒸汽发生罐。

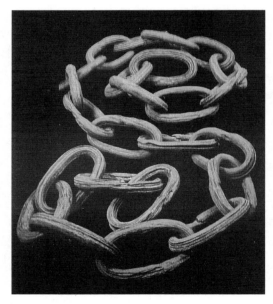

图6-30 "济远"舰锚链

舰船的远洋航海与作战都少不了淡水的保障，因此，舰船的储存淡水设备就成为舰船必不可少的重要组成部分。"济远"舰配有8具淡水柜，但仅依靠来自岸上的8柜淡水远远不够官兵使用，因此，舰上又配备了海水淡化设备，即海水淡化蒸汽发生罐，该罐为铁质，日产淡水可供百人饮用。该罐具有重要的历史、军事和科学价值，1988年在旅顺羊头洼海域打捞出水后放置于刘公岛海军公所。由于长期受到海水与海洋生物的侵蚀，该罐毁损比较严重，通过初步检测，其本体含盐度极高。

红夷炮

鸦片战争时期，清军陆军和水师使用的大炮以红夷炮为主，该种火炮威力较小，原因在于它的炮弹的结构和形状。从结构上看，红夷炮的炮弹绝大多数是球形实心弹，爆破弹数量很少，并且只打击近距离目标。实心弹分为铁弹和铅弹两种，都是靠炮弹的重量来损毁目标。假设打到敌舰上，即使命中薄弱的地方，也只能打出一个大洞，破坏力有限。从形状上看，红夷炮的炮弹是球形，这种形状的炮弹本来在飞行过程中就会由于空气的阻力而产生翻滚，导致飞行不稳定。再加上炮弹的铸造一般是用泥模或铁模，这两种模子均是两半合为一体，中间有一洞用于灌铁水或铅水，这样铸成的炮弹"则中腰必露线痕，不能光滑"，这条明显的凸线便是范线，它可导致炮弹在飞行中更加不稳定，容易偏离弹道，射击不准。虽然后来发明了用蜡做出弹形，用泥包蜡，用火熔蜡，形成泥模而铸出炮弹的方法，解决了范线的问题，但铸出的炮弹依然难以形成正圆。为了解决这个问题，有工匠采用打磨的方法，但不能从根本上解决问题。作战期间炮弹的消耗量巨大，如果所有炮弹都采取打磨工艺消除线痕的话，一是缺少工匠，二是缓不济急。洋务运动兴起后，红夷炮在北洋清军中基本被淘汰。随着清政府开展大规模购舰活动，西方先进舰炮输入中国，成为中国近代海军的重要标志之一。

2017 年，中国甲午战争博物院编制了《中国甲午战争博物院藏铁质文物保护修复项目计划书》，并获得国家文物局批复。2018 年初，中国甲午战争博物院委托山东省文物保护修复中心编制了《中国甲午战争博物院藏 1883—1904 年济远舰海水淡化蒸汽发生罐（00124）保护修复方案》。同年 4 月，该方案获得山东省文物局的批复。2020 年 9 月，中国甲午战争博物院与山东省文物保护修复中心签订了项目政府采购合同。2021 年 6 月，山东省文物保护修复中心联合山东大学遗产研究院、中国甲午战争博物院成立了中国甲午战争博物院藏铁质文物保护修复项目工作组。在项目实施过程中，遵循"不改变文物原状""最小干预"等文物保护修复原则，聘请国内知名文物保护专家担任项目顾问，指导这件珍贵文物的保护修复工作。项目实施周期共 6 个月，即 2021 年 7—12 月。

炮弹。舰炮炮弹是在海战中杀伤敌舰的主要武器之一。"济远"舰装备的克虏伯大炮的炮弹为开花弹和实心弹，发射方式是后膛装填，以药包燃烧产生推力完成发射。德国克虏伯公司在制造"定远"舰和"镇远"舰时，为其 305 毫米口径主炮配备了 50 枚炮弹，这 50 枚为一个弹药基数。"济远"舰出厂时的备弹量也是 50 枚，不过编入日本联合舰队参加日俄海战时的备弹量可能会有所变化。1988 年，在旅顺羊头洼海域打捞出水的"济远"舰炮弹共有 10 枚，其中有 210 毫米前主炮炮弹（图 6-31）和 150 毫米后尾炮炮弹，目前部分藏于中国甲午战争博物院。

图 6-31 "济远"舰 210 毫米前主炮炮弹

第七章
北洋海军的其他军舰

北洋海军成军时共有大小舰船 25 艘，组成了北洋舰队的严整阵容，李鸿章本想把它们打造成一个具有威慑力和战斗力的近代化舰队，但没想到成军 6 年以后即在甲午海战中四分五裂、溃不成军，各自走向悲壮的终点。这些舰船，除上述不幸沉没的外，其余舰船的命运各异，令后人慨叹。

第一节 "镇远"舰

  "镇远"舰（图 7-1）和"定远"舰是同级铁甲舰，其铁甲厚度、一切布置均与"定远"相同，只是"定远"水线下全系钢面铁甲，"镇远"水线下则参用铁甲，因当时外国钢价陡长，故为此变通之计。"镇远"的订购历程和成军前的经历与"定远"大致相同。1888 年 10 月，北洋海军成军时，林泰曾被委以左翼总兵兼"镇远"舰管带。在黄海海战中，它和"定远"结成姊妹舰（图 7-2）组成第一小队，位于"夹缝雁形阵"的中央，在海战中与"定远"相互配合，成为北洋舰队的中流砥柱。战斗中，"镇远"舰官兵坚守岗位，英勇奋战，视死如归，给予日军以极大杀伤，同时也付出了巨大牺牲。"镇远"舰 305 毫米口径主炮的一位炮长正在瞄准时被弹片打碎了头颅，其头骨的碎片溅到了身边人的身上，在他扑倒之时，下一层的一名炮手抱住他的腰，把他的遗体交给下面的人，然后自己从炮长手中接过炮绳，接替其位置，调整方向继续开炮。

图 7-1 "镇远"舰

图7-2 "定远""镇远"姊妹舰抵达香港

海战结束后,各舰在进行检查时发现,"镇远"舰上尸骸累累,凄惨之象莫可言宣。前桅楼中原装备2门小炮,配置测距士官1人、炮员5人,战斗结束时已全部阵亡。军舰的损伤也十分严重,甲板和舱壁中弹多枚,伤痕累累,装甲及炮塔护甲上被击出的弹坑密如蜂巢(图7-3、图7-4)。炮弹也面临告罄,150毫米口径副炮消耗炮弹148枚,305毫米口径主炮的穿甲弹仅剩25枚,榴弹全部打光。

图7-3 黄海海战后"镇远"舰在旅顺船坞修理,白圈标示处为弹着点之一

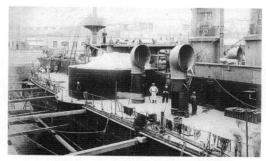

图7-4 黄海海战后"镇远"舰在旅顺船坞修理,白圈标示处为弹着点之二

1894 年 11 月 14 日，"镇远"舰又遭遇了一次劫难。这天的凌晨，"定远""镇远"两舰由旅顺开往威海卫，它们依次沿威海湾西口进入锚地，可是令人意想不到的是"镇远"舰在入港时突然触礁，随之舰身倾斜，情况危急。这究竟是怎么回事呢？

　　原来，自甲午战争开战以来，出于防御需要，进入威海湾的东、西两口均布设了大量水雷，西口的水雷布设在水道的西侧。为舰船进出安全起见，北洋舰队在水道上安放了两个浮鼓，作为航行标志。西侧浮鼓靠近水雷，东侧浮鼓靠近刘公岛，两个浮鼓之间约 600 码（548.64 米）宽度为安全通道。而靠近刘公岛的浮鼓距离刘公岛岛嘴 300 尺（约 100 米），而岛嘴延伸出来的礁石长度有 250 尺（约 83.3 米）。11 月 14 日，西北风强劲，加上前行的"定远"舰分水力大，致使浮鼓被推向东南，这样两个浮鼓之间距离拉大了，将岛嘴礁石纳入安全通道中。另外，当时正值低潮，礁上的水深只有 2 丈 1 尺（约 7 米），而"镇远"舰因战争缘故，装足了煤和水，又多装了弹药，使原来 20 尺 8 寸（约 6.93 米）的吃水深度又增加了 8 寸（约 27 厘米）。这些因素综合在一起，导致"镇远"舰在进口时触碰了礁石。据"镇远"舰管带林泰曾（图 7-5）说，当军舰靠近东侧浮鼓行驶时，突然感到舰身摇动了两次，随后发现船舱进水。

　　事故发生后，林泰曾一面组织人力进行抢救，一面将情况报告丁汝昌。丁汝昌得知消息大吃一惊，立即派人下水探摸"镇远"的伤情，几经周折，终于摸清。潜水员发现，"镇远"舰多处受伤，弹舱下有

图 7-5　林泰曾

林泰曾

　　林泰曾，字凯仕，福建侯官人，生于1852年。他自小失去父母，由寡嫂养大，因而少时生活凄苦。1866年，在沈葆桢保荐下，林泰曾考入福建船政学堂学习驾驶，历次考试均列优等。生活中他沉默寡言，存心慈厚。1871年，他登上"建威"练船出海实习，遍历南洋、北洋海港。1873年，他随船赴新加坡、小吕宋、槟榔屿等，练习风涛沙线。1874年初，他奉沈葆桢之命赴台湾后山测量港道，旋委充"安澜"舰教习枪械。任务完成后，他调充"建威"练船大副。同年3月，林泰曾受沈葆桢派遣，和刘步蟾一起，随同洋监督日意格前往英法两国采办军用器物，并分往各兵船，研究驾驶之法，受到日意格的赞赏。他一年后回国，赴台湾巡防。1877年3月，清政府派出第一批赴欧留学生，林泰曾名列其中，于9月登上英国皇家海军"布兰克普瑞斯"舰赴地中海实习。1878年6月，他登上"潘尼洛布"舰实习。8月，他又登上地中海舰队"阿其力"舰和"威灵顿"舰实习。1879年7月，林泰曾完成实习任务回国。同年11月，"镇北""镇南""镇东""镇西"4艘"蚊子船"来华，林泰曾被任命为"镇西"炮舰管带。为继续推销"蚊子船"，英国人夸大其作用，林泰曾和刘步蟾写成《西洋兵船炮台操法大略》以正视听，为清政府购舰提供决策建议。1880年12月，李鸿章组成接舰团队，赴英接收"超勇"和"扬威"两舰，林泰曾是团队中的重要成员，他在丁汝昌、格雷森等人先期赴英后，担负起率领其余官兵在吴淞操练的任务。两个多月后，他率大队人马起程前往英国的纽卡斯尔。1881年8月17日，"超勇"和"扬威"两舰起航回国。归国后，林泰曾奉命出任"超勇"舰管带。12月，林泰曾因接舰有功，以参将补用，并赏"加果勇巴图鲁"勇号，授都司衔。1882年7月，朝鲜发生"壬午政变"，清政府为防范日本借机扩大对朝鲜半岛的控制，迅速派出马建忠、丁汝昌、吴长庆等带领海陆军入朝，稳定朝鲜局势。林泰曾率"超勇"舰随丁汝昌开赴朝鲜，果断处置事件，圆满完成了任务。朝廷在奖励这次行动的有功人员时，林泰曾拟请免补参将，以副将仍留原省尽先补用。1888年，北洋海军正式成军，林泰曾被委以左翼总兵兼"镇远"舰管带。丰岛海战后，林泰曾率领"镇远"舰随编队多

次完成巡海任务。1894年9月17日，黄海海战爆发，林泰曾率"镇远"舰战斗至最后一刻，迫使日本联合舰队首先撤出战斗。1894年11月14日，"镇远"舰在从西口进入威海湾锚地时不幸触礁，基本丧失机动能力。林泰曾因过度羞愧而自杀，时年42岁。

3处伤，1处宽8寸（约27厘米）、长6尺半（约2.2米），1处宽10寸（约33.3厘米）、长3尺半（约1.2米），还有1处宽1尺8寸（约0.6米）、长9尺（约3米）。帆舱下有1处伤，宽10寸（约33.3厘米），尾渐尖小，长17尺（约5.7米）。煤舱、锅舱下也有3处伤，1处宽2尺4寸（约0.8米）、长11尺（约3.7米），靠近伤处周围有数个小孔，1处宽2尺4寸（约0.8米）、长5寸（约16.7厘米），还有1处宽4寸（约13.3厘米）、长1尺8寸（约0.6米）。水力机舱下有1处伤，宽2尺6寸（约0.9米），长3尺9寸（约1.3米）。面对如此严重的伤情，丁汝昌赶忙从上海雇来潜水洋匠2人，乘"北平"轮船由烟台赶到威海，下水补塞。可令丁汝昌意想不到的是，正当大家忙于处理的时候，林泰曾却乘人不备，于11月15日夜吞下鸦片自杀。

对于"镇远"舰的受伤和林泰曾的自杀，朝廷十分震惊，11月19日皇帝降下谕旨，令李鸿章彻查事故原委和林泰曾自杀原因，并特意指出，该事件是否存在内部人员私通日本奸细问题。

皇帝的谕旨令李鸿章心惊肉跳，他很快意识到，如果这个事件单纯涉及北洋海军抗敌力量的削弱倒还好处理，如果涉及北洋海军人员通敌问题，则事情就非常严重了。他立刻着手对事件进行调查。调查结果显示，该事件纯属意外，未发现与日本奸细有关。李鸿章虽然松了一口气，但一艘铁甲舰在战争激烈进行之际严重削弱了战斗力是难以向朝廷交代

杨用霖

　　杨用霖，字雨臣，生于1854年，福建闽县人。他少年时父母双亡，跟随伯兄杨腾霄长大。杨用霖平时寡言少语，崇尚气节。他成年后好饮酒，酒酣时常对天下大事侃侃而谈。1871年，杨用霖充任"艺新"舰学生，跟随管带许寿山学习英文、驾驶、枪炮之学，因勤奋不辍，补"振威"舰管炮官，又升任"艺新"舰二副。当时正值林泰曾从英国学成回国，由福建带舰北上，便调杨用霖同行。杨用霖进入北洋海军后，先后出任"飞霆""镇西"二副。1880年，他随林泰曾赴英接收"超勇""扬威"两舰，充任"超勇"二副，回国后升大副。1885年，"定远"和"镇远"两铁甲舰回华，杨用霖荐升"镇远"舰大副，又升帮带大副。1888年，北洋海军新设员缺，李鸿章奏请杨用霖升署右翼中营游击。1891年，他赏加副将衔升用参将。在杨用霖的海军生涯中，他并没有接受过正规的近代海军教育，但他却有着远远超过大多数管带的军人气质。他治军严明，爱兵如子。黄海海战中，他愤然对属下说：时候已到，我将以死报国，有愿意跟随我的可以跟随，不愿跟随的我也不勉强。众人闻听此言感慨流泪，坚定地答道："公死，吾辈何以为生？赴汤蹈火，惟公所命。"杨用霖在黄海海战中指挥舰员奋力鏖战，弹火飞腾，血肉横飞，神色不动，而攻御愈力。黄海海战后，林泰曾因"镇远"舰触礁受伤而自杀，李鸿章以杨用霖"熟悉机宜，战阵勇敢"暂行代理其职。在威海卫保卫战中，杨用霖表现出色，全军面临覆没之际，他拒绝了有人让他主持投降的提议，口诵文天祥"人生自古谁无死，留取丹心照汗青"的著名诗句，毅然自杀殉国，被西方人称为"亚洲之纳尔逊"。

　　的。无奈之下，李鸿章只能硬着头皮向朝廷做深刻检讨。

　　1895年1月底，日军发起对威海卫的进攻，丁汝昌将受伤后没有修复的"镇远"舰部署于威海湾内作为移动炮台使用。2月2日凌晨，丁汝昌为不使北帮炮台落入日军之手，从"镇远"舰抽调30名勇敢水手乘坐"宝筏"舰抵达北帮，将所有炮台悉数炸毁。在日军偷袭威海湾的北洋海军军舰时，"镇远"是重要的受攻击目标，只因为偷袭时均是暗夜，日军始终没有弄清"镇远"的确切位置，使得"镇远"没有遭到再次打击。2月7日黎明，日本联合舰队倾巢出动，在伊东祐亨的率领下编成左、右两军，分别展开攻击。8艘日舰为右军，由伊东祐亨亲自指挥攻击刘公岛炮台。15艘日舰为左军，由西海舰队司令长官相浦纪道指挥攻击日岛炮台。被日军占领的赵北嘴、鹿角嘴、龙庙嘴炮台等南帮炮台配合攻击日岛炮台。这次攻击是威海卫保卫战打响以来日本海军最大规模的进攻行动，遭到了北洋海军的顽强反击。"镇远"（图7-6）、"靖远"等舰与刘公岛炮台密切配合，击伤日舰多艘。1枚炮弹就击中了"松岛"舰的烟囱，弹片造成航海长高木英次郎等3人负伤；"桥立"舰首中弹受轻伤；"秋津洲"舰尾甲板栏杆被击碎，2名水兵负伤；"吉

图7-6 "镇远"舰在旅顺修理

野"舰1门47毫米口径炮的炮盾被击中,炮弹贯穿舰载小艇,炮盾破碎为大小数片飞散开去,毁坏了甲板室上甲板及数条传令管,炮手守屋启太郎、山城松助当场死亡,4名士兵负伤;"浪速"舰被击中,炮弹从舰体中部右舷的第6号煤舱射入,从左舷穿出。由于炮弹是实心弹,没有爆炸,军舰和人员都逃过一劫。2月11日,丁汝昌做出最后决定,将"镇远"舰炸沉,可已经来不及了。面对刘公岛即将陷落,代理"镇远"舰管带杨用霖拒绝有人让其主持投降的提议,在"镇远"官舱内开枪自杀。2月17日,日本联合舰队各舰驶进威海湾,包括"镇远"在内的北洋海军军舰成为日军的战利品。

1895年2月27日,"镇远"由日舰"西京丸"拖航前往旅顺,进行了为期两个多月的维修,随后驶往日本横须贺换装武器(图7-7),将2门150毫米口径的克虏伯炮换成6英寸(152毫米)口径阿姆斯特朗速射炮,在后部甲板室两侧增加了耳台,分别安装了6英寸(152毫米)口径阿姆斯特朗速射炮,增加了两侧的火力。1895年3月,"镇远"正式编入日本联合舰队,仍沿用原名,被列为二等战舰(图7-8)。1904年,日俄战争爆发,"镇远"舰与日本联合舰队的"严岛""桥立"等舰编入同一战队,参加了1904年10月4日的黄海海战和1905年5月27日的对马海战。1905年

图 7-7 位于日本的"镇远"舰

图 7-8 被编入日本海军的"镇远"舰

12月12日，"镇远"被列为一等海防舰。1911年4月1日，"镇远"退出现役，后作为靶船用于新式武器的试验。1912年4月6日，"镇远"在横滨被拆解。

图7-9　"镇远"舰主锚
（图片来源：中国人民革命军事博物馆官网）

甲午战争后，日本为炫耀"战绩"，把"镇远""靖远"的铁锚、炮弹、锚链等陈列于日本东京上野公园，1947年国民政府经过努力将它们收回。"镇远"舰主锚目前陈列于中国人民革命军事博物馆（图7-9），副锚则存于日本冈山吉备津神社。

第二节　"超勇"和"扬威"舰

　　1879年11月13日，翰林院侍读王先谦给光绪皇帝上了一道奏折，这道奏折洋洋万言，详细分析了中国所面临的国际、国内形势，特别陈明来自列强的严重威胁，提出先购碰船、后置办铁甲船的建议。皇帝接到奏折后，表示完全同意，立刻密谕李鸿章、沈葆桢加快筹办，并特别嘱咐说，铁甲舰所费资金巨大，一时尚难筹办，"蚊子船"已经购买了8艘，需加强训练，以后如何继续添购舰船，要切实筹议，先行具奏，以便早日施行。李鸿章接旨后反复思考购舰问题，于12月11日复奏皇帝，提出了购买两艘碰快船的意见，碰快船即轻型巡洋舰。李鸿章在奏折中说，根据西洋各国的经验，巩固中国海防，非购买铁甲舰不可，但拥有铁甲舰必须有相应的配套建设，包括庇护铁甲舰的炮台、修理军舰的船坞、防御港口的水雷和辅佐铁甲舰的碰快船。目前，限于财力，还无法进行这些大规模的建设，适合逐步推进。建议先购买碰快船，再筹办铁甲舰。李鸿章上奏皇帝，海关总税务司赫德向他推荐英国造新式碰快船，并寄来了图纸。从图纸上的数据看，这种军舰的舰首和舰尾都安装有大炮，舰首水线以下暗设坚固的"冲锋"，可以冲撞敌舰，而且速度很快，进退自如。他建议让赫德帮忙先购进两艘碰快船，等经费充裕再继续购买铁甲舰。朝廷同意了李鸿章的建议。

　　1879 年 12 月，在赫德的积极推动下，清政府与英国阿姆斯特朗公司签订了订购两艘碰快船的合同，4 个月后建造工程正式启动。1880 年 12 月，李鸿章正式将这两艘军舰命名为"超勇"（图 7-10）

和"扬威"。这是清政府建设海军以来向外国订购的第一批巡洋舰，该级军舰 排 水 量 为 1380 吨，2座平卧往复式蒸汽机，6座锅炉，双轴推进，航速16 节。在武备方面，安

图 7-10 "超勇"舰

装有 2 门 10 英寸（254 毫米）口径的主炮和多门中小口径火炮，其火力处于世界同级军舰前列。另外，"超勇"和"扬威"两舰均在舰首水线以下设置有锋利的撞角，充分体现了碰快船的特点。

　　"超勇"（图 7-11）和"扬威"两舰的舰体是由阿姆斯特朗公司承包给米切尔造船厂建造的，由于材料涨价、设计修改、工人罢工等原

因，造舰工程进展受到影响，使交货日期推延，直到1881年7月中旬，两舰才得以试航。

图7-11 下水前的"超勇"舰

1880年12月，经李鸿章亲自把关，组成了220余人的赴英接舰团队，由督操北洋炮船记名提督丁汝昌统率，包括管带林泰曾、副管带邓世昌、总教习格雷森、管驾章斯敦等军官，以及来自山东荣成、文登、登州等地的水勇、舵工等。接舰团队先由天津乘船前往上海，丁汝昌偕同格雷森等先期出发赴英，其余官兵在林泰曾、章斯敦等率领下分驻"驭远"轮船及吴淞操厂，就近操练。两个多月以后，他们乘"海琛"轮船出洋，前往英国的纽卡斯尔。

1881年8月2日，"超勇"和"扬威"两舰试航成功。次日，驻英公使曾纪泽在礼炮声中在"超勇"舰上亲手升起龙旗。8月17日，"超勇"和"扬威"两舰在丁汝昌、林泰曾、邓世昌、格雷森、章斯敦等人的率领下，在纽卡斯尔市民的欢送声中驶离港口，起程回国。中国龙旗第一次飘扬于海外。两舰经大西洋、地中海、苏伊士运河、印度洋，于11月17日驶抵天津大沽口拦港沙外。李鸿章督同署津海关道周馥、水师营务处道员马建忠等人验收。出海不久，两舰就遇上了近年来罕有的飓风，东北风狂吼，雪雹并集，巨浪滔天，使人坐立不稳。李鸿章看到绝大多数乘客都晕船呕吐，而操船的弁兵却操作如常，机器则在溅满海水的机舱里依然运转不停，这让他兴奋不已。回到天津后，李鸿章对"超勇"和"扬威"两舰赞不绝口，对担负接舰任务的官兵赞赏有加，分别给他们请奖。

"超勇"和"扬威"归国之际，正逢东亚局势动荡时期，朝鲜国内屡发事端，西方列强蠢蠢欲动。1882年5月，马建忠、丁汝昌率北洋海军"威远""扬威""镇海"3舰东驶朝鲜，监临朝鲜和美国签订了《朝美修好通商条约》。6月，又监临朝鲜和英国缔结了条约。马建忠和丁汝昌回国后不久，德国驻华公使布朗特向清政府提出与朝鲜订约问题，他们再次奉命率"威远""超勇""扬威"3舰赴朝，协助朝德之间签订条约。

1882年7月，朝鲜发生"壬午政变"，日本企图通过插手朝鲜内政，进而挑起中日战争。清政府驻日公使黎庶昌察觉到日本的动向，便电告署理北洋大臣张树声，强调加强戒备。张树声随即上报朝廷，皇帝降旨，调拨水陆两军前往朝鲜。张树声令统领北洋水师的丁汝昌和水师营务处道员马建忠等赴朝办理。8月9日，丁汝昌、马建忠乘"威远"率"超勇"和"扬威"两舰东渡，抵达仁川，阻止了日军800人在仁川登陆，有效处置了朝鲜危机。

1884年，朝鲜又发生了"甲申政变"，"开化派"领袖金玉均勾结日本人，试图推翻朝鲜政府，建立亲日政权。他们利用举行邮政局落成典礼的机会发动突然袭击，杀死亲清政府的大臣，占领王宫，并建立新政府。驻朝清军反应迅速，占得先机，攻入王宫，将"开化派"和日本人驱逐。为增强在朝兵力，李鸿章令丁汝昌率领"超勇""扬威""威远"3舰载清军500人赴朝，抵达马山浦，使政变得以完全平息。

1886年，"超勇"舰又随北洋海军编队访问了日本（图7-12）。

北洋海军按照清政府的外交节奏，派"超勇"和"扬威"等新锐战

图7-12　1886年"超勇"舰访问日本长崎港

舰数次赴朝执行重大任务，在与日本的外交斗争中发挥了重要作用，使清廷上下进一步看到了建设北洋海军的必要性，也就加快了北洋海军建设的步伐。

随着清政府订购的铁甲舰、新式巡洋舰的入列，"超勇"和"扬威"退出了主力舰的行列。1888年10月，北洋海军正式成军，"超勇"舰被编为左翼右营，管带是黄建勋（图7-13），"扬威"舰被

图7-13　黄建勋

黄建勋

　　黄建勋，字菊人，福建永福人，出身当地望族，自小多接触文人墨客，但他不缺血性和忠烈之气，独走行伍之路。他少年时代考入福建船政学堂学习驾驶，成绩优异，毕业后登练船实习，游历中国沿海各港口，深感强固海防之必要。1874 年，黄建勋被调上"扬武"兵船担任正教习，又调"福星"兵船任正教习。1875 年，他复派回"扬武"，随舰游历日本及南洋群岛。1877 年，黄建勋作为清政府派往欧洲的第一批海军留学生之一赴英国学习，在英国海军西印度舰队军舰上实习两年。这期间，他随舰队周历南美、北美及西印度群岛一带海口，研究海道沙线，又在英国游历了大船厂、机器局、枪炮厂、水雷炮台等，获得舰长颁发的"学行优美凭证"。他回国后出任福建船政学堂后学堂驾驶教习。1881 年，黄建勋升补守备加都司衔，被李鸿章调往北洋，管带大沽水雷营。1882 年，他代理"镇西"炮舰管带，1883 年实授，被派赴朝鲜平定局势，保升都司并戴花翎。1887 年 4 月，他升任"超勇"舰管带。北洋海军正式成军时，他升署左翼右营参将。黄建勋为人慷慨，崇尚侠义，性情沉毅，出言戆直，不做世俗周旋之态。他牺牲时 43 岁。

　　编为右翼右营，管带是林履中。之后，"超勇"和"扬威"又多次随舰队执行任务。

　　1894 年 7 月，中日甲午战争爆发。9 月 17 日，中日海军打响了黄海海战，"超勇"和"扬威"在战斗队形中组成第五小队，处于"夹缝雁行阵"的最右翼。由于这两艘军舰舰龄较长，航速缓慢，在阵形展开时没有跟上，处于不利的位置。海战打响后，日本联合舰队第一游击队 4 艘速度最快的巡洋舰直扑"超勇"和"扬威"，从距离两舰 3000 米一直打到 1600 米，密集的炮弹落于两舰及其周围。"超勇"和"扬威"毕竟是旧式巡洋舰，已有 13 年舰龄，航速慢，火力弱。虽经两舰官兵顽强战斗，但终究抵抗不了4艘新式巡洋舰速射炮的轮番攻击，燃起大火。不久，"超勇"开始向右舷倾斜，火焰冲天，但日舰的攻击并未停止（图7-14）。管带黄建勋、帮带大副翁守瑜组织水兵奋勇扑火。副炮弁李镜堂不顾甲板严重倾斜，依然指挥炮手向日舰还击。位于军舰底层的轮机舱更是一幅悲壮的景象：为防止大火蔓延至机舱，通往上层甲板的通道已全部封闭，轮机兵们虽知道已无生还可能，却依然在总管轮黎星桥、大管轮邱庆鸿、二管轮叶羲恭带领下奋力往锅炉里加煤，以维持军舰的动力。战至13时30分，"超勇"沉没于波涛之中，沉没地点在大鹿岛西南约10海里处。黄建勋落水后，拒绝了赶来营救的"左队一"鱼雷艇艇员抛出的长绳，随波而没。黄建勋牺牲后，翁守瑜大呼："全船既没，吾何生为？"遂跃入海中而逝，时年31岁。同时沉海的官兵还有二副周琳、副炮弁李镜堂、总管轮黎星桥、大管轮邱庆鸿、二管轮

图7-14 远方烟雾下"超勇"舰即将沉没

叶羲恭、升火头目邹基、升火副头目林茂略、水勇头目陈成串、正头目李双，以及水勇陈秉钗、林学珠、林福、冯山和厨役毕士德等，他们是黄海海战中为国捐躯的第一批勇士。

2021年，国家文物局考古研究中心在黄海海域调查北洋海军沉舰时，在大鹿岛海域发现了"超勇"舰遗址，国人期待着这艘无畏的战舰能重见天日。

在"超勇"沉没的同时，"扬威"也遭到日舰的猛烈攻击，因中弹过多而逐渐失去了作战能力，首尾各炮已不能动，舱室进水，舱面燃起大火。管带林履中（图7-15）下令撤出战斗，"扬威"遂拖着浓

图7-15　林履中

林履中

　　林履中，字少谷，福建侯官人，少年时考入福建船政学堂学习驾驶，学业完成后登上"建威"练船实习。在随后几年中，他随"扬武"练船游历东南沿海、日本以及南洋各国港口，经历了海上磨炼。1881年，李鸿章调林履中赴天津，担任"威远"练船教练大副，次年夏天，被派赴德国验收所订购的"定远"铁甲舰的鱼雷炮械，旋调往英国学习驾驶、枪炮、算学、电学，1884年回到德国，继续在"定远"舰上差遣。1885年，林履中随带"定远"舰回华，派充该舰大副，当年冬天升调副管驾。1887年，他出任"扬威"巡洋舰管带，北洋海军成军时升署右翼右营参将。林履中平时性格深沉，少言寡语，为人和蔼可亲，生活俭朴，能与士卒同甘共苦。他牺牲时43岁。战后，光绪皇帝特颁上谕，褒奖黄建勋和林履中，上谕称："参将黄建勋、林履中，各照原官升衔从优议恤，以慰忠魂。"

烟烈火驶向大鹿岛方向的浅水区。日本联合舰队第一游击队各舰为保持战斗队形，对这艘已失去战斗力的弱舰不再追击。正当林履中指挥官兵一面救火，一面航行的时候，"扬威"突遭逃离战场的"济远"舰拦腰撞击，舰体严重受损，航行至东经123°40′09″、北纬39°39′搁浅，此位置位于大鹿岛西南约6海里。舰上水手纷纷跳水逃生，林履中登台一望，毅然投海。有人要救援他，他坚决不从，遂随波而没。同舰牺牲的官兵还有候补炮手李长温和王浦、正头目林本立、水勇副头目马庭贤、管旗头目杨细悌、木匠头目陈春、一等水勇俊甫、二等水勇张悦、水勇陈玉起等，他们的名字和事迹都被记录在史册上。

黄海海战的次日，日本联合舰队派出军舰巡视战场，发现"扬威"舰仍然有部分舰体露在水面之上（图7-16），便令"千代田"舰近距离向"扬威"发射鱼雷，"扬威"在巨大的爆炸声中完全沉入海底。

图7-16 被击沉的"扬威"舰

2021年，国家文物局考古研究中心在大鹿岛海域调查北洋海军沉舰时，初步锁定了"扬威"舰沉没的位置，这艘英勇的战舰也将在不久的将来重见天日。

第三节 "平远"舰

在中国近代海军建设起步时期，洋务派中不乏主张自造军舰的人，李鸿章、左宗棠都是其中的代表人物。他们从"阿思本舰队"事件中汲取教训，认为只有自己掌握了造船技术才不会受制于人。于是，他们一度热衷于创办福建船政局、江南机器制造局等军工企业，试图在短时间内提高中国建造近代舰船的能力。在他们的极力推动下，这些企业建造了中国近代第一批轮船。毫无疑问，他们的初衷是好的，但问题是在世界海军突飞猛进的发展时期，要迅速建立起巩固的海防，仅依靠自己刚刚起步的近代造船能力是毫无希望的。有鉴于此，在经过了一番艰苦的实践之后，李鸿章、左宗棠等人决定采取双管齐下的策略，一方面从西方购舰，另一方面继续摸索建造近代化舰船，特别是铁甲舰。

1885年6月，福建船政大臣裴荫森与左宗棠、穆图善等官员联名上奏皇帝，恳准拨款试造钢甲兵船。他们的奏折指出，中法战争中，法国以二三艘铁甲舰就可纵横闽浙洋面，才有了马江海战中福建船政水师全军覆没。因此，整顿海军必须造办铁甲兵船。出洋学习的同知衔知县魏瀚、参将衔游击陈兆翱、都司郑清濂等毕业已经7年多了，船政曾经派他们监造德国铁甲舰，他们对铁甲舰非常了解。据他们说，法国曾经建造过"柯袭德""士迪克士""飞礼则唐"3艘钢甲兵船，比"定远"铁甲舰吨位稍小，比"济远"舰马力稍小，但驾控比较容易，费用少。如果自造这种军舰，每舰工料估计需银46万两，如果2艘同时建造，需要28个月，如果3艘同时建造，需要36个月。福建沿海如果拥有这样3艘铁甲舰，便可以"胆壮则气扬"，法国军舰断不敢再挑起事端。建议在福建船政（图7-17）建造此类钢甲兵船。

对于这个提议，正在加紧从欧洲购舰的李鸿章并不支持，因为福建船政所仿造的法国军舰并非当时最先进的铁甲舰。清廷没有完全反对，慈禧太后考虑到北洋海军建设的紧迫性，主张继续支持李鸿

图7-17　福建船政衙门

章的购舰措施，但同时也同意福建船政建造铁甲舰，只是将建造3艘压缩为建造1艘。这样，福建船政开始了建造铁甲舰的尝试。

1886年，裴荫森派船政前学堂学生魏瀚前往法国，购买造船所需的钢材，半年多以后，魏瀚将舰材购买回国。当年年底，在裴荫森主持下，一艘新铁甲舰安放了龙骨，建造工作全面展开。由于这艘军舰是中国自行建造的第一艘规模较大、技术较先进的铁甲舰，福建船政对其寄予厚望，故命名为"龙威"，有显示大清国威严的意思。该舰标准排水量2150吨，安装2台福建船政制造的往复式蒸汽机，4座燃煤锅炉，主机功率2400马力（约1764000瓦），航速10.5节。舰上的武备包括舰首1门260毫米口径克虏伯炮，两侧耳台各1门150毫米口径克虏伯炮，以及4门47毫米口径哈乞开斯5管机关炮和2门10管加特林机关

枪。从技术装备指标看，福建船政建造"龙威"的目标是要向"定远"等世界一流军舰看齐，至于能否实现目标，将由实践来检验。

1888年1月29日，"龙威"舰在福建马尾下水，福建船政大臣裴荫森亲自主持了下水典礼。1889年春，"龙威"基本建造完成，福建船政水师"靖远"练习舰管带林永谟奉命暂行管理之权。1889年5月16日，裴荫森兴致勃勃地乘"龙威"舰试航，希望他一手打造的这艘新式铁甲舰能一举成功。然而事与愿违，这次试航并不成功，在航行过程中蒸汽机出现了故障，不得不暂停试航进行检修。9月28日，经过维修的"龙威"舰再度试航，这次取得了圆满成功。

"龙威"舰建成之时正赶上北洋海军刚刚成军，清政府有意将"龙威"编入北洋海军，以增强北洋海防实力。1889年10月，"龙威"奉命北上，可意想不到的是当它抵达上海时轮机系统又出现了故障，李鸿章对这艘军舰的质量产生了怀疑，向朝廷表露出不愿接收这艘军舰之意。裴荫森害怕清政府由此否定福建船政的造船水平，便急忙派出技术专家赶往上海，对"龙威"出现的故障进行会诊和排除。虽然故障最终排除了，但屡次出现技术问题，表明当时福建船政的造船水平依然不能与英、德、法等国同日而语。

1889年12月，北洋海军提督丁汝昌率领主力舰船例行南下过冬，抵达上海时，丁汝昌偕同总教习琅威理登上"龙威"舰，进行了长达3小时的试航，并对军舰各部位进行了认真勘验（图7-18）。丁汝昌一方面对"龙威"的建造水平给予充分肯定，一方面建议"龙威"先返回福建进行全面检修，来年春天与北洋海军各舰一起北上。就这样，"龙威"又返回福建船政进行紧急整修，增修、镶配的零件有100余件，并安装了探照灯等设备。

1890年春天，李鸿章致电裴荫森，要求根据北洋海军对主力军舰命名的规则，将"龙威"
更名为"驭远"，旋因"驭
远"与南洋水师的军舰重
名，经裴荫森提议，改名
为"平远"，有海域承平
之意，得到李鸿章赞同。5
月，北洋海军结束南洋之
旅抵达福建，"平远"正
式加入北洋海军行列（图
7-19），北上天津，福建
船政学堂第一届毕业生李
和出任"平远"管带。李
鸿章对这艘国产铁甲舰十
分重视，亲临军舰查看，
并乘舰试航4小时，对这
艘经过全面修整的军舰表
示满意。

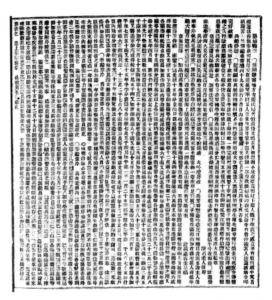

图7-18 1890年4月16日新加坡《叻报》对"龙威"舰进行了报道

　　"平远"加入北洋海
军后多次与其他军舰组成
编队，往返于辽东半岛、
山东半岛和朝鲜半岛之间，
遂行军事任务。1894年7

图7-19 编入北洋海军的"平远"舰

月，甲午战争爆发，"平远"作为北洋海军主力战舰于9月16日护送
铭军4000人增援平壤，17日完成护航任务，"平远"与"广丙"一起
部署于大东沟入口处，警戒转运海域的安全。11时许，北洋舰队瞭望

兵发现敌情，丁汝昌立刻升旗命令"平远"等舰归队，同时率领部署于大东沟口西南12海里处的10艘战舰前去迎敌，打响了黄海海战。"平远"和"广丙"看到丁汝昌发出的归队信号，立即起锚出发，途中与追赶而来的"福龙"鱼雷艇相遇，3艘舰艇一起向交战海域疾驶。14时30分左右，3艘舰艇投入战斗。它们遇到的第一艘日舰是本队旗舰"松岛"，双方立刻交火，从相距2800米一直打到1200米。"广丙"以120毫米口径主炮直射"松岛"，"松岛"和"千代田"则用舷侧速射炮密集还击，"广丙"舰管带程璧光担心两侧鱼雷发射管中的鱼雷被引爆，随即转向撤出战斗。14时34分，"平远"的260毫米主炮炮弹命中"松岛"左舷中部，这枚炮弹穿过军官室、中央鱼雷发射室，在320毫米口径主炮炮架下爆炸，击毁了液压罐，使大炮瘫痪。一等水兵河野三代吉、二等水兵北村常吉、四等水兵德永虎一3人毙命，鱼雷兵竹内道治重伤。遭受打击的"松岛"舰一片狼藉（图7-20），鱼雷长木村浩吉战后回忆说："弹片四起，室内周围壁上喷溅着骨肉碎末，甲板上流淌着血肉相混之水，难以步行，散布遍地皆是，在上面行走犹如洗刷地板一样。当时，在中央发射指挥官井手少尉的附近被敌弹炮击，使得发射电路断绝，同时，又有二三名士兵战死。只见少尉胸部以下一片血迹模糊，后背粘着厚厚的肉浆，少尉抖落下落在身上的人肉，正当准备下达发射命令时，又一敌弹炸死二名发射士兵……"15时10分，"平远"用47毫米口径哈乞开斯5管机关炮接连命中"松

图7-20 日本画描绘的"松岛"舰被"平远"舰炮弹击中的情景

岛"的鱼雷发射室和桅杆，日舰多名鱼雷兵受伤，鱼雷发射管的电路被打断。15时20分和30分，"松岛"的姊妹舰"严岛"两次遭到"平远"火力的打击，有4名水兵被击毙。与此同时，"平远"的260毫米口径主炮也接连遭到"松岛"侧舷120毫米口径速射炮的打击，造成主炮旋转装置受损，左舷也燃起大火，管带李和不得不下令转舵，于16时16分撤出战斗，驶往浅水区自救。海战接近尾声时，李和率领"平远"归队。当日本联合舰队撤出战斗时，丁汝昌率领"定远""镇远""靖远""来远""平远""广丙"6舰向日本联合舰队撤退方向追了一段距离，见日舰已经驶远，便掉转船头驶回旅顺。

"平远"舰在黄海海战中的作战时间虽然没有其他军舰长，但表现英勇，战果颇丰，特别是对日本联合舰队本队旗舰"松岛"的打击，不仅削弱了该舰的战斗力，而且振奋了北洋海军官兵的精神。战后，"平远"进入旅顺船坞修理，直到10月18日才随"定远""镇远""济远""靖远""广丙"5舰出海，前往威海。

1895年1月底，威海卫保卫战打响，"平远"舰与北洋海军其他军舰一起投入了这场残酷的海战。尤其是2月9日这一天，日本联合舰队主力与已经被日军占领的南帮各炮台相配合，对威海港内北洋海军军舰发起猛烈进攻。丁汝昌登上"靖远"，率领"平远"驶至日岛附近，协助刘公岛炮台进行反击，战斗异常激烈，"靖远"舰被击成重伤。

刘公岛陷落后，"平远"与其他北洋海军残存舰船一起成为日军的战利品，随后被编入日本联合舰队，列为一等炮舰，依然沿用"平远"名称（图7-21）。日俄战争爆发后，"平远"被编入日本联合舰队第七战队，担负旅顺口警戒、支援陆上作战等任务。1904年9月18日，"平远"舰在渤海湾铁岛附近巡弋时触碰俄国水雷，被炸沉没，沉没地点在

图 7-21 甲午战争后成为日军战利品的"平远"舰

铁岛以西 1.5 海里处。这艘代表中国近代造船最高水平的铁甲舰结束了它的短暂航程。

第四节 "威远""康济""敏捷"练船

练船是北洋海军训练的重要平台。在北洋海军初创时期,李鸿章上奏朝廷,鉴于西方国家训练海军,以学堂和练船为根基,所以人才辈出。今中国创办海军,应建造练船,派出精干人员,挑选北方熟悉风涛的年轻人上船练习,不必舍近求远,依赖福建省选派人员补充北洋。福建船政创办的学堂、建造的练船完全符合西方训练海军的要求,所以请饬船政大臣,设法整顿筹办,逐渐图功。在李鸿章的推动下,北洋海军成军时在《北洋海军章程》里也规定了编制练船的条款，其中指出，水师学堂的学生在完成了堂课后，选合格者派往练船进行为期一年的海上历练，实习合格后才能获得候补军官的资格，成为见习军官。这样，在李鸿章的直接推动下，北洋海军先后在福建船政置办了2艘练船，又自购了1艘，共3艘，它们就是"威远""康济""敏捷"。

"威远"练船（图7-22）原为福建船政建造的第20号军舰，也是第1号铁胁轮船，亦即旧式炮舰，1876年9月2日安放龙骨，1877年5月15日下水。该舰的龙骨、横梁、隔板的建造材料均为福建

图 7-22 "威远"练船

船政局总监督、法国人日意格从欧洲购进。该舰排水量为1268吨，舰长69.5米、宽10米，舱深5.7米，舰首吃水4.9米，舰尾吃水5.1米。动力系统为1台英制卧式复合蒸汽机，4座燃煤锅炉，主机功率750马力（约551250瓦），航速12节。武器系统为舰首1门170毫米口径前膛炮，舷两侧6门120毫米口径阿姆斯特朗前膛炮。"威远"入役时管带为吕翰。1881年，"威远"被调往北洋，成为北洋海军的一员。当时，北洋海军仅有几艘从英国购进的"蚊子船"，铁甲舰和巡洋舰均未到位，所以"威远"便成了主力舰艇。1882年5月，马建忠、丁汝昌率北洋海军"威远""扬威""镇海"3舰东驶朝鲜，参与处理国际事务，此时"威远"的管带是陆华伦。7月，朝鲜发生"壬午政变"，马建忠、丁汝昌再次率"超勇""扬威""威远"3舰前往朝鲜，平定事变。1883年，方伯谦出任"威远"管带。1884年12月，朝鲜发生"甲申政变"，

方伯谦奉命率"威远"随"超勇"和"扬威"两舰赶赴朝鲜，平定局势。1885年，方伯谦出任"济远"管带，"威远"管带由萨镇冰接任。也就是在这一年前后，随着从欧洲购买的大型舰艇陆续回国，"威远"的地位下降，遂被改为练船。1886年7月，北洋海军编队首次访问日本，"威远"作为编队一员，随"定远""镇远""济远"3舰进入长崎港，遭遇了著名的"长崎事件"。1887年，周凤震接替萨镇冰充任"威远"管带。1888年，北洋海军成军，林颖启出任"威远"管带。1892年，北洋海军编队第三次访问日本，"威远"又与"定远""致远""靖远""经远""来远"等舰组成编队，访问了长崎和横滨的港口。

　　1894年2月，朝鲜爆发了东学党起义，日本想趁机发动战争，故诱使清政府出兵，李鸿章不知是计，于6月初派直隶提督叶志超率2400人前往朝鲜。日本迅速派7000人在仁川登陆，战争一触即发。为增援叶志超，李鸿章决定再派清军2000人入朝，并令丁汝昌派出舰艇编队协助清军在牙山登陆，丁汝昌派方伯谦率"济远""广乙""威远"3舰前往。7月24日凌晨，方伯谦派"威远"前往仁川送交电报，当天下午，"威远"返回牙山，管带林颖启给方伯谦带来了一个糟糕的消息：昨日日军已经攻入朝鲜王宫，劫持了国王，据说日军海军大队舰船将于明日开到。方伯谦听后决定不等清军登陆完毕就先行回国。他派航速慢、防护力弱的"威远"先行，前往大同江口一带，等待"济远""广乙"到齐后一起回国。不料，25日发生了丰岛海战，"威远"逃过一劫，返回国内。

　　威海卫保卫战打响后，"威远"与北洋海军其他军舰一道在威海湾内抗击日本海军的进攻。1895年2月6日凌晨，日本联合舰队第二、三鱼雷艇队从威海港西口突入威海湾，冒着炮火向中国军舰发起攻击，"来远"和"宝筏"先后被击沉。日军第十一号鱼雷艇冲向刘公岛，向

停泊在铁码头附近的"威
远"连续发射两枚鱼雷，
其中一枚鱼雷击中了"威
远"的左舷，炸出高4.4米、
宽5米的大破口，致使舰
体迅速坐沉于铁码头旁（图
7-23）。舰上官兵死伤惨重，
管带林颖启因当晚登岸办
事而未在舰上，幸免于难。

图 7-23 "威远"被击沉

甲午战争后，日本人
对威海湾内的北洋海军沉
舰展开盗捞。1895 年 3 月
13 日，日本海军技师古川
庄八等奉命前往威海卫调
查沉舰情况。登上刘公岛后，他们派出潜水员对沉没于威海湾的军舰进
行探查。11 月 7 日，古川庄八等人写成《报告书》，并绘制了"靖远""威
远""宝筏""来远""定远"的简图，呈报横须贺镇守府监督部长岩
村兼善。从"威远"的简图看，它的甲板在水下 2 米多，舰首沉入淤泥
之下 2.2 米，舰尾沉入淤泥之下 1.3 米，弹洞位于舰身左舷后部（图7-24）。
经日本军方批准，来自东京的商人鹿毛信盛取得"威远"舰的打捞权。
在此后的两年中，鹿毛信盛将"威远"舰的残骸盗捞一空，其处理方式
与"定远""靖远"等舰相同。

　　"康济"练船（图 7-25）原是福建船政建造的第 3 号铁胁轮船，
是"威远"的同级舰船，1878 年 7 月 12 日开工建造，1879 年 7 月 20
日下水。"康济"建成后不久，因养船经费不足，福建船政大臣吴赞

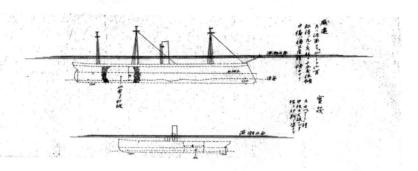

图 7-24　古川庄八等绘制的"威远"和"宝筏"舰沉没状况图

诚经与南洋大臣沈葆桢商量，决定将该舰拨归上海轮船招商局使用。该局接收后，总办唐廷枢主持对"康济"舰进行了商业化改造，使之成为一艘可以载货运客的客轮，航行于上海至香港的航线上。

图 7-25　"康济"练船

随着北洋海军的建设规模不断扩大，李鸿章对仅有一艘"威远"练船可训练官兵操作新式枪炮、鱼雷等感到不满，遂有增加练船之意，他很快就把目光投向已改为客轮的"康济"。此时"康济"已经在商业航线上运行了一段时间，李鸿章鉴于轮船招商局是在自己管辖范围之内，便毫不犹豫地将"康济"调入北洋海军。1886 年，"康济"编入北洋海军后，李鸿章将其进行了新一轮改造，主要是增加了各型火炮和鱼雷发射管，为训练官兵创造了条件，萨镇冰（图 7-26）任管带。1888 年，北洋海军成军，萨镇冰继续任"康济"管带，署精练左营游击。1894 年 5 月，萨镇冰晋升副将衔，实授精练左营游击。

图 7-26　萨镇冰

萨镇冰

　　萨镇冰，1859年生于福建侯官，1869年考入福建船政学堂学习驾驶，为该学堂第二届学生，1872年毕业，登上"扬武"练船实习。1874年，他任"海东云"舰二副，巡防台湾。1875年，他调福建船政水师旗舰"扬武"任职，随舰游历新加坡、小吕宋等地。1877年2月，萨镇冰作为福建船政学堂第一批出国留学的海军生之一，与刘步蟾、叶祖珪、方伯谦、严复等前往英国，当年10月考入英国格林尼治皇家海军学院学习驾驶，次年6月毕业，登上英国军舰实习。1880年5月，他学成回国。1881年，萨镇冰奉命在南洋水师任"澄庆"炮舰大副。1882年，他出任天津水师学堂教习，1885年接替方伯谦出任"威远"舰管带，1886年调任"康济"练船管带。1888年，北洋海军成军，萨镇冰署精练左营游击，继续担任"康济"练船管带。1894年5月，萨镇冰升副将衔，实授精练左营游击。甲午战争爆发后，萨镇冰率"康济"奉

　　1894年7月，中日甲午战争爆发，萨镇冰按照丁汝昌的指令，率"康济"往返于旅顺和威海卫之间，完成舰队的辅助任务。黄海海战后，"康济"主要部署于威海湾内。1895年1月底，日军进攻威海卫，威海湾防御压力增大。此时，日岛的防御问题引起丁汝昌的重视。日岛位于威海湾东口的中央，是扼守东口的重要屏障。在李鸿章筹划建设威海湾防御设施时，在日岛上修筑了地阱炮台，安装了2门阿姆斯特朗地阱炮，由陆军驻守。威海卫保卫战打响之前，丁汝昌发现日岛清军防守薄弱，连指挥官也没有，便致电李鸿章要求解决问题。李鸿章电令丁汝昌和戴宗骞，由海军接管日岛防务。丁汝昌命令萨镇冰率领"康济"水兵

命担负北洋海军保障任务。1895 年 1 月底，威海卫保卫战打响，萨镇冰奉命驻守日岛，坚持抵抗 10 余天。甲午战争后，萨镇冰与其他海军官兵一样被遣返回家。1898 年，清政府重建海军，起用原北洋海军官兵。1899 年，萨镇冰被任命为"通济"练习舰管带，旋调任北洋海军帮统。1900 年，他兼任"海圻"巡洋舰管带，1903 年升任北洋海军统领，仍兼带"海圻"舰。1905 年，他升任总理南洋、北洋海军兼广东水师提督。1909 年，萨镇冰被委为筹备海军大臣和海军提督，10 月 16 日，他随海军大臣载洵等赴欧洲考察海军，先后访问了意大利、德国、英国等国的海军学校和船厂，并订购了一批军舰。1910 年 8 月 24 日，载洵、萨镇冰等又前往美国、日本考察海军，参观了船厂及其他海军机构，订购了一批军舰。1911 年 10 月，武昌起义爆发，萨镇冰奉命率舰队与革命军作战，随着战局发展，海军各舰相继归附革命，萨镇冰离开舰队，前往上海。11 月，袁世凯组阁，任命萨镇冰为海军部部长。民国时期，萨镇冰先后担任过吴淞商船学校校长、北洋政府陆海军大元帅统率办事处办事员、海军临时总司令、海军总长、粤闽巡阅使、福建省省长等职。他晚年居于福建，并考察南洋，宣慰侨胞。抗日战争期间，萨镇冰历经多省宣传抗日救国，抗战胜利后回到故里。解放战争后期，他拒绝前往台湾。新中国成立后，萨镇冰任第一届全国政协委员、中央人民政府革命军事委员会委员、中央人民政府华侨事务委员会委员、福建省人民政府委员会委员等职，1952 年 4 月 10 日病逝于福建，享寿 93 岁。

55 名及 3 名洋员驻防日岛炮台。不仅如此，丁汝昌鉴于威海港内布设的水雷主要是触发水雷，而视发水雷的控制电线一直连接到威海港岸上水雷营内，他担心一旦水雷营被日军占领，日军将控制视发水雷，后果不堪设想。于是，他将视发水雷连接线的控制端移到"康济"上，"康济"抛锚在日岛后便于控制水雷。李鸿章对这一措施表示赞同。

威海卫失陷后，日军对刘公岛形成水陆合围，日本主力战舰不时从正面发起炮击，而鱼雷艇队则利用暗夜突破威海湾防线，偷袭港内北洋海军军舰。由于威海湾东口宽大，虽有日岛炮台居中防御，但鱼雷艇依然可以通过破坏湾口防材进入港内，因而日岛炮台承受着巨大压力。从2月初到刘公岛陷落，日本海军不断对西口进行冲击，或白天从正面炮击，或夜晚破坏防材突入威海港内，日岛炮台始终没有停止与日军的战斗。日军最大规模的一次进攻发生在1895年2月7日，日本联合舰队倾巢出动，利用舰炮和岸上火炮对刘公岛、日岛以及北洋海军各舰艇展开打击，试图摧毁刘公岛上和威海湾内中国军队的抵抗能力。丁汝昌指挥海军、护军统领张文宣指挥陆军进行顽强反击，使日军的企图没有得逞。在这次战斗中，处在前沿的日岛炮台发挥了重要作用。经过这次战斗，日岛炮台受损严重，火炮、弹药库、兵舍等均被炸毁，战斗力严重下降，丁汝昌不得不将守军撤往刘公岛，"康济"也随之撤到威海湾内。2月11日，日本海军鱼雷艇再次偷袭港内军舰，"康济"被击伤。几天后，刘公岛陷落，北洋海军全军覆没。

北洋海军战败后，威海港内仅剩包括"康济"在内的11艘军舰，日本联合舰队司令长官伊东祐亨同意"康济"不在受降之列，将它的武器装备全部拆除，用于运送清军官兵及丁汝昌、戴宗骞、刘步蟾等自杀将领的灵柩。1895年2月17日，"康济"（图7-27）载运着丁汝昌等人的遗体驶离刘公岛，向烟台开去，船上半挂的黄龙旗在寒风中飘扬。

甲午战争后，"康济"舰作为北洋海军的唯一遗

图7-27 威海卫保卫战结束后"康济"停靠码头

存，改名为"复济"，成为北洋海军重建的"种子"，依然履行练习舰的职能。它最后一次亮相于重大活动是在1898年5月23日，当天日军撤出占据3年的威海卫，将飘扬于黄岛的日本国旗降下，升起清国国旗。24日，又在旗杆上升起了英国国旗，开启了英租威海卫时期。这一屈辱的事件被称为"国帜三易"，而参加这场仪式的清朝水兵正是由"复济"载运来的。1910年，命运多舛的"复济"舰退出现役，并被拆解。

"敏捷"练船是由英国用夹板帆船改造而成的，这艘船购于1886年，是李鸿章专门为北洋海军添置的一艘练船。在近代化铁甲战舰已经成为北洋舰队主体的情况下，李鸿章为什么还要购进一艘帆船作为练船呢？从他给皇帝的奏折中了解到，他认为，按照西方国家海军的规制，除了编制铁甲舰、碰快船、"蚊子船"等以外，必装备帆船数艘，为平时练习官弁水手之用。因为帆船必须御风而行，在波涛中颠簸比轮船还要厉害，凡是枪炮的命中、帆缆的使用等都比轮船更难。如果熟悉了帆船操作，那么再上轮船则胆气自壮。所以，北洋创练海军时帆船必不可少。李鸿章的认识无疑是正确的。在世界海军发展史上，风帆战船时代是一个漫长而重要的历史阶段，在这一阶段中，风帆战船造就了海军精神。由于它的动力和战斗力均来自自然和人力，它不仅使海军官兵掌握了各种帆缆索具的使用方法，以及各项基本船艺，而且在惊涛骇浪中养成了海军官兵吃苦耐劳、坚韧不拔的品质，同舟共济、通力协作的精神，以及独立作战、敢于胜利的勇气和胆量。所以，当风帆战船退出主力战舰行列之后，西方海军依然保留以风帆战船作为练船的传统。时至今日，在一些西方国家的海军中，依然能够看到风帆练习舰这一古老舰种的身影，它们在彰显和传承着海军精神。

1886年，当英国的一艘商用夹板帆船开到天津要求出售的时候，李鸿章立即产生了购买意向。他饬令天津海关税务司德璀琳对该船进行认真查验，德璀琳经查验认为，该船船身坚固。李鸿章又委托洋员琅威理复勘，琅威理也认为将这艘船改为海军练船颇为合适，于是李鸿章将这艘船买下，开往大沽船坞，按照练船的要求加以改造，并命名为"敏捷"。"敏捷"练船为木质，排水量700吨，船身长约14.1米、宽8.4米，舱深6.4米，吃水3.4米，桅杆、帆缆、锚链及一切应用器具俱全，购进价格为库平银22000多两。1888年底，"敏捷"改装完成，编入北洋海军。在甲午战争前，"敏捷"多次参加北洋海军的海上演练和阅兵活动。甲午战争爆发后，由于"敏捷"不具备作战能力，没有参加海战，在旅顺基地被日军俘获。俄、法、德3国干涉还辽后，日军将"敏捷"归还清政府，后下落不明。

第五节 "镇"字号炮舰

铁甲舰是海防利器，对此朝廷中大多数人是不否认的。可是，铁甲舰造价昂贵，也没有人表示怀疑。第二次鸦片战争以后，经过旷日持久的镇压太平天国运动，清政府的财政陷入了极端困难的境地，几乎是囊空如洗。所以，在海防讨论中，反对购买铁甲舰的声音还是很强的。对于李鸿章来说，显然不满意这种状况，在海防讨论中他就对中国海防的轻重缓急做出了明确判断。他认为，尽管中国的海岸线漫长，但沿海地区在国防上的地位是不一样的。直隶沿海一带是京畿门户，是最重要的地区，吴淞一带是长江的门户，是次要的地区，而其他沿海地区则是更次要的地区，即使有所闪失，也无碍大局。既然海防重点在北洋，就应集中力量先筹建北洋海军,而铁甲舰是未来海军建设中必不可少的利器。当然,李鸿章对国家的财政状况也是很清楚的,他决定在朝廷还没有最终下定购买铁甲舰的决心之前,先购买一批小型军舰,为北洋海军建设开一个头。

当海关总税务司赫德意识到清政府急于筹建海防之后,开始谋划插手这桩事务。1874年10月2日,他写密信给在英国的部下、中国海关驻伦敦办事处主任金登干,让他买一艘航速约15海里的小型军舰,该舰的大炮炮弹能在500码(457.2米)距离上打穿20英寸(50.8厘米)厚的钢板,并且具有较低的价格,提供给清政府,从而达到向中国推销英国军舰的目的。

按照赫德的吩咐,金登干悄悄地开展工作。他很快了解到,阿姆斯特朗公司的著名舰船设计师乔治·伦道尔独创了一种新式战船,叫作"水炮台",又称"蚊子船",意思是船虽小,却是一种利器,实际上是可以在水上活动的炮台,西方人认为它是防御港口的最新武器。金登干立即派人前往泰恩河畔纽卡斯尔拜见伦道尔了解情况。后来,他了解到"蚊子船"有4种,都是港口炮舰:第一种载80吨炮,排水量1300吨,吃水15英尺(约4.57米),航速14节,包括大炮、全部装备和100枚炮弹,装备齐全,适合航海,价格9.3万英镑,交货期12个月;第二种载26吨炮,排水量320吨,航速9节,吃水7英尺6英寸(约2.3米),同样装备齐全,价格2.3万英镑,交货1艘5个月、2艘6个月;第三种载38吨炮,排水量440吨,吃水8英尺(约2.4米),价格3.34万英镑,交货1艘9个月、2艘10个月;第四种载18吨炮,排水量260吨,吃水7英尺(约2.1米),航速8节,装备齐全,价格2万英镑,6个月交货。付款条件是随订单付现金1/3,制造期中付1/3,余额在此间交货时付清。金登干从这些情况判断,"蚊子船"的优点很明显,如机动性能好、搭载火炮可攻击铁甲舰、价格低廉、建造速度快等，这些优点符合清政府对所购舰船的要求。

赫德对金登干的工作效率表示满意。为了让总理各国事务衙门，特别是让负责采购舰船的李鸿章满意，赫德在把"蚊子船"的图纸交给总理各国事务衙门和李鸿章的同时，特意夸大了"蚊子船"的功能，声称这种船可以在波涛汹涌的大海上作战。

李鸿章老谋深算，他对赫德的夸耀并不完全相信，在考察"蚊子船"的同时，他也在暗地里悄悄考察其他国家的铁甲轮船，比较它们的性能和价格。但他了解到的情况并不理想，各国建造铁甲轮船的厂家无新船提供，可提供的多为旧船，而旧船经常出毛病，而且这些国家不肯换用中国旗号出口，又难派合适的人送船来华。这样，李鸿章便把目光转向了"蚊子船"。

经过反复权衡，李鸿章最终认可了"蚊子船"，不过他指出，赫德和金登干以吨数作为衡量大炮的尺度不合适，以口径衡量才符合惯例。他向总理各国事务衙门报告说，中国各省海口水浅者多，外洋十数寸厚铁甲船吃水必深，碍难驶入。其能驶近口岸者，铁甲不过数寸，有此安装巨炮的"蚊子船"守口最为得力，较陆地炮台更为灵活，若购得十艘分布南、北洋紧要各口，足壮声威而资保障。就这样，李鸿章下定了从英国购买"蚊子船"的决心。

赫德所提供的"蚊子船"类型，因吨位和大炮口径不同而分为不同种类，到底选购哪一种，李鸿章费了一番思量。最终他决定，从英国阿姆斯特朗公司订购载26.5吨大炮（口径11英寸，即279.4毫米）和载38吨大炮（口径12.5英寸，即317.5毫米）的"蚊子船"各2艘，前者排水量320吨，后者排水量420吨。这两种"蚊子船"的数据与赫德所提供的稍有出入。

为避免"阿思本舰队"事件重演，这次清政府与赫德先订立了《议定购办船炮章程》，详细规定了所购4艘"蚊子船"的价格以及来华前后的一切事宜。

1875年八九月间，4艘"蚊子船"先后在英国开工建造，舰炮由阿姆斯特朗公司建造，舰体部分由阿姆斯特朗公司转包给了米切尔造船厂建造。为方便起见，金登干将4艘"蚊子船"分别命名为"阿尔法"（Alpha）、"贝塔"（Beta）、"伽马"（Gamma）、"戴而塔"（Delta）。

1876年6月14日，"阿尔法"和"贝塔"试航成功。10天以后，两舰由英国水手驾驶开往中国。11月20日，两舰抵达天津大沽口。27、28日，李鸿章和赫德连续两天前往观看演试。李鸿章对演试结果表示满意，当即将两舰改名为"龙骧"（图7-28）和"虎威"（图7-29），分别派补用游击张成和补用千总邱宝仁管驾。事后李鸿章兴致勃勃地向总理各国事务衙门报告说，两艘"蚊子船"，所有炮位、轮机、器具等件均属精致灵捷，堪为海口战守利器。张成和邱宝仁均在船政多年，于机器船炮各学研究颇深，即令会同英国原来弁兵乘坐炮

图7-28　"龙骧"舰

图7-29　"虎威"舰

船，迅速放洋，驶赴福建船厂，就近选募管轮、管炮、舵勇、水手人等，咨由吴赞诚督饬操练，以便英国船主水手等交替回国。仍由赫德议明每船暂留英人教习 3 名，妥立合同。

1877 年 2 月 17 日，"伽马"和"戴而塔"也在英国朴次茅斯试航成功。中国第一任驻英公使郭嵩焘亲临现场，并亲手演放了"伽马"舰的大炮。28 日，"伽马"和"戴而塔"起航驶往中国，于 6 月 18 日抵达福建，直接移交给清政府。李鸿章将这两艘"蚊子船"改名为"飞霆"和"策电"，与先到中国的"龙骧"和"虎威"一起重新编配军官，分别由邓世昌、李和、邱宝仁和吴梦良管带。至此，从英国购买的第一批"蚊子船"尘埃落定。

1878 年 6 月，"龙骧""虎威""飞霆""策电"4 艘"蚊子船"奉李鸿章之命驶抵天津大沽，驻防北洋。李鸿章认为，经过一年的风涛检验，该 4 艘"蚊子船"的巨炮，实足以制铁甲，守护海口最为得力。目前，此项船只无论各海口难资分布，即咽喉要区根本重地，尚恐不敷，应该及时添置。于是，他饬令天津海关税务司德璀琳电告赫德，尽快打听英国各造船厂"蚊子船"的价格，等有确信，继续酌量订购。朝廷对李鸿章的主张颇有同感，强调铁甲舰和"蚊子船"等舰船，均为海防所不可少，铁甲舰所费过巨，一时难以筹办，应继续添购"蚊子船"，只不过续订的"蚊子船"，应考虑南洋大臣沈葆桢的要求，重点加强南洋海防。

不久，金登干和赫德把"蚊子船"的现行价格报给了李鸿章，李鸿章觉得价格与上次购买的差不多，很快就决定再购买 4 艘 420 吨级的"蚊子船"，总价 45 万两白银。1878 年 9 月，阿姆斯特朗公司开工建造，4 舰被金登干命名为"埃普西隆"（Epsilon）、"基塔"（Zeta）、"爱塔"（Eta）、"西塔"（Theta）。1879 年 7 月 24 日，4 舰在朴次茅斯试航成功，驻英公使曾纪泽亲手开炮，感觉良好。1879年7月30日，"埃普西隆"等4艘"蚊子船"起程回国，11月中旬抵达天津大沽。按照沈葆桢事先所拟船名，分别命名为"镇北"、"镇南"、"镇东"（图7-30）、"镇西"（图7-31），李鸿章亲自前往大沽勘验，感到这4艘"蚊子船"的轮机、炮位、器具、船式均尚精坚灵捷，驶出洋面，演试大炮，药力加多，亦有准头，与前购38吨大炮的炮船大致相同。于是，他动了据为己有之心，向朝廷建议，调"龙骧""虎威""飞霆""策电"赴南洋归沈葆桢调遣，留"镇北""镇南""镇东""镇西"在津沽，由李鸿章督饬许钤身、提督丁汝昌会督管带各员，认真操练，并令时常出洋赴东、奉交界的大连湾及沿海口岸，驻泊梭巡，以壮声威。朝廷对这一建议表示

赞同。沈葆桢得知此事后，从大局出发，也没有表示异议。1880年4月7日，"龙骧""虎威""飞霆""策电"分别在沈有恒、许寿山、陈锦荣、何心川的管带下，放洋南下，驶往上海，入坞修理，最新式的"蚊子船"就留在了北洋。

图7-30 "镇东"舰

引进"蚊子船"的成功激起了沿海各省督抚的购船热情，其中山东巡抚周恒祺也通过赫德从阿姆斯特朗公司订购了两艘"蚊子船"，准备用于山东海防。

图7-31 "镇西"舰

该级船排水量440吨，武备与"镇北"级基本相同，被命名为"镇中"（图7-32）和"镇边"（图7-33）。1881年8月，两舰驶至大沽，当时李鸿章正加快北洋海军建设步伐，有意将这两艘"蚊子船"留在北洋，便亲自登船查勘，并遴派都司衔尽先守备林永升、叶祖珪为管带，并留两名洋弁协同照料操演。这样，筹办初期的北洋海军已经拥有了6艘"蚊子船"。

图7-32 "镇中"舰

图7-33 "镇边"舰

然而，这批被赫德吹捧得天花乱坠的"蚊子船"，在北洋海军发展过程中除了发挥海上历练官兵的作用之外，并未有其他作为。第一，在西方海军已经普遍走向大洋的时代，这些仅能用于防守港口的"蚊子船"与海军发展趋势极不相称。第二，缺乏海上机动能力，难以参与海上舰队作战，其存在也就无大意义。然而，无论是郭嵩焘还是李鸿章都是海军装备的外行，他们所看到的和感受到的只不过是皮毛而已，他们对"蚊子船"的赞赏更多的是受赫德的影响。而驻德公使李凤苞及福建船政局总监督、法国人日意格等人则不同，他们对"蚊子船"提出了严厉批评，他们认为"蚊子船"仅能防守港口。在海军内部，刘步蟾和林泰曾也联合向船政局提调吴仲翔呈交了《西洋兵船炮台操法大略》的条陈，批评"蚊子船"利于攻人而无能自卫，若中炮子即有沉破之患，求最上之策非拥铁甲等船自成数军，决胜海上，不足臻以战为守之妙。吴仲翔将该文呈报李鸿章，李鸿章在李凤苞、日意格、刘步蟾等人的提醒下认真研究了"蚊子船"的结构和性能，也感到它有两大缺点：第一，速率不高；第二，稳定性差。另外，李鸿章还考虑到"蚊子船"的后续花费，如果继续购买这种军舰，造成经费紧张，势必会影响后续铁甲舰的引进。所以，在第二批"蚊子船"到华后不久，他决定停购这种军舰。

由此可见，晚清时期清政府购买"蚊子船"的举措，其实是真正大规模购舰活动的前奏和预演。不久，李鸿章从英国订购的"超勇""扬威"来华，6艘"蚊子船"依然活跃在海上，参与执行各种海上任务。1888年，北洋海军成军，6艘"蚊子船"名列其中。此后，随着铁甲舰和新式巡洋舰的不断添购，"蚊子船"越来越显得无足轻重，为节省经费，北洋海军每年只维持2艘在海上执勤，其余的则收入船坞封存，在北洋海军参与的各种军事行动中也就很难见到它们的身影了。

1894年甲午战争爆发，北洋海军全部启用"蚊子船"，重新编制了人员，管带分别由蓝建枢、吕文经、黄鸣球、陈镇培、林文彬、潘兆培充任，投入到战争中。它们的主要任务是防守旅顺和威海卫海口，以及运送粮械、协助舰队护航。9月15日，日军发起平壤战役，次日李鸿章按计划派出4000铭军增援，令北洋海军主力全力护航。在北洋海军的护航编队中就有"镇中"和"镇南"两艘"蚊子船"，它们的任务是守卫鸭绿江口，防止日本舰船进入鸭绿江实施偷袭。黄海海战打响后，两艘"蚊子船"因无力与日本海军交战，故没有出现在战场上。当海战结束时，两艘"蚊子船"跟随舰队一同返回旅顺。

1895年1月底，威海卫保卫战打响，6艘"蚊子船"坚守在威海湾内，与其他舰船相配合，抗击日本海军的进攻。在经过了10余天的残酷战斗之后，北洋海军丧失了抵抗能力，旗舰"定远"管带刘步蟾、海军提督丁汝昌等自杀殉国。2月12日上午，"广丙"舰管带程璧光乘坐前挂白旗、后挂黄龙旗的"镇北"舰，拖一舢板从东口出港，途中换乘舢板，登上日本联合舰队旗舰"松岛"向伊东祐亨递交投降书。2月13日上午，程璧光乘"镇边"舰再次登上"松岛"舰，递交回函，并将丁汝昌的死讯告诉伊东祐亨。13日下午，牛昶昞作为驻威海卫清军代表，随程璧光乘"镇边"舰登上"松岛"，与伊东祐亨进行投降谈判。2月17日上午，伊东祐亨命令日本联合舰队各舰驶进威海湾。此时，北洋海军共有"镇远""济远""平远""广丙""镇东""镇西""镇南""镇北""镇中""镇边"10艘军舰成为日军的战利品。刘公岛陷落后，6艘"蚊子船"承担了运送岛上清军官兵出岛的任务（图7-34）。甲午战争后，6艘"蚊子船"编入日本联合舰队，担当了无关紧要的角色（图7-35、图7-36、图7-37），十几年后它们先后被除役、转售和报废。

图7-34　日军在威海卫利用俘获的"镇"字号炮舰载运遣散清军官兵

图 7-35 被日军俘获的"镇北"舰

图 7-36 在日本海军服役的"镇西"舰

图 7-37 "镇边"舰被俘后在旅顺修理

第六节 "广"字号巡洋舰

在甲午海战中，人们还发现有 3 艘"广"字号军舰参战，它们是"广甲""广乙""广丙"。翻阅《北洋海军章程》，在北洋海军的舰船序列中并没有这 3 艘军舰，那么，它们为什么会被编入北洋海军参加海战呢？原来，按照《北洋海军章程》规定，每年春分过后，凡是南洋能从事海战的兵船应由总理海军事务衙门调归北洋合操。1894 年 4 月，广东水师记名总兵余雄飞统带"广甲""广乙""广丙"3 舰北上参加南洋、

北洋会操，原计划会操完毕后返回广东，可此时朝鲜半岛局势紧张，中日之间爆发战争的可能性越来越大，李鸿章请示总理海军事务衙门，将这3艘军舰留在北洋，与北洋海军一同执行防御任务。

"广甲"是"威远"级巡洋舰，福建船政建造，是编号为第6号的铁胁兵船（图7-38）。它舰长67.66米、宽10.27米，舱深7.71米，排水量1300吨。该舰采用铁质骨架，木质船壳，没有附加装甲，故称"铁胁木壳"军舰。它安装1台英国造复式蒸汽机，2座锅炉，主机功率1600马力（约1176000瓦），航速14.2节。"广甲"的武器装备包括2门120毫米口径克虏伯主炮安装于舰体中部两舷，4门37毫米口径哈乞开斯5管机关炮安装于桅盘和舰桥，2具鱼雷发射管安装于舰首两侧。"广甲"于1887年8月6日下水，12月4日试航，首任管带吴永泰。

"广乙"（图7-39）和"广丙"是同级舰，福建船政建造，舰长71.63米、宽8.23米，吃水3.96米，排水量1000吨。该级舰安装有2台蒸汽机，1座燃煤锅炉，主机功率2400马力（约1764000瓦），航

图7-38 "广甲"舰

铁血甲午
——用文物还原甲午海战真相

图 7-39　参加南洋、北洋会操的"广乙"舰

速 16.5 节。"广乙"和"广丙"虽为同级舰，但武器装备不同。"广乙"舰尾装备 1 门 150 毫米口径克虏伯炮，2 门 120 毫米口径克虏伯炮安装在舰体中部两侧耳台，4 门 47 毫米口径哈乞开斯单管机关炮安装在舰桥附近，2 具 14 英寸（355.6 毫米）鱼雷发射管安装在舰体后部两舷。"广丙"装备 3 门 120 毫米口径克虏伯炮，安装位置与"广乙"相同，其他装备也与"广乙"相同。"广乙"和"广丙"分别于 1889 年 8 月 28 日和 1891 年 4 月 11 日下水。

1894 年 7 月 25 日凌晨，"济远"和"广乙"在方伯谦的率领下鱼贯驶出牙山湾，可意想不到的是与日本海军"吉野""浪速""秋津洲"3 艘军舰相遇，爆发了丰岛海战。

丰岛海战开始后，3 艘日舰集中打击航行在前且战斗力较强的"济远"舰，双方发生激烈炮战。"广乙"舰管带林国祥见状立刻加速前行，冲入战阵，直奔"吉野"，试图利用鱼雷攻击日舰，以解"济远"之围。"吉野"舰长河原要一十分清楚"广乙"的意图，他担心遭到鱼雷攻击，便下令"吉野"转舵向左规避。"广乙"仅靠16.5节的航速是无法追击"吉野"的，林国祥只好下令向"秋津洲"和"浪速"逼近。"秋津洲"舰长上村彦之丞和"浪速"舰长东乡平八郎也都被"广乙"的举动所震惊，他们暂时放弃对"济远"的攻击，集中火力轰击"广乙"。7时58分，当"广乙"逼近"秋津洲"舰尾600米时，遭到"秋津洲"速射炮的攻击，"广乙"桅杆被炮弹击中，桅炮炮手瞬间坠落牺牲，鱼雷发射室也中了一枚炮弹，"广乙"遂失去发射鱼雷的机会。几分钟后，"广乙"又出现在"浪速"舰尾三四百米处，东乡平八郎指挥军舰向左转舵，用左舷炮和机关炮猛轰"广乙"。虽然"广乙"发射的炮弹洞穿了"浪速"后部的钢甲板，击毁了它的备用锚和锚机，但自身中弹更多，全舰110余名官兵中阵亡30余人。其中有一枚开花弹在"广乙"舱面爆炸，造成20多人死伤。东乡平八郎在日记中写道："广乙号在我舰的后面出现，即时开左舷大炮进行高速度射击，大概都打中。"有一枚炮弹在"广乙"舰桥附近爆炸，击坏了轮机，导致"广乙"的航速下降。在这种情况下，林国祥被迫指挥"广乙"撤出战斗，8时30分向朝鲜西海岸退却。"秋津洲"和"浪速"正欲追击，但接到"吉野"发来的归队信号，"广乙"因此得以逃脱。

退却途中，林国祥对全舰进行了检查，发现船舵已毁坏，不堪行驶，勉强驶近十八家岛搁浅。林国祥清点了船上的武器装备，破坏了没有被毁的炮械，然后纵火烧船，率残部70余人登岸。8月5日，日舰"吉野"和"高千穗"找到了搁浅的"广乙"（图7-40），据"吉野"军官田所广海描述，"广乙"舰体多破，带有燃烧过的红色，3桅皆倒。而"高千穗"的报告称，"广乙"船体中部已大遭破坏，可见到日方炮击痕迹。另发现十数名兵员遗体，其中日方炮弹击破了"广乙"的司令塔，塔内有两名死者，另有一名坚守瞄准器的炮手战死。这些情况说明，"广

图7-40 退出战场并搁浅自毁的"广乙"舰

乙"官兵付出了巨大牺牲，也说明林国祥是在仓皇之中率领残部撤离的，没有来得及处理战友的尸体。后来，登岸的70余人中有20余人逃至朝鲜大安县，辗转回到国内。林国祥率领54人赶赴牙山寻找叶志超部清军，当找到清军营地时发现营帐已空。原来在两天以前，叶志超已率部离开牙山，退往平壤。此时的牙山地方政府已由日军控制，当地朝鲜百姓不敢接济清军，林国祥部遂陷于绝境。幸亏有英国领事帮助，使林国祥等人登上英舰"亚细亚"。"亚细亚"舰在驶往中国途中遭遇了日舰的拦截，林国祥等人被迫签署永不与闻兵事的"服状"后才得以回国。

对于签署具结书的这些弁兵，李鸿章认为，北洋海军中没有经历作战的兵卒很多，急需要作战人员，"广乙"的这些弁兵应当分配到各舰备用，不能将他们放弃。如果把他们送回海军营内效力，谁也无从查究。丁汝昌照此办理。后来，"济远"管带方伯谦被正法，林国祥接署"济远"舰管带。

丰岛海战后，"广甲"和"广丙"两舰随北洋舰队多次出海，巡弋于旅顺、威海卫和朝鲜西海岸之间。1894年9月16日，北洋海军主力护航运兵船至鸭绿江口大东沟，为防止日本舰队来袭，丁汝昌将北洋海军各舰船做了梯次配置，他将"平远""广丙"布置于大东沟入口处，密切警戒转运海域的安全。包括"广甲"在内的10艘主力战舰在大东沟口西南方向12海里处下锚驻泊，以警戒整个大东沟海面的安全。黄海海战打响前，北洋舰队采取"夹缝鱼贯阵"接敌，"济远"和"广甲"

编为第四小队，展开为"夹缝雁形阵"时"广甲"位于战斗队形的最左翼。

　　海战打响后，"广甲"与其他军舰一样处于各自为战状态。战至15时30分，"致远"悲壮沉没，方伯谦率"济远"逃离战场，吴敬荣（图7-41）见状，也率"广甲"逃跑，向西南方向疾驶。在逃跑过程中，"广甲"因慌不择路而在大连湾外三山岛以东搁浅。战后，为了不使这艘军舰落入日军之手，丁汝昌命令方伯谦率"济远"往拖出险，但由于"广甲"搁浅太深

图7-41　吴敬荣

而未成功，丁汝昌只好下令拆除武备，将其破坏。两天后，日军找到"广甲"残体，将其彻底击毁（图7-42）。

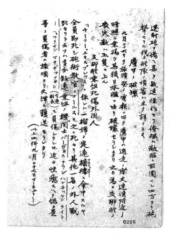

鉴于吴敬荣的临阵脱逃行为，丁汝昌于1894年9月22日致电李鸿章，建议将方伯谦和吴敬荣严行参办。最终，吴敬荣被"革职留营，以观后效"。

"广丙"舰在黄海海战前的经历与"广甲"基本相同，黄海海战打响前，"广丙"被布置在大东沟担任警戒任务。发现敌情后，丁汝昌命令各舰随主力战舰行动，"广

图7-42 日本档案对破坏"广甲"舰的记载

吴敬荣

　　吴敬荣，安徽休宁县人，生于1864年。他少年时入天津水师学堂学习矿务。1874年，清政府选派第三批官学生赴美国学习，吴敬荣名列其中。回国后，他被派往北洋海军任职，积功至蓝翎五品军功补用千总。1889年，他升精练右营守备，充任"敏捷"练船帮带大副。1892年4月，他调任广东水师"广甲"舰帮带大副。12月，他升"广甲"管带，旋赏加都司衔。1894年5月，广东水师"广甲""广乙""广丙"3舰北上会操，事毕3舰留在北洋。1894年9月17日，黄海大战爆发，"广甲"和其他各舰投入战斗。战至15时30分后，"济远"逃离战场，吴敬荣指挥"广甲"随之也逃，行至大连湾外三山岛以东搁浅，吴敬荣弃船登岸。"广甲"后被日舰击毁。黄海海战后，吴敬荣被"革职留营，以观后效"。旅顺陷落后，丁汝昌率北洋舰队退往威海卫，为帮助陆军加强威海湾两岸防务，他派吴敬荣、温朝仪等率领水手200余人协助绥军防守北帮炮台。1895年1月30日，

日军攻占威海卫南帮炮台。2月1日，驻守北帮炮台的绥军不战而溃，吴敬荣率部下随绥军一起逃跑。日军未费一枪一弹就轻取北帮炮台。甲午战争后，吴敬荣被革职，1903年出任"建安"鱼雷艇管带，1906年任"宝璧"训练舰管带，1908年12月任"江利"炮舰管带。民国成立后，吴敬荣出任总统府侍从武官，先后授海军上校、海军少将、海军中将军衔。

丙"与"平远"一起赶往战场。刚进入交战区域，两舰即与日本联合舰队本队相遇，双方随即展开交火，从2800米一直打到1200米。"广丙"以120毫米口径主炮直射"松岛"，"松岛"和"千代田"用舷侧速射炮密集还击，"广丙"舰管带程璧光担心两侧鱼雷发射管中的鱼雷被引爆，便转向撤出战斗。刚刚摆脱日舰攻击的"平远"和"广丙"又与企图仓皇逃走的"西京丸"撞了个正着，"平远"和"广丙"立即开炮轰击。从14时30分开始，日本联合舰队第一游击队和本队对北洋舰队形成了夹击之势，致使"广丙"等舰相继起火。战至16时16分，已经远离主战场的"平远"和"广丙"因伤重而向海岸驶去。在临近海战结束时，"广丙"经过抢救重返战场。17时30分左右，日本联合舰队首先撤出战场，丁汝昌率领"定远""镇远""靖远""来远""平远""广丙"6舰向日本舰队撤退方向追了一段距离，见日舰已经驶远，便掉转船头驶回旅顺。

经黄海一战，北洋海军有5艘军舰或沉或毁，"广丙"舰一跃而成为主力舰，受到李鸿章的重视。他不断催促丁汝昌率领主力舰出海。由于维修舰船的工匠缺乏，直到10月18日，丁汝昌才登上"定远"舰，率领"镇远""济远""靖远""平远""广丙"5艘军舰勉强出海，前往威海。"广丙"战斗力本来就弱，此时开花弹严重不足，战斗力进一步削弱。威海卫保卫战打响后，"广丙"退守威海湾，投入激烈战斗。1895年1月下旬，日军发起对威海卫后路的进攻，丁汝昌将"定远""靖远""来远""广丙"等军舰调到南帮炮台附近，以炮火支援杨枫岭炮台的战斗。2月9日上午，"靖远"舰在日本海军进攻中被岸上大炮发射的炮弹击中，坐沉于威海湾内，丁汝昌决定将其与"定远"一起彻底炸毁，以免资敌。执行爆破任务的是"广丙"舰，管带程璧光（图7-43）

图7-43 程璧光

程璧光

程璧光，广东省香山县人，生于1861年。1875年，他考入福建船政学堂学习驾驶，毕业后在"扬武"舰当练习生。他历任南洋水师"超武"炮舰管带、"元凯"炮舰管带，广东水师"广甲"舰帮带等职。他积功擢都司，调升"广丙"舰管带。1894年5月，广东水师的"广甲""广乙""广丙"3舰前往北洋会操，事毕留北洋。7月25日，日本海军挑起丰岛海战。9月16日，李鸿章派北洋海军主力护送陆军增援平壤，丁汝昌率舰在大东沟列阵防御。9月17日，黄海海战打响，程璧光率"广丙"舰投入战斗。战后，"广丙"随北洋舰队退守威海卫。1895年1月底，威海卫保卫战打响，经10余天战斗，北洋舰队丧失战斗力，被迫向日军投降。2月12日，程璧光乘"镇北"炮舰向日军递交投降书。17日，日舰开进威海湾，北洋海军全军覆没。甲午战争后，程璧光被革职回乡。时值孙中山从事革命活动，程璧光加入兴中会，参与武装起义。1895年10月，兴中会起义计划泄露，程璧光逃至南洋槟榔屿。1896年6月，程璧光回国，在李鸿章推荐下出任监造军舰专员，赴英监造"海天""海圻"等舰。1899年，他率"海天""海圻"回国，先后出任"海容""海

坼"等舰管带。1907年，陆军部设海军处，程璧光出任船政司司长。1909年，筹办海军事务处成立，南洋、北洋海军统一为巡洋、长江两个舰队，程璧光统领巡洋舰队。1910年冬，清廷改筹办海军事务处为海军部，载洵为海军大臣，程璧光任第二司司长。1911年4月，程璧光率"海圻"巡洋舰远赴英国，参加英王加冕仪式，又率舰访问古巴。北洋政府时期，程璧光被聘为海军高等顾问，又任海军总长。1917年7月，程璧光率领海军第一舰队南下广州，宣布护法。9月，军政府成立，孙中山任陆海军大元帅，程璧光任海军总长。1918年2月26日，程璧光被刺杀于广州海珠。

带领弁勇先用鱼雷将已受重伤的"靖远"舰破坏，又将350磅（约158.76千克）炸药放入"定远"舰体内，将"定远"彻底炸毁。刘公岛陷落后，"广丙"被日本海军俘虏，编入日本联合舰队（图7-44）。甲午战争后，"广丙"被派往日军占领下的台湾执行任务，于1895年12月触礁沉没。

图7-44 被日本俘获的"广丙"舰

第八章
甲午战争失败的原因及其影响

  中日甲午战争是中国近代史上的重大事件，它以中国的失败而告终。这场战争彻底改变了东亚格局乃至世界秩序，给中国人民和中华民族带来了深重灾难，使中国在政治、经济、文化等方面陷入全面危机。与此同时，日本由一个亚洲小国一跃而成为世界强国，其膨胀的军国主义给中国乃至世界都带来了严重危害。这场战争也彻底改变了中国社会的发展方向，成为近代以来中国人民和中华民族伟大觉醒的转折点。从此，中国革命运动风起云涌，民族复兴成为中国人民和中华民族的百年梦想和不懈追求。深入思考这场战争，我们不能不认真总结教训，并以此为鉴，敲响国家安全的警钟。我们不能不放眼未来，坚定信心，为实现中华民族伟大复兴而努力奋斗。

第一节　中国甲午战败的原因

中国在甲午战争中失败的原因是多方面的，涉及政治、经济、文化、外交、军事等各个领域，在梳理这些原因时，学术界不乏精彩之论。这里仅就制度、战略、精神3个主要方面加以分析。

第一，甲午战败是制度之败。中日两国的甲午战争说到底是两种社会制度的较量，是晚清中国没落的半殖民地半封建制度和日本新兴的资本主义制度之间的较量。一个国家的社会制度决定了这个国家的管理体制。从战争角度来说，上自战争动员、战略筹划、军队调动，下至战术运用、民众支援、单兵作战，都离不开战争体制的运行。晚清时期的政治制度，由于存在高度集权、专制等弊端，因而无法建立起科学、高效的战争体制。朝廷中以慈禧太后为首的保守势力掌握着军政大权，一味维护小集团的利益，企图借助列强的力量遏制日本的战争意图，压制和打击以光绪皇帝为首的激进派。以光绪皇帝为首的激进势力则极力主张对日开战，他们在不深入研究战争特点、不掌握敌人信息、不进行符合客观实际的战力评估的前提下试图一劳永逸，通过一味寻战来打败日本。由此，朝廷中形成了两股决策力量，在战争问题上斗争激烈，相互掣肘，使战争策略飘忽不定、自相矛盾。有时主张妥协退让，有时主张对日强硬，让地方督抚和海陆军部队左右为难。应该说，朝廷中战争决策者的这两种思维都是毫无根据的一厢情愿，严重脱离中日战争实际，既不可能构建起高度统一的战争指挥体系，也不可能确立起高度统一的作战指导思想。这表现在战争中就是：一是不能形成全国军队的用兵联动。当时，全中国的军队有100多万人，分为八旗、绿营、淮军、北洋海军以及各地方部队等不同类型，从数量上看，较日本军队占有绝对优势。但是，这些军队不相统属，没有统一的指挥调动机制，没有建立适应战争的军队编制体制，参与战争的只有区区几万部队，其他部队都以旁观者的身份处于观望状态，清政府也无力采取有效措施，只能使中日甲午战争成为一场局部战争，用李鸿章的话说就是"以北洋一隅之力，搏倭人全国之师"。二是没有建立完善的信息情报制度。情报在战争中的作用至关重要，古人说：兵马未动，粮草先行。事实上，古今中外的战争实践证明，在粮草之前，情报更需要先行。中国古代军事家早就关注情报工作，《孙子兵法》中就有《用间篇》，对搜集情报的间谍种类、使用以及反间谍方法都做了概括和论述。然而在中日甲午战争爆发之前，清政府并没有运用传统军事谋略对战争进行全局筹划，朝廷上下出于对日本的轻视而严重忽视情报工作，既没有建立完整的情报组织系统，也没有制定信息情报制度，因而也就不可能存在专门从事情报工作的间谍群体。从现有史料看，清政府在甲午战争前最接近间谍活动的一次派遣是南洋大臣沈葆桢在1879年12月派出下属王之春前往日本搜集情报的行动。王之春在日本仅停留了一个月，回国后向沈葆桢递交了一份名为《谈瀛录》（图8-1）的调查报告，简要地将日本国情分门别类地加以概述，对事物的叙述仅限于基本情况的介绍，个人见解既不多也不深刻，这次"间谍活动"可谓走马观花。反观日本，自与清政府建交至甲午战争爆发，始终没有停止向中国派遣间谍，这些间谍以领事馆人员、武官、留学生、商人等各种身份深入中国社会的各个层级和领域，甚至建立了完整而庞大的间谍网，广泛开展间谍活动，所搜集的情报成为日本发动甲午战争的重要依据。

第二，甲午战败是战略之败。无论在战时还是平时，一个国家都应制定符合实际的国家战略，以及由国家战略决定的军事战略。在甲午战争爆发前的300年，日本就已经有了比较清晰的国家战略，丰臣秀吉曾

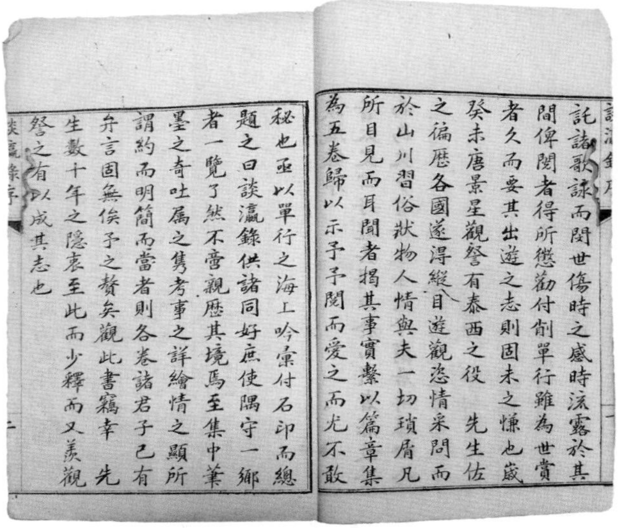
託諸歌詠而閲世傷時之感時流露於其
間俾閲者得所懲勸付剞劂單行雖為世賞
者久而要其出遊之志則固未之慊也歲
癸未唐景星觀察有泰西之役 先生佐
之徧歷各國遂得縱目遊觀恣情采問而
於山川習俗狀物人情與夫一切瑣屑凡
所目見而耳聞者揭其事實繫以篇章集
為五卷歸以示予予閲而愛之而尤不敢
秘也亟以單行之海上吟稟付石印而總
題之曰談瀛錄供諸同好庶使隅守一鄉
者一覽了然不啻親歷其境焉至集中筆
墨之奇吐屬之雋考事之詳繪情之顯所
謂約而明簡而當者則各卷諸君子已有
弁言固無俟予之贅矣觀此書竊幸 先
生數十年之隱衷至此而少釋而又羨觀
察之有以成其志也

图 8-1 《谈瀛录》

设想在亚洲建立一个大帝国，在此后的若干年中，日本始终幻想着建立以日本为“中央之国”的华夷秩序，无论是“脱亚入欧”还是后来所确立的称霸世界的“大陆政策”，都是对这一构想的继承和发展。这样的国家战略就决定了它的军事战略的性质一定是扩张和黩武。

要应对日本的侵略企图，中国必须制定相应的国家战略，然而遗憾的是晚清时期的中国并没有形成明确的国家战略。1840 年的鸦片战争，西方列强用坚船利炮打开了中国国门，从此清政府处于内忧外患的境地。在长达 50 多年的时间里，国内形势动荡不安，边疆民族矛盾突出，西方列强发动的侵略战争不断，国家安全面临着重大危险。特别是第二次鸦片战争后，俄国直接出兵侵占伊犁地区，阿古柏势力入侵新疆，日本积极谋求吞并琉球和台湾，中国西北边疆和东南海疆同时告急。此时，清政府已经认识到了国家安全的重要性和紧迫性。武英殿大学士、军机大臣文祥在奏折中说："洋人为患中国，愈久愈深，而其窥伺中国之间，亦愈熟愈密。……俄人逼于西疆，法人计占越南，紧接滇、粤，英人谋由印度入藏及蜀，蠢蠢欲动之势，益不可遏。"面对如此严峻的形势，由于清政府并没有制定长远的国家战略，不得不在1874年开展了是海防为重还是塞防为重的大讨论。李鸿章主张以海防为重，左宗棠则主张海防和塞防并重，以塞防为先。最终，清政府采纳了"塞防和海防并重"的观点，于1875年任命左宗棠为钦差大臣，督办新疆军务，同时令北洋大臣李鸿章、南洋大臣沈葆桢分别负责北洋和南洋的海防建设。

虽然在大敌当前匆忙形成的"塞防和海防并重"的方略并不完整，没有把云南、西藏、东北等地区的安全问题考虑进去，但它毕竟是一个国家层面的战略筹划，如果能按照这一思路执行下去，根据时事变化逐渐完善，那么当日本发动侵略战争的时候不至于措手不及。然而，清政府并没有这样做，而是把"塞防和海防并重"方略当作权宜之计，当危机过后便把它束之高阁了。

没有清晰的国家战略，就不可能制定明确的军事战略。面对日本发动战争步伐的不断加快，清政府时常表现得措手不及，亡羊补牢的措施也往往是虎头蛇尾。1874年，日本借口琉球船民在台湾被杀，派遣陆军侵略台湾，这个事件最终以清政府赔偿50万两白银而告结束。这一结果震动了朝廷上下。清政府深感海防力量的薄弱，决定加强海防建设，于是进行了第一次"海防议"，确定建设近代化海军的方向。可当危机过后，清政府又开始漫不经心，先前制订的近代海军发展计划进展极为缓慢。直到1884年中法战争爆发，福建船政水师全军覆没，清政府才又一次感到维护国家安全的紧迫性，进行了第二次"海防议"，成立了中央海军领导机构——总理海军事务衙门，并于1888年建成北洋海军。然而，这支耗费了清政府大量心血建立起来的真正意义上的海军却从此停止发展，任由日本赶超，到甲午战争爆发时未添一艘新舰，暴露出晚清海防建设的随意性，致使战争爆发以后，战争指导模糊不清，作战指挥自相矛盾，战争计划朝令夕改，战略、战术虎头蛇尾。这样的战争岂有不败之理？

总之，晚清统治者受封建国家体制和理念制约，秉持落后的古代战争思维方式，缺乏站在全局高度谋划战争的能力，直到开战也没有形成清晰的国家战略和明确的军事战略，这在全球新的战略格局加速演变的背景下显得格外幼稚和可笑。

第三，甲午战败是精神之败。精神是一个国家文化的重要组成部分，是这个国家的灵魂。在战争中，人民和民族的精神具有无可替代性，在一定的条件下精神可以转化为物质力量。从战斗力的角度分析，一支军队的战斗力由3个不可或缺的要素构成，这就是人、武器装备以及人与武器装备的结合方式，即编制体制。其中人是决定因素。毛泽东在《论持久战》中指出："武器是战争的重要的因素，但不是决定的因素，决定的因素是人不是物。"而在人的因素中，精神占据着绝对重要的地位。所以，毛泽东在《论联合政府》中指出："这个军队具有一往无前的精神，它要压倒一切敌人，而决不被敌人所屈服。不论在任何艰难困苦的场合，只要还有一个人，这个人就要继续战斗下去。"这是中国人民取得战争胜利的法宝。由此可见，一个国家要有国家精神，一个民族要有民族精神，一支军队要有军队精神，一个人要有人的精神，它们是战胜敌人、赢得战争不可缺少的力量。那么，精神的力量来自哪里呢？首先来源于这个国家和人民的政治信仰，换言之，政治信仰是产生强大精神力量的前提和基础。政治信仰表现为政治认同、民族认同和道德认同。晚清的中国，政治腐败，经济衰退，军事软弱，社会动荡，民不聊生，广大人民群众看不到国家的未来和民族的前途。在这样的情况下，怎么能够产生强烈的政治信仰呢？没有了政治信仰，也就没有了强大的精神力量。表现在行动上就是没有定力，一盘散沙。我们可以看到，清朝统治者面对战争时没有全力应对。慈禧太后私欲膨胀，大搞生日庆典。各级官吏为讨慈禧太后欢心，不惜挪用建设海军的经费修建颐和园和"三海"工程，大大影响了军力的提升。面对步步紧逼的日本，清政府表现出来的是战前的自大和轻敌、战中的慌乱和懦弱、战后的自卑和逃避。战争的具体指挥者李鸿章和北洋海军的将领们对近代军事的认识浮于表面，对近代军事思想的精髓要义不求甚解，仅学到了部分外在的东西。在现有史料中很难找到北洋海军的将领们探讨军事学术的记载，而西方军队将领探讨军事学术已经蔚然成风。在北洋海军访问新加坡期间，史料所记载的都是海军将领每天如何参加宴会、茶会、拜访等活动，看不到他们前往英、法、德等国的海军舰艇进行见学的记载。战争爆发后，面对无能的慈禧太后等人，李鸿章和北洋海军的各级将领始终没有建立起战胜日本的信心。"经远"舰驾驶二副陈京莹在黄海海战前夕写给父亲的信中说，北洋海军的胜算只有三成，代表了大部分军官的看法。

其次来源于生活养成。中华民族曾经是一个尚武的民族，历史上出现过无数的铁血英雄。然而自宋朝以来，重文轻武逐渐成为一种观念，国人的尚武精神和铁血之气趋于淡化。特别是近代以后，这种重文轻武的观念不仅存在，而且与腐化堕落相联系，严重侵蚀了军队的战斗力，使清政府的八旗军和绿营兵成为晚清军队衰败的象征。这种社会风气自然蔓延到新式海军教育中。北洋海军的军官受海军教育的经历和背景相似，但在战争中的表现却差异巨大，严复、林泰曾、邓世昌、杨用霖、方伯谦等军官各自走出了不同的人生之路，如邓世昌一样的民族英雄并不多见，原因是中国近代海军教育只允许他们"以中国之心思通外国之技巧"，不允许"以外国之习气变中国之性情"。这样就使得他们的行为取决于个人性格、喜好、家庭背景、少小经历等因素，海军教育则高度崇尚"技巧"的掌握，而不注重包括信仰、血性、尚武精神等在内的"性情"的锻造，于是就有了李鸿章发出的"闽厂学生大都文秀有余，威武不足"的感叹。黄海海战遭遇败绩之后，北洋海军将领们普遍产生了怯敌心理，不敢与敌进行正面交锋，精神之气已落了下风。按照新式军队打造的北洋海军尚且如此，其他清军更不待言。下层官兵根本不知道为谁打仗、为谁牺牲，在强敌面前缺乏血性，战争中一触即溃、兵败如山倒的情景一再出现。日军攻占威海湾北帮炮台时，数千清军中只有区区数十人进行了顽强抵抗。在刘公岛即将陷落之际，失败情绪弥漫整个刘公岛，要求投降者不乏其人。这说明清军的精神动力已严重不足。

甲午战争的失败，除了上述原因之外，日本的战争预谋、中日武器装备的差距、西方列强的助纣为虐等客观因素也都起了重要作用，这里就不一一分析了。

第二节　甲午战争的影响

一、甲午战争对中国的影响

1895 年 4 月 17 日，中日双方在日本马关的春帆楼签订了《中日讲和条约》，也称《马关条约》（图 8-2）。该条约包括《讲和条约》11 款、《议订专条》3 款、《另约》3 款。《马关条约》的主要内容有：中国认明朝鲜国确为完全无缺之独立自主国；中国割让辽东半岛、台湾

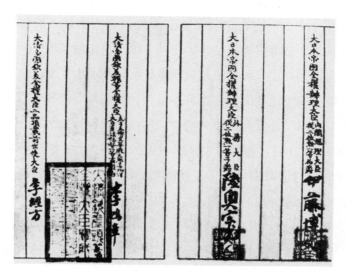

图 8-2 《马关条约》签字

全岛及所有附属各岛屿给日本；中国约将库平银二万万两交与日本，作为赔偿军费，该款分作八次交完，第一次赔款交清后，未经交完之款应按年加每百抽五之息；日本臣民得在中国通商口岸、城邑任便从事各项工艺制造，又得将各项机器任便装运进口，只交所定进口税；开放沙市、重庆、苏州、杭州为商埠，日船可以沿内河驶入以上各口，搭客载货；等等。另外还规定：遵和约第八款所订暂为驻守威海卫之日本国军队，应不越一旅团之多，所有暂时驻守需费，中国自本约批准互换之日起，每一周年届满，贴交四分之一，库平银五十万两；在威海卫应将刘公岛及威海卫口湾沿岸，照日本国里法五里以内地方，约合中国四十里以内，为日本国军队驻守之区；在日本国军队驻守之地，凡有犯关涉军务之罪，均归日本国军务官审断办理。

《马关条约》的签订标志着中日甲午战争正式结束，它把中国推向了苦难的深渊。在政治上，割让土地使中国的主权遭到更加严重的破坏。

中国割让辽东半岛、台湾全岛及所有附属各岛屿给日本的规定贻害无穷。虽然辽东半岛最终经过德、法、俄3国干涉由清政府"赎回"，但很快又落入俄国之手。台湾更是被日本统治长达半个世纪之久。更加严重的是，甲午战争后西方列强步日本后尘，掀起瓜分中国的狂潮。1895年，德国以获取"还辽"报酬为由，向清政府提出设立天津、汉口两处租界。1897年11月，德国又以巨野教案为借口出兵占领胶州湾，并于1898年3月强迫清政府签订了《胶澳租界条约》，强租胶州湾99年，获得建造胶济铁路并享有铁路沿线30里（15千米）以内开矿权的特权。1898年，俄国胁迫清政府签订了《旅大租地条约》和《续订旅大租地条约》，获得了租借旅大25年、建造南满铁路的权利。1898年4月，清政府与法国互换照会，承认中国云南、广西、广东诸省领土不割让给其他国家，这些地区遂成为法国的势力范围。1899年11月，法国又强迫清政府签订了《广州湾租界条约》，将广州湾租与法国，租期99年。1898年6月，英国强迫清政府签订了《展拓香港界址专条》，将九龙及大鹏湾、深圳湾划为租借地，租期99年。7月，英国又与清政府签订了《订租威海卫专条》，规定中国将刘公岛、威海湾内诸岛及威海全湾沿岸以内10英里（约16.1千米）的地方租与英国，租期与俄国驻守旅顺之期相同。1899年8月，日军在鼓浪屿登陆，10月迫使清政府签订《厦门日本专管租界条款》，取得了在厦门设立租界的权利，并企图将福建以至浙江划入日本的势力范围。总之，在甲午战争后短短几年内，西方列强蜂拥而上，或夺占港湾，或划定势力范围，一时间中国的大好河山支离破碎，神州大地哀鸿遍野。爱国华侨谢瓒泰绘制了著名的《时局图》，形象地展现了甲午战争后中国的悲惨局面。黄遵宪赋诗高呼："沉沉酣睡我中华，哪知爱国即爱家。国民知醒宜今醒，莫待土分裂似瓜。"维新志士谭嗣同也发出了"天涯何处是神州"的悲叹。

在经济上，巨额赔款将中国经济推向崩溃边缘。按照《马关条约》的规定，日本向中国索取赔款为库平银2亿两，再加上"赎辽费"3000万两和驻军威海卫军费150万两，以及以"库平实足""磅亏"等名目勒索的2819万两，共计2.5969亿两，约合3.8955亿日元，是当时清政府全国年度财政总收入的约3倍，是日本全国年度财政总收入的近5倍（见《甲午战争赔款数额问题再探讨》，载《历史研究》2010年第3期）。巨额赔款使清政府财政赤字激增，依赖国家拨款的教育、医疗、军队建设等事业陷入严重危机，清政府不得不向外国大量举债，同时加重对劳动人民的盘剥。按赔款数额算，全国人均负担0.6两多白银，使百姓本来就痛苦不堪的生活雪上加霜，大大激化了阶级矛盾。

然而，甲午战争后中华民族的沉沦并不意味着民族前途和命运的尾声，相反，它是中国人民和中华民族觉醒的开始。《马关条约》刚刚订立，在国内就掀起抗议浪潮，以康有为、梁启超等人为代表的知识分子联合全国在北京应试的1000多名举人发起了著名的"公车上书"，给皇帝上万言书，提出拒和、迁都、练兵、变法的主张。此后，维新派掀起了维新运动，在各地设学校、立学会、办报纸，与保守派展开论战，成为中国近代史上一次思想解放潮流，被称为"戊戌变法"。在这次变法运动中，维新派从思想酝酿和组织准备迅速发展成为政治变革的实际行动，在国内产生了很大影响。然而，在保守派的残酷打击下，这场改革运动很快就失败了。

早在1894年11月甲午战争正在激烈进行之时，孙中山就在美国夏威夷檀香山创建了中国近代史上第一个民主革命团体——兴中会，以"驱除鞑虏，恢复中华，创立合众政府"为纲领，提出了"振兴中华"的口号。甲午战争后，以孙中山为代表的革命派，以兴中会为基础，联合其他革命党派，于1905年8月成立了资产阶级政党——中国同盟会，以"驱除鞑虏，恢复中华，创立民国，平均地权"为政纲，发动了多次武装起义，推动了辛亥革命的爆发。辛亥革命是一场完全意义上的民族民主革命，它推翻了统治中国2000多年的封建帝制，建立起民主共和政体，极大推动了中华民族的思想解放和中国社会变革。然而，由于领导辛亥革命的民族资产阶级的软弱性和妥协性，最终导致了革命的失败。

1919年5月，五四运动爆发，这场彻底的反帝反封建的爱国运动促进了马克思主义理论在中国的广泛传播，为中国共产党的成立在思想上和干部上做了准备。从此，无产阶级登上政治舞台，成为中国革命的领导阶级，中国进入了新民主主义革命的新阶段。1921年7月，中国共产党成立，正式开启了中华民族伟大复兴的新征程。中国共产党的诞生有两个必不可少的前提条件：一是甲午战争后中国人民和中华民族的伟大觉醒；二是马克思列宁主义同中国工人运动的紧密结合。正如《中共中央关于党的百年奋斗重大成就和历史经验的决议》所指出的："在中国人民和中华民族的伟大觉醒中，在马克思列宁主义同中国工人运动的紧密结合中，一九二一年七月中国共产党应运而生。"

由此可见，中日甲午战争是中国社会变革的重要转折点。

二、甲午战争对日本的影响

甲午一役，日本尝到了发动侵略战争的甜头，更加刺激了它对外扩张的野心，它不再满足于称霸亚洲，而是把目光转向了全世界。为了实现新的目标，日本加大了军队建设力度，不仅成倍扩充步兵，而且还迅速扩大炮兵和骑兵数量，从军队结构上建成了适应近代化战争的武装力量体系。尤其是在海军方面，西乡从道提出了庞大的海军扩充计划，目标直指德、法、俄等强国联合派到东方的舰队。为此，日本把从中国获得的偿金大量用于扩充军备。据统计，用于陆军扩充的费用是5700

万日元，海军扩充费用1.39亿日元，临时军事费7900万日元，发展军舰水雷艇补充基金为3000万日元，共计3.05亿日元，占偿金总数的85%。在赢得战争的刺激下，日本国内的军国主义迅速膨胀，在发动侵略战争的道路上越走越远，使其成为远东地区的战争策源地，在数十年后又先后发动了第二次侵华战争和太平洋战争。

日本除了从中国勒索2.5969亿两白银外，还从中国掠夺了大量物资，包括各类船舶、港口设施、武器装备、金银财物、粮食用具、图书报刊、各种文物等，有学者粗略估计，物品价值1.2亿日元。当时，日本政府的年度财政收入大约为8000万日元，所夺偿金和财物价值相当于日本政府近6年的财政收入总和。这些资金除了用于军备外，还用于各种事业的建设，使日本社会面貌大为改观。

日本的经济也在战争的刺激下得到飞速发展。按照《马关条约》的规定，中日双方于1896年7月签订了《中日通商行船条约》，规定日本人有在中国的通商口岸设立工厂的自由，使得日本在中国的沙市、重庆、苏州、杭州、天津、上海、厦门、汉口等地的企业数量迅速增加，利润源源不断地输入日本国内。战争也进一步促进了日本国内企业的发展，使日本国内工厂数量由1892年的2767家猛增到1896年的7640家。工业的发展带动了金融业的繁荣，日本全国银行由1893年的703家、资本约1.1亿日元增加到1898年的1752家、资本3.8亿日元。

总之，甲午一役给日本带来了巨大的"红利"，财富的增长促进了社会的全面发展，使日本一跃成为亚洲最强大的国家。同时，战争也进一步刺激了日本军国主义的滋长，使日本走上了穷兵黩武的危险道路。

三、甲午战争对世界的影响

甲午战争改变了远东政治格局。第一次鸦片战争后，以英国为首的

欧洲国家的势力侵入中国，它们为争夺远东利益，相互制约，相互争斗，形成了以英俄矛盾为核心的动荡的东亚局势。甲午战争后日本的崛起严重冲击了西方列强构建远东格局的进程，日本成为远东利益的有力争夺者，直接改变了以英俄矛盾为核心的东亚局势，日俄矛盾上升至主导地位，由此导致了日俄战争的爆发。日本打败俄国后，极大巩固了它在远东的地位，从此，中国历史上与周边亚洲国家建立的宗藩关系体系彻底瓦解，殖民主义体系在亚洲取代了宗藩关系体系而建立起来。这一新的远东秩序用掠夺、压迫和战争取代了和平、友好和共赢，从而使远东地区局势更加动荡不安。

日本的"成功"极大刺激了它的野心，日本绝不仅仅满足于主导远东的国际秩序，按照它既定的"大陆政策"，它要参与整个世界秩序的重构。为此，它用了30多年的时间，酝酿更大规模的战争，于是在1931年发动了第二次侵华战争，在1941年挑起了太平洋战争，从而形成了第二次世界大战中柏林—罗马—东京的轴心国体系，对世界产生了重大影响。从这个意义上讲，中日甲午战争是世界"秩序"重构的转折点。

第三节　甲午战争对中国国家安全的警示

战争是影响国家安全最直接、最重要的因素，历史上如此，今天也是如此。总结和梳理甲午战争对中国国家安全的影响因素，具有十分重要的现实意义。从国家安全的角度讲，甲午战争给我们留下的警示是深刻的，可以概括为以下几个方面：

一、清政府认识到了国家安全的重要性和紧迫性，却没有国家安全的总体战略筹划

1840 年的鸦片战争，西方列强用坚船利炮打开了中国国门，从此清政府处于内忧外患的境地。在长达 50 多年的时间里，国内农民起义不断，边疆民族矛盾突出，西方列强侵华战争不断，中国国家安全面临着最危险的时刻。在这种危机之下，国家财力和资源有限，如何应对来自四面八方的安全危机，朝廷内部出现了严重分歧，酿成了 1874 年的海防和塞防之争。在这场关系到国家安全重点放在何处的大讨论中，李鸿章主张以海防为重：今则东南海疆万余里，各国通商传教，来往自如，麇集京师及各省腹地，阳托和好之名，阴怀吞噬之计。一国生事，诸国构煽，实为数千年未有之变局。因此，李鸿章主张，当务之急是练兵制器，购买铁甲舰成立舰队，把海上大门看起来。左宗棠则主张海防和塞防并重，以塞防为先：倘西寇数年不剿，养成强大，……则京师之肩背坏。收复新疆，势在必行。在左宗棠看来，西北边疆的侵略势力如果不剿灭就会逐渐强大，从西北方向破坏京师的防御体系，因此收复新疆，势在必行。但左宗棠也不反对加强海防建设，毕竟他曾经担任过闽浙总督，福建船政局和福建船政学堂是他一手创办的，他深知海防建设的重要性。因此，他的主张叫作"塞防和海防并重"。

经过讨论之后，清政府采纳了"塞防和海防并重"的观点，于 1875 年任命左宗棠为钦差大臣，率军西征，负责收复西部领土，以固塞防，同时令李鸿章、沈葆桢分别负责北洋和南洋的海防建设。

"塞防和海防并重"的方略虽然是不完整的，但依然是正确的。在接下来的实施过程中，左宗棠筹集资金，致力西北边疆的维护，一举收复了除伊犁之外的新疆全境。李鸿章则筹集资金开始了北洋海军建设的艰难历程。

　　有了正确的国家安全战略就应形成一套完整的方案，并将其固化下来，以便长期实施。然而清政府并没有这样做，而是把"塞防和海防并重"的方略看成了权宜之计，当新的情况出现以后，这一方略很快就发生了变化。1874年，日本侵台事件极大刺激了清政府，清政府决定加强海防建设。于是，清政府就提出练兵、简器、造船、筹饷、用人、持久6条措施，下发沿海沿江各省督抚、将军进行讨论。这次大讨论被称为"海防议"，也称作"第一次海防大讨论"。这次大讨论的结果是确定建设近代化海军的方向。可是，近代化海军建设的推进却步履维艰。

　　1884年8月23日，中法爆发马江海战，福建船政水师全军覆没。马江沿岸是福建海防重地，这里不仅有福建船政局，还设有福建船政水师的基地。可是，在这场海战中，法国舰队仅用了不到20分钟的时间就将福建船政水师主力歼灭，暴露了东南海防的脆弱。这场海战极大地震动了朝廷。在这之后，日本又蠢蠢欲动，日益凸显出发动侵略战争的野心，北洋海疆也处于危险状态。清政府内部随即发生了第二次"海防议"，即"第二次海防大讨论"。这一次讨论进一步推动了北洋海军的建设与发展，并且成立了总理海军事务衙门。

　　两次海防大讨论虽都推动了海防建设，但其间相隔10年，说明"第一次海防大讨论"的目的并没有达到，国家海防体系在10年中没有建立起来。由此可见，自鸦片战争以来，清政府认识到了国家安全形势的紧迫性，但没有进行明确而长远的总体国家安全筹划，更无国家安全战略可言，只是在形势的逼迫下不得已做出临时反应，出现了诸如"海防"与"塞防"之争及"海防议"这样不该在当时出现的大讨论。这样就不可能建成完整、持久、有效的国防体系，国家安全也就得不到保障。

二、清政府认识到了国家安全威胁的来源和方向，却没有制定有针对性的战略、战术措施

早在 1871 年，李鸿章就意识到日本的严重威胁，在给皇帝的奏折中强调：日本近在肘腋，永为中土之患。这说明甲午战争爆发的 20 多年前，李鸿章等人就认识到国家安全威胁的来源和方向，但他们没有制定有效的战略、战术措施。这主要表现在：第一，虽然建成北洋海军，但在成军之后立即停止发展，任由日本海军赶超。从 1874 年"第一次海防大讨论"到 1888 年北洋海军正式成军，历时 14 年，在世界海军突飞猛进发展的 19 世纪中后期，这 14 年可谓十分漫长。这期间，北洋海军建设的推进十分艰难，终于在 1888 年成军。然而，北洋海军成军后几乎停止发展，6 年中没有增加一艘新式军舰。从史料以及出水文物看，也没有对海军武器装备进行全面更新。而在这 6 年中，日本海军突飞猛进，始终以北洋海军为赶超目标加速发展，到 1894 年甲午战争爆发时已全面超过北洋海军。1894 年 5 月，李鸿章意识到了问题的严重性，他说："日本蕞尔小邦，犹能节省经费，岁添巨舰。中国自十四年北洋海军开办以后，迄今未添一船，仅能就现有大小二十余艘勤加训练，窃虑后难为继。"但李鸿章和北洋海军已经没有时间了。第二，面对日本发动侵略战争的威胁，清政府没有深入研究假想敌，也没有制定针对日本的遏制和防范措施。所谓假想敌是指在战争之前所设想的敌人。从军事角度讲，假想敌的树立与研究是未来战争取胜的关键条件，没有假想敌的树立与研究就没有有针对性的战争筹划，要想赢得战争是困难的。一般情况下，一个国家的军队在训练时要根据国际形势的变化，设定一个或若干个假想敌。根据史料分析，从意识到日本是战争隐患到战争爆发，清政府的假想敌是明确的，那就是日本。可是，清政府并没有在研

究假想敌上下功夫，既没有建立专门研究日本的军事团队，也没有构建针对日本的情报系统。反观日本，它从 1872 年开始就已经在华建立起间谍情报系统，以留学生、驻华武官、商人等身份向中国大量派遣间谍，全面收集和研判中国的政治、经济、文化、军事等情报，为发动侵华战争提供直接依据。

三、清政府认识到了国家安全力量建设的重要性，却没有尽全力建设陆海军

军队是维护国家安全的核心力量。清政府历来重视军队建设，在镇压太平天国和捻军起义时，为了弥补八旗军和绿营军战斗力的不足，允许曾国藩和李鸿章等创建了湘军和淮军，发挥了至关重要的作用。可是，在起义被镇压之后，清政府害怕留存隐患，大量遣散湘军和淮军。同时，又没有开展有针对性的全面的军队建设，造成甲午战争前清军力量存在 3 个明显问题：第一，军队体制不完备。陆军部队没有形成统一指挥和调动的机制，分散在全国各地的军队虽然有 100 多万人，但分为八旗、绿营、湘军、淮军等不同军种，分属不同的机构和官员管辖和调度。陆海军也没有形成联合作战机制。参加甲午战争的淮军、奉军以及北洋海军虽然统归李鸿章调遣，但各部队之间缺乏协调，往往相互掣肘。第二，军事力量严重不平衡。全国的八旗、绿营以及各种勇营、练军等部队虽然遍布全国各地，但保持练兵习武、装备较为精良、具有一定战斗力的军队均集中在北洋一带，其他区域的军队不仅战斗力低下，而且地域分散，集结调动十分困难，这就失去了作战的后备力量。而集中于北洋的精锐清军只有 5 万多人，这是参加甲午战争的清军全部陆军部队。海军部队虽然遍布东南沿海，建成了北洋、南洋、福建和广东水师，但只有北洋海军为真正的近代化海军，实力最强，其他水师均处于古代水师向

近代海军的过渡时期,因此在战争期间无法形成对北洋海军的有力支援,正如李鸿章所说,甲午战争是"以北洋一隅之力,搏倭人全国之师"。第三,部队缺乏教育训练。甲午战争前,清政府在军队的军事训练方面做了一些改革,聘请洋人以西法加以训练。但是,清军痼习已深,尤其是陆军,训练骑射已成习惯,要掌握新式枪炮和作战方式,特别是掌握近代战争理念,需要一个艰难的适应过程。正如张之洞在甲午战争后所说:"愤兵事之不振,由痼习之太深,非认真仿照西法,争练劲旅,不足以为御侮之资。"至于清军官兵的忠诚、信仰、爱国、道德等方面的思想教育,鲜有史料记载。

四、清政府认识到了战争将是打破安全屏障的手段,却没有对战争给予高度重视和认真应对

自鸦片战争以后,西方列强屡次发动侵华战争,使清政府饱受战争之苦,按说清政府对战争应有高度的戒备之心,事实上洋务派发起的以自强、求富为目的的洋务运动也正是这种戒备之心的反映。可是,由于清政府对战争对手日本缺乏必要的了解,也因为从第二次鸦片战争结束到中日甲午战争爆发之间的30多年都处于和平环境,清政府产生了盲目的自信,无论是百姓还是军队都处于懈怠状态。面对日本的挑衅,清政府上下都认为日本这个"蕞尔小邦"不敢挑起战争。因此,当北洋海军成军后,李鸿章曾自信地说:"目前限于饷力,未能扩充,但就渤海门户而论,已有深固不摇之势。"以慈禧太后(图8-3)为首的统治者盲目认为战争不可能爆发,即使爆发也可轻取日本,因而轻视军队建设,大量挪用海军经费用于颐和园和"三海"工程的修建,直接影响了北洋海军的发展。尤其严重的是,甲午战争爆发后,正值光绪皇帝和慈禧太后的生日,面对战争和庆典,朝廷中依然存在着激烈的战与和之争。以

慈禧太后为代表的主和派把大量精力用于万寿节和慈禧太后的60岁生日庆典，严重干扰了战争的筹划。可以说，为了庆典，慈禧太后煞费苦心，紧锣密鼓地准备了数年，战争的临近丝毫没有影响她筹备庆典的兴致。中日战事的开启打乱了她的庆典节奏，对日本的愤恨也由此增添了几分，她一怒之下赞同对日宣战。在侥幸取胜心理的支配下，她没有下令停止浩大烦琐的庆典工程，直到北洋海军在黄海海战中遭到惨败，她才意识到打败日本并非易事。加之朝廷上下的舆论，使她不得不把庆典方案做了修改，将庆典地点由颐和园改为紫禁城。慈禧太后60岁生日这一天，即公历1894年11月7日，正是日军在辽东半岛长驱直入之时，大连被日军兵不血刃占领。消息传来，慈禧太后并未召集王公大臣紧急磋商，

图8-3 慈禧太后

制定应对策略，而是继续沉浸在庆典的欢乐之中。在慈禧太后的心目中，前线的硝烟远不如宫廷的烛火那么令人感到惬意。这种对待战争的荒唐态度，最终使整个国家付出了沉重代价。

综合上述，我们可以得出这样的结论：清政府在一定程度上树立了国家安全意识，但这种意识是淡薄的，是不全面的，导致了国家安全措施是乏力的、不完整的。中国甲午战败警示我们，必须牢固树立总体国家安全观，建设完整、科学的国家安全体系。国家安全教育重在平时，必须消除和平积弊，防患于未然。

结　语

　　从 20 世纪 80 年代开始，人们注重打捞北洋海军沉舰，出水了一批"济远"舰遗物，引起世人普遍关注。21 世纪初，我国开展了真正意义上的水下考古工作，"致远""经远""定远""靖远"等北洋海军沉舰的遗物相继出水，尤其是威海湾北洋海军沉舰遗址出水文物在社会上引起了很大轰动，成为这一阶段国家文物部门在北方水域进行水下考古的主要成果。这些文物的出现意义重大，价值颇高。第一，它为中日甲午战争史和北洋海军兴亡史的研究提供了弥足珍贵的实物资料。中国甲午战败及北洋海军的全军覆没给中华民族留下了永久伤痛，其中的败因，众说纷纭，不乏难以破解的疑问。造成这种状况的原因之一是这场战争的档案史料留存不多，实物资料严重缺乏。特别是北洋海军的大量信息，随着北洋舰队的沉没及日本掠夺式的盗捞而存世极少，成为研究者的苦恼和遗憾。通过对北洋海军沉舰遗址开展一系列考古发掘，虽然出水的文物已是残品剩物，但依然保留了许多珍贵信息，这些信息对于中日甲午战争史、北洋海军兴亡史乃至中国近代史的研究都具有重要史料价值，有些甚至可以填补文献史料的空白。第二，它为近代海军装备发展史的研究提供了重要数据。北洋海军的装备建设与北洋海军的存亡密切相关，装备发展史的研究不仅为评价洋务运动提供了直接依据，而

且为北洋海军战败原因的总结提供了重要参考。一些重要文物的出现，以精确的数据弥补了人们对北洋海军武器装备水平、官兵技术素养等问题认识的欠缺，使人们能够更加准确地评估人和武器对海战的影响程度，从而得出正确的结论。第三，它为出水文物的保护提出了新课题，为解决文物保护的难题增加了紧迫感。北洋海军沉舰遗址出水文物的种类丰富，涉及各种材质，有些材质的文物是之前从未见过的，如橡胶文物，对它们的保护方法和措施，目前还几乎处于空白状态，它们的出水为文物保护提出了新课题。一些曾经出现过的文物，如铁质文物，对它们的保护也是世界性难题，这种文物在北洋海军沉舰遗址的大量出水势必推动铁质文物保护技术的快速发展。第四，它为其他时期沉船遗址的水下考古积累了宝贵经验。中国境内存在着多处沉舰密集区，除了已经开展考古调查的黄海北部黄海海战北洋海军沉舰、威海湾威海卫保卫战北洋海军沉舰以外，还有旅顺口日俄战争沉舰、青岛湾一战时期日德战争沉舰、福建马尾中法马江海战福建船政水师沉舰，以及抗日战争期间长江抗战和沿海抗战国民政府的海军沉舰等。针对北洋海军沉舰遗址的一系列考古活动无疑为这些密集的沉舰遗址未来的考古工作积累了经验。即使已经进行的北洋海军沉舰遗址水下考古工作也仅仅是阶段性的成果，还有大量的工作需要继续进行，如"经远"舰甲板以上部分依然沉睡在海底，等待更大规模的水下考古工作的展开。再如，威海湾内沉舰遗址中还有一些已经被探测到的遗物依然等待发掘。对于这些工作，前期的努力无疑也是重要的经验积累。

对北洋海军沉舰的一系列出水文物的透视与分析，使我们加深了对中国在甲午战争中失败原因的认识，也为正确认识甲午战争的影响提供了实物支撑，更为今天的中国国家安全敲响了警钟。

后 记

在威海卫保卫战中沉没的北洋海军军舰共有5艘，从2017年国家文物局和山东省文物部门联合进行威海湾水下考古调查以来，共出水"定远""靖远""来远"3舰文物数千件，但依然还有文物沉睡于海底。今年是中日甲午战争爆发130周年，也是威海湾水下考古调查的收官之年，在这个时间节点上出版《铁血甲午——用文物还原甲午海战真相》一书无疑是最好的纪念。然而，我们依然期待沉睡于水下的文物早日重见天日，到时我们会把更新、更有价值的精彩故事奉献给广大读者。

本书的出版得益于各方的共同努力，在此我要真诚感谢威海市刘公岛管理委员会、中国甲午战争博物院、威海文旅发展集团有限公司的领导和同事，真诚感谢北京出版集团的领导和编辑老师，真诚感谢长期以来关注和支持我的广大读者和电视观众。由于本人水平有限，错漏在所难免，恳请大家批评指正。